疆|阅|典|藏

绥远有多远

艾贝保·热合曼 / 著

新疆人民出版社

图书在版编目（CIP）数据

绥远有多远 / 艾贝保·热合曼著 .—乌鲁木齐：新疆人民出版社，2020.12（2024.7 重印）
ISBN 978-7-228-20576-9

Ⅰ.①绥…—Ⅱ.①艾…—Ⅲ.①散文集—中国—当代
Ⅳ.①I267

中国版本图书馆 CIP 数据核字（2021）第 013067 号

绥远有多远

SUIYUAN YOU DUOYUAN

出 版 人	李翠玲	装帧设计	陈 飞 刘堪海
责任编辑	高 珊	责任技术编辑	杨 爽

出版发行	新疆人民出版社
地 址	乌鲁木齐市解放南路 348 号
邮 编	830001
电 话	0991-2825887（总编室） 0991-2837939（营销发行部）
制 作	乌鲁木齐捷迅彩艺有限责任公司
印 刷	新疆新华印务有限责任公司

开 本	880mm × 1230mm 1/32
印 张	7.875
字 数	207 千字
版 次	2021 年 12 月第 1 版
印 次	2024 年 7 月第 2 次印刷
定 价	42.00 元

目　录

时光的留声机

家乡的味道

悠悠我心

时光的留声机

老醋沉香

醋是生活中不可或缺的调味品。因为味道酸，刺激人的神经和味觉，进而影响到胃，提振食欲。那些年餐桌上饭食简单，肚子里油水也少，如果再少了酱油醋，日子就太没有滋味了。不过酱油和醋相比，醋还是占主导地位，尤其是对我们这些从来不让嘴吃亏（实际上肚子一直处于饥饿状态）的馋死猫们来说，醋的最大好处是可以生喝，而酱油则不能。往往窗台上酱油还有半瓶子，醋可能就见底了，不用说，有些就是让我们偷着喝了。

毕竟是物资匮乏的年代，人们就这么可怜的一点嗜好，往往还被“无情”剥夺。饭菜白花花的，没有一点颜色，这个时候大人就嚷嚷：“本来就人困马乏的，饭桌上再没有一瓶醋，咋么长精神呢。”脾气大一点儿的，甚至筷子一撂，靠在墙上生闷气。吃汤饭和拉条子，有的人拿起醋壶滴上几滴，有点儿意思就行了；有的口味很重，朝着碗和碟子里浇上一圈醋，浓浓的醋味一下子往上蹿，诱发味觉，帮着开胃；还有更厉害的，先用醋壶浇一个四方形状，然后意犹未尽，四方框里跟着再画一个大“×”，饭食随即变了色儿，吃着就更攒劲儿了。所以只要听说商店来醋了，大人娃娃怀抱着瓶瓶罐罐和醋瓶子，争先恐后就往商店跑，有的人家干脆提着口大的水桶，心想着一次把大半年的醋都买回来，省得往后再为吃醋而操心了。

那个时候，在我们乡下，商店不叫商店，而是被称作“供销社”或“合作社”。人们口袋里没有钱，合作社商品老是断档。当时乡也不叫乡，而叫“公社”，我们要去的还是老公社。公社就一个商店，高高大大，门是两扇子，蓝颜色，下班门一关，从右上角往左下角拉下一根扁长细铁板，鼻眼往锁扣上一套，一把大黑“铁将军”就把商店锁牢靠了。一东一西两扇大窗户，和大门一个颜色，窗台到我们脖子那，显得很高，加之窗户也是两扇子，开关都很费事，必须踩着凳子才行。

因为商店原先是公社的小礼堂，屋顶很高，没有用纸糊顶，粗大的檩子和整齐的椽子都裸露着，还有密密实实的苇帘子，典型的五六十年代的房子。正负零以下石头扎地基，往上三四层砖块做墙裙子，而砌墙都是大而厚的长方形土坯，封顶前再砌一两圈红砖的屋檐子，最后一道工序才是上房泥，俗称“穿靴戴帽”。这种房子因为厚实，最大的特点是冬暖夏凉，经久耐用。

商店东头卖副食品，中间是日用百货，西边是农用物资。我们最关注东头和中间，东头的东西大抵和吃有关，除了油盐酱醋，就是饼干、江米条，偶尔还有伊拉克蜜枣和古巴糖。记得有首歌开头就唱“美丽的哈瓦那，那里是我的家”。蜜枣长圆形，黑红油亮，很多都是粘连在一起的，吃起来甜美。古巴糖则是砂糖，金黄色，谁家媳妇坐月子，都要喝这种糖水，好像都是大人们的专利。中间那一块和我们关系也很密切，铅笔、本子、橡皮都在这里卖，啥时候都有学生娃娃光顾。

因为都在一间大的屋子里，有一点味道就能弥漫到整个商店。就说醋吧，一提子一提子从醋缸里打上来，通过漏斗，再灌入大大小小的玻璃或者塑料瓶子中。盆子和桶子，先放在铁称上除皮，再算实际重量，不一会儿，犄角旮旯儿都是醋的味道。有的人嘴馋，这边刚交过钱，那边嘴就对着瓶子喝一口醋，然后龇牙咧嘴吐着舌头，说一声："真酸呀。"心满意足回家去了。我们这些孩子最愿意承担买醋的任务，一边往回走，一边学着大人的样子，你一口我一口，好像比赛一样喝着醋。先是一小口，后来就一大口，醋就像一条酸酸的虫子，从喉咙滑溜到肚子，然后在胃中翻腾，随之你一个嗝，我一个嗝，从口到鼻都是一股酸味。有时候一不小心，原本一瓶子醋，不一会儿就成了半瓶子，要么回头再打一点儿，要么就回家谎称路上摔倒，把醋洒了。

不要说男孩子这样，有些女孩子也如法炮制。有一个城里亲戚家的小妹，到"奶奶商店"打了醋，走到半路就把醋喝完了，于是回过头再到奶奶那里，谎称自己不小心绊倒，醋就没有了。这个奶奶实际并不是她的亲奶奶，而是街坊邻居，别人这么叫，她也就跟着叫了奶奶。奶奶一开始信以为真，后来一瞅小妹手中的瓶子完好无损，就知道她是在哄人呢，因为人摔倒了，瓶子咋没有打烂。奶奶没有捅破这层窗户纸，装作若无其事，重新又给小妹盛了醋，而且没有再收醋钱。

后来小妹长大成人，打醋的那个奶奶也走不动路了，小妹就主动去照顾她，还瞒着奶奶早早在城郊把坟都打好了。奶奶虽说风烛残年，却也没到亡故的时日。不过经过风吹日晒雨淋的侵蚀，原先打好的那座坟墓，有些地方出现了坍塌痕迹，小妹又花钱找人，进行了整修。这一切，都是源自老人当年打醋，给小妹留过那一回面子。小妹一直记着奶奶这个情分，总想着找机会报答，所以才有了打坟这个念头，并付诸行动。当老人得知这个消息后，又高兴、又激动、又感激，一把抱住小妹潸然泪下。

还有一件发生在岳父家里和醋有关的故事。本来醋就紧张，岳父家孩子又多，就用水桶去打醋。当时这个活儿由岳父家最小的女孩儿（我的妻子）来完成。妻子那会儿身体单薄，个头儿又不高，好几公里打醋的路程，只能走一阵，歇一阵。突然就有一个小伙子，接过水桶就走，一路不停，直接送到岳父家。只因此人早已心中恋着岳父家的大姑娘，才来献殷勤，也算是让作为妹妹的妻子免受了一次负重前行的辛苦。

这么难得打回来的醋，不能老是存在水桶里，要分别盛在其他容器里，其中就有一盆醋放在了床底下。这天岳父劳作归来坐在床上，两只脚一甩跶，就把床下的醋盆踢翻了，醋洒了半地。包括岳母等一家人都敢怒不敢言，只有妻子直言不讳，说醋洒了太可惜了。岳父本来就懊恼，心中有气，妻子当众一埋怨，恼羞成怒的岳父追着妻子就要打，幸好妻子跑得快，没有被岳父追上，才免遭了一顿皮肉之苦。

后来村上从外地请来了生产醋酱的一对夫妇，从此自家门口有了醋酱房，一到醋酱出缸的日子，全村都能闻到醋酱的味道，尤其是酸酸的醋的味道，回味在心中，久久存留在我们的记忆里。

生产队

我们小时候，生产队都养着一些牲畜，包括马、牛、羊，甚至毛驴。马和牛是典型的生产资料，马拉车、牛犁地，一年四季好几个人伺候着。队上马号和牛棚连着，实际上那几头驴也和马在一起混养着。不管马号还是牛棚，从秋天开始，上面就要不停地堆摞饲草，包括麦草、苜蓿、苞谷秆子和稻草。因为芦草沟不产水稻，稻草要去米泉拉。光草还不行，还要准备好精饲料，比如麸皮、油渣儿、玉米和盐巴等，不然一个冬天牲畜熬不过来。记得队上有好几挂马车，一挂马车四匹马，套辕的马最皮实，劲儿也最大，一车的货物全靠辕马支撑着。前面三匹马，都用套绳连着，左边的是边马，中间叫套马，右边则称梢子马。每匹马都有各自的职责，车户用缰绳控制着，哪一匹马不听从调遣，“啪、啪”几声，车户的鞭子就抽过去了。马套大车，干一些大活儿，运个肥、拉个煤，转一下麦捆子啥的。而驴就拉小车，多干一些零散活儿，拉水、卖菜、送个病人啥的，反正一年四季也没有闲下来的时候。

生产队也有羊圈，夏日是露天的，四周干打垒的黄土墙，太阳一晒，羊都趴卧在靠墙根的阴影里，呼呼喘着粗气。羊群冬天就转移到暖圈里，一溜一溜的泥槽子，撒上煮熟的金黄色玉米粒，不但羊吃着攒劲儿，我们也喜欢没羞没臊地从羊嘴里夺食吃。关键是煮得烂熟的金灿灿的玉米粒，有一股淡淡的咸盐味道，晚上捉迷藏，或者掏麻雀玩累了，我们顺便偷吃一些羊饲料，精神头儿忽地又蹿上来了。

我总觉得除了队长，车户就是生产队里最威风的人物了。一挂马车不光有车户，还有一个跟车的，车户年龄稍长一些，跟车的则是身强力壮的小伙子。一般情况下，跟车的要比车户起得早一些，事先做好出车的准备，看看轮胎气足不足，瞧瞧“刮木”灵不灵。所谓“刮木”就是刹车片子，尤其下大坡的时候，车户必须一手拉缰绳，一手拉好刮木板，而且嘴里不停地喊着“喔、喔”的口令。那些年，一大队的马车一到冬天就去公社煤矿拉煤，从大涝坝到我们庄子，是一个长长的慢下坡，天寒路滑，车户们一点都不敢大意，早早从车上跳下来，紧贴着辕桥，眼盯着前方，远远就能听到此起彼伏的刮木声，就跟吹喇叭似的，“呜——哇、呜——哇”，穿透力特别强，既刺耳，又闹心。到了平缓处，刮木声渐息，“嘚、嘚”的马蹄声又开始响起，仿佛鼓乐，很有节奏感。

等车户到了，马车也基本套好了。跟车的这才卷上一根莫合烟，递给车户，并用火柴帮着点燃。莫合烟是烟叶子、葵花秆和锯末子掺拌而成的，细碎的颗粒，颜色黄中带绿，商店有售，也可以自己加工。这种烟劲儿特别大，俗称“背靠着墙抽的烟”，一般的纸不行，最好用报纸卷烟。我估计由于油墨的作用，不但提了香，也增了劲儿，烟瘾小的人，抽一口咳嗽半天。车户抽好了莫合烟，就逐项验收跟车的准备情况：每匹马的臁脖子（马脖子上套的类似救生圈形状的皮囊，对马脖子起到保护作用）套正了没有，夹板子固定好了没有，肚带紧了还是松了，一样不能落，落了不是马受罪，就是造成安全隐患，马虎不得。实际上如果再细分，还有马笼头、马缰绳、铜铃铛，必须配对成双，确保完好无损。最能体现车户风采的，就是那一根耀武扬威的马鞭子。鞭杆有木质的，也有竹竿做的，就像树梢，从下到上由粗变细，尤其是竹竿做的马鞭杆，一节一节，金黄闪亮，手握的那一节，用黑色的皮带缠绕成一圈一圈的，看上去非常美观。鞭子一律用皮条辫成，花纹严丝合缝，不露一点缝隙，结实耐用。长长的鞭杆一甩动，鞭子就跟着飞了出去，像一条游蛇一样，在空中飞舞。特别是鞭头那一截鞭梢子，无论是挥舞在空中，还是落在马身上，瞬间都会像鞭炮一样，不但开花，还发出一声脆响，“打黑牛，惊黄牛”，一石二鸟，灵得很。

车户之间一直都在互相攀比，你的马鬃修剪得漂亮，我的马头就吊一束红穗子；你的马背挂了一对铜铃铛，我的马尾巴就扎一个花结子。特别是最早用马车娶亲时，除了四匹马要披红戴花，精神焕发，车排两边都要想办法装饰加高，中间用麻绳编成渔网状，车辕处的木头三脚架，甚至挂上了陪嫁的被面子，花花绿绿，色彩鲜艳。车上铺满了花毡，花毡中间坐着头戴红盖头的新娘，一圈挤满了说说笑笑的送亲人，一律脸上带着幸福的微笑。这个时候，马车夫就特别张扬，一会儿情不自禁打个响鞭，一会儿放开嗓子唱一曲，而且越是靠近新郎家，弄出的动静就越大，似乎在故意提醒路边看热闹的乡亲，赶快将车拦下，要礼物，讨个好彩头，不管是撒一把水果糖，扔一个花手帕，或是点一根烟，跳一段新疆舞，图的就是一个快乐，不然“过了这个村，就没这个店了”。

车户还要具备另一项基本功，那就是钉马掌。马掌和马掌钉子，都是铁匠事先打好的。马掌又称马蹄铁，呈“U”形，看上去像月牙，大约一指宽、半指厚，到了两头收口处，逐渐变窄。马掌两边各有对称的几个钉眼，钉掌前，先要将马拴在一个木桩上，四只蹄子轮换着抬起来，先小心翼翼削去马蹄的角质，再依次钉马掌。这个时候师徒的分工很明确，徒弟负责拴马，用半截绳子拉抬起马腿，然后弓着腰，将马蹄垫在自己的膝盖上。而师傅自始至终都是半蹲着身子，先是一手扶着马蹄，一手就像剪指甲一样，握着刀子削角质。这是真正的技术活，削薄了起不到保护马蹄的作用，削厚了容易伤到马蹄，反倒把马腿弄瘸了，因此必须注意力高度集中，眼力要好，心还要细。到了钉马掌时，车户双手和嘴并用，一手拿马掌，一手握着小榔头，嘴也不闲着，衔着一排马掌钉子，大头朝里，钉子尖向外，认真端详。马掌和马蹄子吻合了，这才“叮当、叮当”钉马掌，四只蹄子都钉完了，车户气喘吁吁，跟车的腰酸腿疼，而马仿佛穿了新皮鞋，多少也有点不适应，不住仰着头“咴咴”打响鼻。

到了夏天放暑假，恰好是马车开始拉麦捆子的时候。车户在马车上摞捆子，跟车的在麦地里挑捆子，旱地麦捆小，水地麦捆大。车上捆子越摞越高，挑捆子就显得越来越吃力，一铁叉戳到捆子上，一使劲儿扛到肩上，到了马车跟前，再一用力，就把麦捆举到空中。车户在上面顺势接过麦捆，两眼一扫，哪里有茬口，就把捆子摞在哪里。车下是典型的体力活，没有相当功夫，麦捆挑不到车上，车上是技术和体力兼而有之，尤其是技术，那是长期积累所得，不然麦捆子对不好茬口，能摞成比房子还高的麦垛么。这个时候还有两样东西不可或缺，一是槁棒，二是绳子。槁棒就是木头棒，胳膊一样粗，两头一般齐，先是支辕桥，减轻辕马的负重，之后等麦捆摞齐了，将两根粗长的绳子，平行着从前拉到后，绑好固定死，再将槁棒从两根绳子之间穿过去，麻花一样搅绕几圈，绳子就捆绑结实了，从而确保麦垛一路不散落。

车上面的忙帮不上，我们就帮着跟车的提捆子，一捆一捆挪到车跟前，跟车的就可以歇一歇，喘口气。实际上我们帮着跟车的提捆子，有着我们的小算盘，那就是趁着提捆子的当儿，顺便抽几根麦秆，等车把捆子拉走了，我们再把麦穗收集起来，装进面袋子。水地麦秆粗，麦穗也大，一天下来收获就不少。有几个聪明的家伙，干脆就把麦穗隔着面袋子用脚揉搓了，面袋子就只剩麦粒，达到事半功倍的效果，一天干了我们两天的活，划算得很。生产队有不少旱地，割麦子时搭窝棚，开大锅饭，我们跟车拾完麦子，顺便要去瞅一下，说是去喝水，不如说是讨口吃的。如果正好赶上做抓饭，我们就像过节一样，乘机好好改善一下生活。早上跟着第一趟马车去，黄昏再跟着最后一趟马车回，日复一日，日积月累，一部分麦子交到生产队，算是勤工俭学，挣到一笔学杂费，或者买一双鞋子。一部分留在自己家里，地上铺一块帆布，麦穗倒在上面，几个人手拿着木棍一阵敲，麦穗就脱粒了。几次三番之后，层次分明，轻飘飘的黄颜色，都是麦壳，沉甸甸的红褐色，就是麦粒了。盛在小筛子里筛吧筛吧，渣质留在筛子里，麦粒在帆布上堆成了堆，然后拉到小磨坊，要么换取面粉，要么自己推面，一夏天的辛苦就算没有白费。

生产队还有一群牛，有一个专门的放牛娃。其中有一头灰牛，特别强势，一天“哞、哞”叫着，心思不在吃草上，总想找着茬儿同别的公牛干架。都说牛不抵牛是怂牛，有时候把别的牛惹急了，也会不顾一切，头对头和灰牛抵在一起。然而最终都不是它的对手，几个回合下来，头一扭就撒开蹄子逃之夭夭。这时候灰牛就越发神气，一边“哞、哞”大声吼叫着，一边奋力用蹄子刨土，搞得周边尘土飞扬，呛人的鼻子。

总体上牛群比较听话，也不太挑食，赶到山坡上，就可以放心躺一会儿，或者夏天到大涝坝洗一个痛快澡。也有让放牛娃烦心的事情，那就是一头牛奓着尾巴带头一跑，其余的牛跟在后面发疯般乱跑，打口哨，撂槁棒，追着喊着都不起作用，除非牛群最终跑累了自然停下，不然一点儿办法都没有。这就叫牛“撅蹦”了，意思是牛“勺掉”了，“疯狂”了。有可能是突然被什么东西惊了，或者一条蛇，或者一只蚂蟥，或者无缘无故产生了一种莫名幻觉，都会导致牛群撒野，场面很紧张，也很壮观、激烈，难得一见。

有两个季节牛最忙，一个是开春，一个是秋后。就像我们到了惊蛰要吃鸡蛋一样，清明时节，就要给“头牯”（大牲畜）唊口，就是将清油和鸡蛋掺和在一起，灌入牲畜口中，意味着给牲畜打了强心剂，是骡子是马，拉出来一溜就知道了。开春犁地播种，还必须打早工，也就是在别人上工之前，犁地组要先赶到地里。这会儿天麻麻亮，人不但有精神，牛也精力充沛，特别是到旱地梁犁地，距离远，还要爬山越梁，两头牛脖子中间架一副犁铧，就显得非常吃力。懒洋洋赶到旱地梁，干不了多长时间，太阳就出来了，没遮没挡的，人和牛都被太阳晒得无精打采，一个早上犁不了几亩地，不值得。所以每年到了春上，远远就能听到犁地组那些小伙子，挥着鞭子赶牛的吆喝声，一个跟着一个，从这头犁到那一头，随后折返，从那一头再犁到这一头，循序渐进，由远及近。先是一大片黄色的山梁，继而好像划了一道黑褐色的印迹，然后一半黄一半黑，最终一大片山梁完全变成黑黝黝的新土，预示着播种的日子就要开始了。

放羊也不轻松，早上把羊群赶出圈，肚子吃得差不多了，再去饮水，随后再赶回圈里，等着熬过炎热的中午。下午太阳的热乎劲儿有所缓解以后，羊群经过不停地反刍，吃进胃里的草料也消化完了，接着再把羊群赶出去，如此循环往复，走在崎岖坎坷的羊肠小道上，不但费力，也很费鞋。

羊群出圈和归圈之际，最是放羊娃忙碌的时刻，不但手握鞭子鸡啄食似的点着羊身子，一口气急速连连数着数，一个都不能错。多了还好说，等着别人找上门来认领，还给人家就是了，如果少了一两只，放羊娃就麻烦了，四处寻找不说，还要担惊受怕，不管是集体的羊，还是给私人代放的，真的弄丢了，就得豁出老本自己赔。

放羊娃最怕三件事：一是怕羊群吃了三瓣苜蓿。羊群误吃了，轻则肚子发胀，重则一命呜呼。所以放羊娃一般都喜欢头戴柳树条草帽，一旦羊肚子发鼓，急忙撇了柳树条，塞进羊嘴里，据说解毒。二是怕羊群混群。山上到处都是放羊的，稍不留意，羊就会串群，附近的羊群还好办，一时找不到，最终还是能够物归原主，如果是远处的过渡羊群，就不一定谁的羊还是谁的羊了。三是怕羊群突然一下子钻进庄稼地。庄户人一年的心血都在地里头，要是庄稼被羊群糟践了，谁也担当不起。

后来实行土地承包，不但把土地都分了，就是那些集体财产，包括马呀牛呀驴呀羊呀什么的，也都作价归了农户。就见马号、牛棚和羊圈上，一律站着人，拿着铁锨和十字镐，挖的挖，拆的拆。不一会儿工夫，椽子、檩子、门板、窗框，都被人扛的扛，抬的抬，高高兴兴地拿回家了。从此生产队这些标志性符号，便从人们的视野中消失了，成了久远的回忆。

杨家庄子

我们小时候，乡的称谓是“公社”，村则是“大队”，而村民小组一律叫作“小队”。当时我们生活在东山公社二大队二小队，也就是现在的芦草沟乡芦草沟村第二村民小组。二小队的人几乎都分散住在一个狭长的山坳里，最上面靠近大涝坝的地方，一长溜儿依次间隔住着十来户人家，因为地势高，习惯上唤作“高头”（上面）。中间地带居住比较集中，马号、磨坊、车库、篮球场等公共设施全集中于此，尤其是队部设在一个院落里，就以“大院子”相称。再下来顺着山势走向拐个弯儿，就是早先的焦炭厂所在地，也零零散散有些住家户。沿着排洪渠一条土路连着老公社，在接近去往炭场和七队的岔路口，也就是二小队最下面的地方，俗称“哈头”，还有七八户人，这就是杨家庄子。

杨家庄子地处生产队最下游，却离老公社最近，买个东西，搭个便车，或者晚上看个电影，都有近水楼台先得月的实惠。后来公社搬到上面来，从地里的小路穿过去，距离一点都不远，尤其是上小学和初中那几年，我中午跑回家吃饭，时间绰绰有余，根本不会迟到。

杨家庄子最早是一户杨姓人家的住地，坐北朝南盖了三间高高大大的房子，有廊檐、有立柱，立柱底座是坚硬的青石凿成，有花纹，很气派。就像南方的骑楼一样，宽宽的廊檐挡风遮雨，夏天锅头就支在外面。因为高出地面，我们都叫大殿台子，脚底下铺着红砖，洒上水，砖缝子压茬的痕迹显露出来，看上去很美观。后来东西两边又盖了房子，但与其比起来都显得低矮，这三间房子自然成了上房。东头靠近排洪渠有一道土围墙，两人多高，真正的干打垒，由于再后来住户不断增加，自然形成一个院子。人们觉得进出院子麻烦，就又在土围墙上挖了个洞，提水呀、乘凉呀，就不用再绕圈子了。当时院子周围全是一棵一棵的大榆树，枝繁叶茂，遮天蔽日，夏天路人走累了，都要在大树底下歇一歇，顺便到谁家喝口茶。对我们这些孩子来说，上树掏鸟窝、揪榆钱，给羊撇树枝，几乎成了家常便饭。除了树多，地也多，种小麦、玉米、苜蓿和土豆什么的，到了春种秋收之际，地里都是大人小孩和出力的马和牛，甚至一头头毛驴，热闹得很。

杨家庄子院子大，住家户也不少，我们住在上房。东边是李书记大佬（大伯）一家，两间房子，门前也盖了一间小房子，实际上当羊圈和炭房子。夏天割的草平铺在小房子上面，我们经常晚上踩上木梯爬到房上去睡觉，实际上是想听李书记家二儿子东拉子讲故事。东拉子上过市师范，当时算是我们院子的高才生。我就在他那看到过一本徐寅生写的《怎样打乒乓球》一书，某种程度上对我后来迷上乒乓球起到了启蒙作用。后来东拉子当了小学老师，会讲故事，像什么“武松打虎”“猪八戒背媳妇”“智取威虎山”等，讲得绘声绘色，活灵活现，让人百听不厌。他的笛子也吹得很好，尤其在月亮当空的晚上，坐在水渠边，听他吹一支清脆悠扬的曲子，让我们心里痒痒的，产生许多美好的联想。

我们家是维吾尔族，李书记家是回族，住在西边的钱老师家是汉族。钱老师是江苏人，当年支边到新疆，先在我们队上搞财务，后来当了代课教师，到了我们上高中时，钱老师已经是公社中学一名“元老级”的老师。钱老师为人老实、忠厚，待人很热情，而且特别能吃苦。有两件事给我印象很深，一个是开荒种菜，一个是两本地图册。我们院子外面是排洪渠，渠和大路中间有道土壕沟，杂草丛生，无人问津，钱老师不辞辛苦，开荒造田，挥汗如雨让土壕沟变成了绿油油的菜地。因为地势高，水上不去，钱老师就挖了一条小水沟到排洪渠边上，遇到来水的日子，双脚站在水渠里，弓着腰一盆一盆将水泼在水沟里，地浇完了，人也累得直不起腰。菜就这样种成了，自己吃不完，送给左邻右舍，一人受苦，大家受惠，让我们到现在也记着他的好处。钱老师教我们珠算和地理，我和妻子两个人当时都是他的学生，妻子对打算盘情有独钟，后来还真学成了，到哪个单位都是做财务工作，还因此上了新疆财经大学。我则是对地理产生了浓厚兴趣，动不动就跑到钱老师家，痴迷地翻看两本地图册，一本中国的、一本世界的。黄河长江澜沧江，天山泰山喜马拉雅山，五大洲四大洋，泰姬陵狮身人面像，越看越觉得学问深，越看越感到爱不释手，甚至发展到这两本地图册放在钱老师家的时间少，待在我们家的时候多。直到 1977 年恢复高考，这两本地图册还真帮了我的大忙，地理取得了好成绩，最终让我到山东曲阜师范学院学习深造。

我们院子还有一户汉族人家，当家的姓张，甘肃人，由于干的一手好皮货，全队人都叫他“张皮匠”。当时院子还有一个皮房，长长的、大大的，一头支一个木架子，木架子上面凿有孔洞，安着铁绞巴子，绞皮绳的时候，张皮匠很专注，也很忙乎，徒弟和帮手稍有疏忽，他就会瞪着眼睛大声嚷嚷，浓浓的武威口音，拉着长长的声调，长时间在皮房里回荡。只见他来回在两个木架子之间走动，两只手不停地在皮绳上类似于梭子的东西上面进行校正，每每这个时候，都有不少人围观，张皮匠就越发显得神奇和自豪了。当时队上有好几挂马车，缰绳、皮绳大都是自力更生，由张皮匠的皮房生产而出。我最喜欢看张皮匠熟皮子，一边两手握着铡刀一样的大刀，把经过处理的一张张羊皮，一刀一刀上下刮着光板，看似很用劲儿，分寸却把握得很到位，而且一边刮着，一边用嘴“噗噗”往皮子上喷着水，皮子看上去光溜溜、水津津、软绵绵，没有留下一道口子，他是真正意义上的行家里手。

有一年夏天，下了三天三夜的大雨，别人家的房子全部漏雨了，地上没有下脚的地方，唯独张皮匠家滴水不漏，他就头戴着草帽一家一家喊人，最后一个不少地聚集在他家里，一大一小两间房子，挤了个水泄不通。一院子人又说又笑，其乐融融，却是忙坏了张皮匠的几个女儿，不停地招呼，不停地烧水沏茶，就像一家人一样，度过了一段难忘的时光。张皮匠未雨绸缪，早早就开始在屋顶进行防渗处理，先是上黄土和炉渣，随后一人一个木踏板，“乒乒乓乓”对整个房顶踏实紧固，等雨来了，就派上用场了，所以大家都说张皮匠脑子灵活，干活实在，心里还惦记着街坊邻居。

张皮匠家搬走后，又住进了一家汉族，也是甘肃人，主人家姓苟，我们就叫苟大佬。苟大佬人很干净，春夏秋冬都穿得整整齐齐，看上去像是城里人。苟大佬走路很快，风风火火，头梳得亮亮的，戴一副石头镜子，白衬衣、黑马甲、深颜色裤子，脚蹬一双圆口黑布鞋，说实话，跟电影演员差不多。夏天吃过晚饭，大家都喜欢坐在院子里乘凉，这时候苟大佬就把我们期待已久的留声机搬了出来。一个四方浅绿色的方匣子，打开盖，放上唱片，手握着摇把子摇一摇，咿咿呀呀的声音就出来了。孩子们喜欢听相声，记得我们当时听得最多的是《女队长》，马季早年的段子，包袱多，笑料足，第一次接触，新奇得很，听一遍还想再听。可是大人们却等不及了，因为爱唱秦腔的老李哥嗓子早就痒痒了，包括李书记、苟大佬，还有住在我家西南侧的杨叔叔，都是最爱听秦腔的高级"票友"，过上几日不听一段老李哥的秦腔段子，似乎晚上觉都睡不安稳。

老李哥也是回族，单身一人，却很爱吊大家的胃口，唱之前不来上一根莫合烟过过瘾，总也提不起精神，于是就有人喊："老热哥，快把最好的莫合烟拿出来，我这里有报纸呢！"老热是我的父亲，虽然听不懂秦腔到底唱的啥，却也喜欢这种氛围，于是急忙回屋，把他珍藏的从伊犁带来的莫合烟拿出来，抓一撮均匀撒在"票友"杨叔叔伸过来的卷烟纸上，随后杨叔叔顺势先一卷，再一搓，点上火，递到老李哥的手上。老李哥抽过烟，清清嗓子，院子中间一站，头一抬，手一伸，扯开喉咙唱上了："西北风吹的我浑身打战，大雪飘衣裳单行走艰难……"就见老李哥后来一边唱，一边开始流泪，放唱片、打拍子的苟大佬，眼睛也有点发红了。后来我才知道，老李哥唱的是著名的《三世仇》唱段：卖女，听着这个故事的名字就难受。

杨家庄子除了我们这一家，还有一家维吾尔族，只不过住在院子外面，叫阿娜尔汗。老太太有几个女儿，都出嫁在外，隔三岔五回来看妈妈。老太太人虽老，却有两根粗长的黑辫子，招眼得很。老太太也在房屋边种了一块儿地，自己一锹一锹翻出来的，不知从哪里弄来一袋子一袋子的鸡粪，一把把用手撒在地里，不种别的，全部种南瓜，而且种了就能成。瓜秧爬上房顶，南瓜吊在棚架上，红的黄的绿的，一派丰收景象，不但自己吃，同样也分给大家，和洋芋、糖萝卜一起蒸着吃，很有味道，后来阿娜尔汗老太太嫁到了地窝堡，就一直没见过面。

如今杨家庄子全部变成了耕地，原先的那一院子老邻居，有的早已去世，有的孙子孙女都长大成人，偶一见面，依旧十分亲热，嘘寒问暖，仍像过去一样，各自记着对方的好处。即便不能再见面，我们每每说起过去的事情，仿佛就在昨天，一股浓浓的情谊在胸中涌动。

搰撇子

放羊娃起得早，睡得也早。尤其是夏天，白天时间长，晚上时间短，别人还睡着，就得把羊赶出圈。不然太阳出来一竿子高了，你还在路上耗着，羊肚子还没吃饱，你就得往回返了。为啥，羊裹着一身毛，最怕热了，光线一强，就好像背了一个火炉子，浑身燥热，心思根本不在吃草上，只想着赶紧找一处阴凉地，卧在地上休息。如果放羊娃睡得晚了，第二天早上，上下眼皮肯定打架，瞌睡得不行。万一半路上打盹了，圪蹴在一处抬不起头，羊群呼啦一下子窜到庄稼地里，那后果就严重了。

羊群听话的时候多，和放羊娃较劲儿的时候少，但一旦耍起浑来，也是让人很伤脑筋的。有一次，我刚把羊群赶到山上，就看到那只头羊突然甩头扭脖子，连蹦带跳原地转圈，随后奓着尾巴，"咩、咩"叫了几声，领着羊群开始跑。羊群最怕乱跑，乡下有一句老话说，"不怕羊饿瘦了，就怕羊跑瘦了"。如果天热，羊群刚饮过水，一阵猛跑，说不定羊肺子就炸裂，损失就大了。羊群一跑，我就急了，先是打口哨，然后打响鞭，最后一边跟羊群追，一边捡起石头疙瘩往前扔。然而鞭长莫及，石头也扔不到地方，只见羊群越过一道梁，翻过一座山，头也不回地消失在我的视线。等我上气不接下气，满头大汗爬过山一瞧，羊群已经混入到别的羊群了。我的羊群小，也就十几只，混入的羊群大，百十来只，加之颜色单一，不是白就是黑，给我辨识自家羊带来极大的困难。我和那个放羊娃以前不认识，好说歹说，人家才答应帮着一只只分出群。

然而哪有那么容易，你刚钻进羊群，羊群就像扇面一样散开，几只羊跑向这一边，几只羊却又混杂在另一边，一时半会儿聚拢不到一起。最后还是那个放羊娃聪明，脱了外套，扔了鞭子，凑准机会一下子扑到头羊屁股后面，一伸手抓住羊的后腿，死拉硬拽，算把起决定作用的头羊拉出了羊群，和他的羊群保持一定的距离。然后我也如法炮制，学着他的样子，钻入羊群一只只进行分离。如此一来，听见头羊在不远处“咩咩”直叫唤，其他的羊也就顺从多了。我一手抓住羊脖子，一手托住羊尾巴，前后一用力，羊就乖乖跟着走了。这个时候，太阳已经偏西，我又累又饿，羊也基本上跑了趟子，看上去肚子瘪瘪的。我只好把羊群赶到涝坝边，匆匆饮了水，无精打采回家了。到了半夜，就听得羊圈里接二连三传来羊的叫声，父亲就好生纳闷儿，问我咋回事。我迷迷糊糊说了几句羊混群的事，父亲于心不忍，起身穿好衣服，一边嘴里嘟嘟囔囔说着：“人的肚子饿了睡不着觉，羊没有吃饱肯定也不好受呢。”一边开门走了出去。不用问，这是去给羊补草，额外增加一顿消夜呢。

放羊娃手上没有家伙，不能算是真正意义上的放羊娃。要么一根鞭子，要么一根棍子，再不济也要有个撂棒。放羊的鞭子和车户的鞭子不一样，一个把子短，鞭子也短，一个鞭杆长，鞭子也长，但有一点是相同的，那就是鞭子一甩，都能发出鞭炮一样的响声。我们几个放羊娃，经常站成一排，一起甩着鞭子，比赛看谁的最响。先是一团团白花，紧随其后的是一阵阵脆响，声音回荡在山谷里，久久不散。棍子就像刀豆秆子一样，细长而富有弹性，打在羊身上虽然不疼，却能起到威慑作用。其实棍子还有一种用途，特别是水渠边和青草长势比较旺的地方，常常有蛇类出没，这里敲一敲，那里拨拉一下，打草惊蛇，以防万一。而撂棒则粗一些，也短一些，用的时间一长，擀面杖似的，光滑油亮。每当羊群不听话，准备跑出放羊娃可控的范围，撂棒的功效就显现出来了。握住下端，瞄准方向，跑几步奋力一扔，撂棒就像长了眼睛一样，不偏不倚落在羊的前方，羊一受惊，立刻调转身，原路返回，低着头啃食草皮，不会轻易超出你的视野范围，省了放羊娃不少心。

距离再远一些，土坷垃和撂棒都派不上用场。要么费了鞋子，凭着蛮力，使劲儿来回追赶羊群；要么准备一副专用的放羊工具——撂撇子。撂撇子其实很简单，却非常管用，羊群跑出去百米开外的地方，也能及时阻止继续前行，头羊一扭头，其余的羊就条件反射一样，不再盲目瞎跑了。撂撇子由弹囊和两根绳子组成，弹囊巴掌大，长方形，最好是一块帆布，或者熟牛皮，不但要柔软，能裹得住石块，还要结实，经久耐用。弹囊两头的中间部位，各打一孔，将绳子穿过去，讲究一些的放羊娃，还要找一对铁环扣，固定在弹囊孔眼上，一是美观，二是牢固。绳子最好也是皮绳，而且相对要细，要是羊群跑远了，撵不上了，找一块合适的石块裹在弹囊中，然后抓起绳子两头，挥动大臂，轮转着甩上几圈，随着松开一头的绳子，石头就像子弹一样飞出去了，效果出奇地好。

当然，有时候撂撇子使用得当，还能获得意外的收获。有一年，我在山上放羊就看见一只野兔子，连蹦带跳从羊群旁边经过。恰好我靠在一块石墙上，前边刺墩连着刺墩，我看得见野兔子，野兔子似乎没有发现我的存在，跑出去几十米后，慢慢放缓了前进的速度，随后索性停下来，左顾右盼一阵，先是伸出一只前爪挠痒痒，继而一跳一跳的，围着刺墩子吃草。我就蹑手蹑脚，屏住呼吸，小心翼翼取出撂撇子，装好石块，往前走两步，然后旋转两圈猛地一甩撂撇子。就听“嗖”的一声，石头就飞向了野兔子，而且一下子就那么准确地砸在了兔子的身上。很显然，石头伤及了野兔子的一条后腿，野兔先是腾空一跃，紧接着扭头就跑，不过毕竟受了伤，跑着跑着就跑不动了。我赶紧大声喊着，让另一个山梁上的放羊娃过来，两个人一起围堵。最终野兔被我俩逮住，拿回家请人宰了，好好改善了一下生活。

还有一次，我差一点伤到人，闯下大祸。那是一个夏天的中午，人们都在树底下午睡，我躺在一条麻袋上，总觉得身下疙里疙瘩，闭着眼睛却翻来覆去睡不着。突然就觉得远处的麦子地里，窸窸窣窣有动静，我本能地以为是狐狸下山，要偷袭正在地里觅食的鸡，就起身观察。我发现齐腰深的麦地里，确实有东西在挪动，为了不影响别人休息，我没有发声喊叫，而是拿起撂撇子就甩。然而随着石头落地，猛地从麦地里站起一个人来，我吓得几乎魂都飞了，从此再也不用撂撇子了。

最忆少时西公园

我小时候很少有进城的机会，一是路程远，二是囊中羞涩。早就听大人讲，城里不像农村，出门就要钱，坐公共汽车、喝自来水，甚至出门倒垃圾，手上没有钱啥都干不成。特别是当大人们撇着嘴，摇着头，绘声绘色说起城里上茅房，没有钱人家挡在门口不让进的遭遇时，我们一个个就像听天书一样，觉得城里人简直太不可思议了。

实际上到了城里之后，才发现事情并不像大人们所说的那样糟糕，最起码在我们这些半大小子看来并非如此。

上中学之前，我到乌鲁木齐的次数屈指可数，必须大清早起床，先坐拉煤车，再倒公交车，等到了城里，已是半上午。一般情况下，主要在两个地方活动，一个是人民电影院，一个是西公园，而且必须算好回家的时间，否则公交车收了车，从米泉地磅到村上那七八公里路，就只能靠步行了。好在电影一个月左右能看上一场，权衡之后，还是把主要精力放在西公园这边，因为从来没有机会和那些野生动物近距离接触，而我们又天生对野生动物充满好奇，包括大象、狮子、老虎和狗熊等，只是听说过，没有亲眼见过，长什么样，个儿多大，吃什么东西，发啥声音，这些都是我们最想了解的内容。哪里像现在，打开电视有《人与自然》《动物世界》，特别是央视第九频道的《纪录》节目，天上飞的、地下跑的、水里游的，地球上千姿百态的野生动物都能看到，饱眼福不说，还能学到许多知识，特别是互联网时代，更加快捷、高清、方便。

西公园就在红山脚下，当时乌鲁木齐几个标志性建筑都在附近，最高的建筑当属“09”楼，过了西大桥不远处就是，鹤立鸡群一样耸立在西公园斜对面，那是乌鲁木齐有名的消防建筑，上了一点岁数的人都记忆犹新。红山商场、红山邮局和新疆日报社，形成一个三角形，从扬子江路下来是邮局，从西大桥过来是商场，而新疆日报社的后门和西公园的正门离得很近。每每从日报社经过，一楼就是印刷厂，窗户都开着，机器咔嚓咔嚓不停响，声音嘈杂，随着印刷机的声响，一阵阵油墨的特殊香味扑面而来，这种味道我很喜欢，每次路过时都要有意放慢脚步，享受一下油墨的清香。就像有些孩子喜欢闻汽油味，当汽车从身边驶过，总要跟着跑上一段，为的就是让那汽油味通过鼻腔，沁入肺腑，算是那个年代可怜的一点特殊享受。

记得最开始西公园的门票好像只有 5 分钱，进了大门，就是湖水，夏天水清清的，四周都是树的倒影，有几只小船，供人们游览，船儿轻轻滑动，荡起一圈一圈涟漪，让我们看得十分羡慕。我们水性一般，而且一律狗刨，上船花钱舍不得，下水游泳怕人笑，只能眼巴巴看着别人打着伞，划着桨，或嗑着瓜子，或捧着书看，充满诗情和画意。到了冬天，湖水结了冰，就有人在湖面上滑冰，男的女的，头戴尼龙帽，身穿运动服，弓着腰，背着手，燕子一样身影矫健、轻盈。于是，想起我们农村孩子滑冰的不同，脚上踩的不是冰刀，而是清一色“脚麻子”——一副自己打造的滑冰刀，用木板或者木头棍截好，下面固定上钢筋，两根的是双板，一根的是单板，用线绳子绑好，滑起来一样速度快。

动物都在公园的西北角，其间还要经过朝阳阁等景点，我印象最深的还是树，古老、高大，密密麻麻，遮天蔽日，有些人就带了被单，铺在地上休息，唱歌的、打牌的、吃零食的，休闲得很。我们一路走，一路感慨城里人优哉游哉的幸福生活。我最害怕随时碰上卖冰棍的，不停地叫卖声，就像磁铁般紧紧吸引着我们，口干舌燥嘴又馋，吃了一根还想第二根，如果不严格控制就会超出预算，直接影响我们看动物，那不就前功尽弃，枉来一趟乌鲁木齐市区吗。曾经有一次，同来的一个孩子看见卖冰棍的，竟然说他不想进动物园了，足见冰棍的吸引力有多大。

终于见到了和我家厨房一样大的大象，耳朵像两片麻袋，呼扇呼扇的，鼻子像粗长的麻绳，吊拉在两根剥了皮的木头棒子一样光滑的象牙中间，看似软不邋遢，却灵活得不得了，萝卜呀、甜菜呀，扔在地上，鼻子伸一伸，卷一卷，很快就吃进口中，尤其是那四根柱子一样的大象腿，踩在地上，就像开过来一辆汽车，轰隆隆的，我们的身子似乎都在震颤。最可笑的是隔着栏杆，大象看见了一个人手中的玉米棒子，鼻子一伸就过来了，吓得那个人“我的妈呀”叫了一声，丢下玉米棒就躲到一边，大象则若无其事一般，瞅都不瞅人一眼，卷起玉米棒子就兴高采烈地享用，惹得我们都禁不住捂着嘴笑了起来。

狮子和老虎，同属大型猫科动物，看着牌子上的介绍，我才知道一个来自非洲大草原，一个来自东北或者西伯利亚。后来长大了，我对老虎有了更多的了解，其实除了这两个地方，还有华南虎、孟加拉虎和苏门答腊虎。狮子特别是雄狮，高大威武、气势非凡，那飘逸的鬣毛，密不透风，充满杀气，那钢鞭一样的尾巴，坚硬有力，横扫一切，称王称霸非它莫属。关在笼子里狮子依旧雄风不减，张着大嘴，喘着粗气，来回转着圈子，偶尔停下来瞧瞧笼子外面，那眼神、那架势着实令人胆寒。和狮子的一身棕色相比，老虎就显得斑斓多彩了，昂首阔步，虎视眈眈，脑门儿上一个天然的“王”字，更加凸显王者风范。从人们的交流声中，我们这些农村娃，也不断增长着见识，比方我们平时说鸡叫、马叫、狗叫或者驴叫，都是用一个“叫”代替，而狮子发声叫“狮吼”，老虎发声叫“虎啸”。就像原本“马嘶”“鸡鸣”“狗吠”“狼嚎”一样，学问大着呢。

看到狗熊，就想起老邻居阿斯卡尔大伯讲的一个真实经历，他说他年轻时在山里砍木头，有一天看到一只棕熊在山坡上不住立起前爪东张西望，他就悄悄提上猎枪，躲在一棵松树后面，瞄准棕熊“砰”的一声开了枪。没承想一枪打在熊的肩上，熊不但没跑，反而冲着枪响的地方怒吼着猛扑过来，阿斯卡尔大伯哪里想到这样的结局，喊了一声“外江”（要命），就朝着山上疯跑起来，而且一边跑一边大声喊“救命”，幸亏当时山上砍木头的人多，而且另外还有几杆枪，一起开火，这才最后吓跑了棕熊，不然凶多吉少。

西公园的熊关在一个相对大的笼子里，一个个肥嘟嘟的，走起路来呼哧呼哧的，毛不长，利爪却很长，弯刀一样，一掌打下去，不是血刺呼啦，就是腰折腿断，那劲儿大得就像钢嘴铁牙似的，不可能再有囫囵身子。听说狗熊要冬眠，夏天使劲儿吃，特别要把熊掌养得厚厚的、肥肥的，如同四块打足了气的皮囊一样，到了冬天，熊全靠舔舐自己的脚掌为生。无论狮子老虎还是狗熊，一个突出特点，尿臊味都很重，远远就能闻到，我们就用手捂着鼻子，不过眼睛始终睁得大大的，生怕有遗漏，成遗憾。

猴子最调皮，也最招人喜欢。大大小小一大群，上蹿下跳，你追我打，叽叽喳喳，不安稳、不疲累，火眼金睛，龇牙咧嘴。小猴子骑在大猴子身上，猴王蹲在假山顶上，观察动静，平息内讧。猴子最喜欢游人给它们扔花生和瓜子，花生皮剥得快，葵花籽嗑得香，心灵手巧，眼疾手快，通过逗人取乐换取食物。然而毕竟是动物，哪怕是猴子也有打盹的时候，就有好事之人，在猴子面前比画着将烟卷猛吸几口，然后扔进栅栏里面，猴子“嗖”地从头顶上跳下去，学着人的样子，捡起来就塞进嘴里，哪知烟卷拿反了，烫得跳蹦子，不过吃一堑长一智，很快就学会了，人模人样抽上了。

鹦鹉和孔雀，一个小却叫声不断，一个大反而悄无声息。花花绿绿的鹦鹉，喙像铁钩子，爪子也像铁钩子，呼啦啦飞起来，齐刷刷又落下来，我觉得就像飞禽里的猴子，闲不住，最突出的是嘴闲不住，不是在吃，就是在叫，针尖大的小米，撒在地上，看都看不见，鹦鹉却能吃得干干净净，确实不一般。孔雀好看，头上有翎，身上五彩缤纷，长身子，长腿，高高大大，很少看见飞，也很少听见叫，如果想看孔雀开屏，也很不容易，于是总有人眼盯着穿裙子的小姑娘，因为人们都说，孔雀爱臭美，看到花裙子，就想一比高低，开屏炫耀，压倒对方。一次正巧赶上孔雀开屏，就像一把打开的扇子一样，五颜六色，绚丽多彩，转着圈让我们一睹为快。

其实我们最喜欢的还是八哥，通人性，会说话，你说一声“你好”，它就回答“你好”，你再说一声“你吃了吗？”，它又回答“吃了”，声音很清脆，也很清晰，我们就想不通，一个普普通通的鸟儿，怎么就会说人话呢。后来我也捉过一些小鸟，包括百灵鸟、云雀和伯劳等，从小养到大，也从小教到大，虽说吃奶的劲儿都使上了，却始终没有像八哥一样说句人话，索性都放生了。

后来听人说，西公园养了热带鱼，好几个大鱼缸，花花绿绿的听都没听过，谁还见过。我们一次都没有赶上热带鱼开放的日子，只能透过窗户往里瞧，屋里黑，隔着又远，不要说热带鱼，连个鱼缸都没看清楚。听着名字都好听，黑玛丽、蓝心，到底长得什么样，谁都想象不出来。

再后来，西公园慢慢开始引进表演项目，其中最刺激的要数蛇獴大战。围个圈子，里面表演，外面观赏。农村孩子见过蛇，却没见过獴。蛇的厉害都清楚，阴森森，滑溜溜，来去匆匆，无声无息，看似软绵绵的，却恶名远扬，碰上了赶紧躲开，咬一口那可是要死人的，谁见谁怕。可獴只是比刺猬稍大一点，牙齿锋利吗，动作敏捷吗，浑身有劲儿吗，我们全然不知，只能手捏一把汗，焦急等待。只见先放出一条吐着芯子的毒蛇来，听说是眼镜蛇，头端奓着，脖子硬硬的，来回盘绕着，我们吓得躲得远远的，很快獴也放出来了，东嗅嗅，西瞅瞅，嘴尖尖的，弓着身子，突然蛇和獴头和头碰在一起，都吓了一跳。随后就开始一轮又一轮搏斗，你进攻，我躲闪，我出击，你逃窜，蛇凶猛，狡诈，想一口让獴毙命；獴则瞅准时机，咬一口就跑，几次三番，消耗蛇的体力。最后还是獴占据上风，一口咬住蛇的脖子，令其动弹不得。再到后来就是气功表演，阵势大，号召力强，人们里三层、外三层，水泄不通，场场爆满，成为西公园一道最具人气的风景线，让人难以忘怀。

煤之缘

芦草沟煤炭多，尤其磨石嘴子往下，二大队到三大队一带，扭头东西望一望，抬头就能看见两侧山坡上零星耸立的井架子。如果再翻过几座山梁，一边是一分厂、炭厂，也就是人们口头上叫习惯的小洪沟、大洪沟；一边是二分厂、三分厂和八道湾煤矿。沿着炭厂副业队从小洪沟进去，还有米泉井冈山煤矿，从石化方向拐入铁厂沟，则是铁厂沟煤矿。

这些煤矿当中，不仅有地方的也有兵团的，离我们村最近的公安厅煤矿，则属行业系统管理。那些年农村很穷，也很苦，特别是到了冬季，烧煤做饭取暖，就是一项不小的开支，家家盘热炕、打火墙，快到睡觉时，一律将炉灰压在炭火上，减缓煤炭燃烧速度的同时，尽最大可能让屋子保持一定的热量。

然而冬天太漫长，存放在炭房子的那点煤炭，烧不了多长时间，就从一开始的一座小黑山包，变成一个小煤堆了。烧煤是刚性的，节省也是必需的，实在没有办法，只有穷则思变，到附近的矿上拾煤。那时一个公社，才两三辆汽车，要么是老“解放”，要么是“69 嘎斯”。一个生产队也就三四挂马车，那都是集体的，运输任务繁重，一般家庭根本指望不上，除非有毛驴车，不然就得靠人拉爬犁。

爬犁几乎家家都有，用木头和板子制作而成，有的大而结实，有的小而灵巧，上面不是固定有筐子，就是绑着一个麻袋。如果想要省力增速，有人就想方设法找两根指头粗的钢筋，按照爬犁尺寸，烧红后两头折弯，加固在爬犁下面，手一拉绳子，轻轻松松就走了。

当时我们拾煤，去的最多的还是公安厅煤矿。几个人一做伴，说着笑着就到了。公安厅煤矿有两个井架子，立在高高的石头砌成的底座上。井架子全是钢铁焊接而成，抬头仰望，才能看见最上面转动的大大的滑轮。时间一到，铃子一响，不远处的卷扬机房，操作手一动操纵杆，随着一声轰鸣，钢丝绳就颤动着从滑轮上开始滚动，不一会儿，一个巨大的长方形井筒，丁零当啷就从井口升上来了。钢丝绳拉到了井架最上方，立刻被两副托铁托住，继而再一倾斜，咣当一声，煤炭就顺着漏煤槽稀里哗啦倒进煤斗车里。当班的人先是推一下煤斗车，紧接着跳上去，沿着轨道走不远，扳刹车，再去挂钩，两手一使劲儿，斗车顺势一斜，煤炭像一道黑色瀑布，瞬间倾倒在不断隆起的煤堆上。

煤矿有严格的操作规程和安全措施，闲散人员一律不准靠近井架，即便拉煤的司机，也要按要求将卡车停靠在指定的装煤区域。像我们这些拾煤的投机者，只能远远地将爬犁藏在暗处，一手挎着一个小筐子，或者提拉着一个小袋子，黄花鱼一样，溜边瞅机会。因为同在一个学校上学，我们和公安厅煤矿的一些孩子混得很熟，不但在一起学习，还经常凑在一起打羊髀什、玩尜尜。到了夏天让他们到家里来吃玉米，如果公安厅放电影，他们则在第一时间告诉我们，甚至给我们占座位。时间长了，我们也就学会了很多关于煤矿和煤炭的知识，譬如煤是分槽和走向的，矿井不但有竖井，还有走巷，矿工下井都戴安全帽，头上还有矿灯。井下最怕冒顶、透水，还有瓦斯爆炸，如果撤离不及时，人就有生命危险。他们还教给了我们最实惠的方法，那就是如何辨识煤质的优劣，在哪里拾煤既省时又收获大。

如果只是我们队上的孩子拾煤也就罢了，七队、九队的娃娃也在这里捡便宜，人一多，目标大，只能把心思用在老老实实拾遗补阙上。就是远远看见煤矸石堆边几块黑煤疙瘩，我们一窝蜂拥上去，谁下手快，装进谁的筐子和袋子，或者一辆拉煤车开过去，遇上沟坎一颠簸，从车厢撒落一些煤渣，我们不顾危险，就像哄抢美味佳肴般赶紧扑上去把一块块乌黑发亮的块煤，压在自己身下，别人就不好意思再下手了。毕竟狼多肉少，有时搞不好还伤和气，自然就想在煤堆上打主意，说得直接一些，就是偷煤。一开始都不敢，大家生怕被生擒活捉，眼见着天越变越冷，肚子又咕咕作响，而身边则有同伴屡屡得手，起了示范效应，于是就禁不住诱惑，跃跃欲试，最后发展到趁人不注意，猫着腰，低着头，壮着胆子偷偷溜到煤堆后面，抱上一大块煤就跑。还确实没有被发现，我们尝到了甜头就还想再试，同样也得手了，紧张得心怦怦直跳，却高兴得合不拢嘴。有人再一撺掇，就想第三次冒险，这一回则撞到枪口上了，不但自己被逮住，一帮子拾煤的伙伴们全被赶进了办公大院，关在了一个大黑房子里。我们先是集体被训斥，随后一个一个登记造册，被警告说第二天要游街示众，以儆效尤。听了这话，我们知道自己闯了大祸，吓得浑身哆嗦，一些胆小的当时就呜呜哭了起来。然而事情并不像想象的那么严重，我们当晚全部都被放了出来，收缴的爬犁也都还回来了，总算是虚惊一场。后来才知道，一是村上出面，说了好话；二是公安厅的同学求了情，本着教育为主的原则，矿上这才放了我们。

说到一分厂，主要和炭厂的同学有关。炭厂是芦草沟公社自己的煤矿，矿井先后挪了好几个地方，后来两个井口子都在高坡上，炭厂的孩子到学校上课，两个矿井都成了必经之路。当时学校在二大队，要翻过一座山，经过一处坟园弯子，抄近道走过一片庄稼地，才能达到学校。每逢下雨天，同学要么迟到，要么干脆不来上学。到了冬天下大雪，爬山的时候摔跟头成了家常便饭，小学、初中熬下来确实不容易。炭厂的同学有两个最大特点，一是很多人会开汽车，二是篮球打得好。因为拉煤的车多，一来二往中就和司机有了交集，摸方向盘的机会自然多，久而久之，就学会了开车，而且一开就是大卡车，虽说手上没有驾驶证，驾驶技术却出奇的好，成了我们羡慕的对象。篮球打得好，取决于炭厂有打球的传统，每年公社篮球比赛，炭厂队实力不可小觑，成了其他球队重点研究对付的球队。有了上一辈的传帮带，下一代的球技肯定不会逊色，突分、拉杆和三分球，各自都有特长，融合在一起，整体水平就不错。

我对炭厂有感情，原因是最早我们家也在炭厂，高中毕业后，我还在炭厂教学点代过课。每每爬到山梁上，都会停一会儿，看一看炭厂和一分厂，再回过头瞧一瞧芦草沟，一边是井架子、塌陷坑、拉煤的车辆，一边是绿油油的庄稼、茂密的树木、山坡上游动的羊群，一边留下过父母过去的记忆，一边是我们梦开始的地方。炭厂还有父母的老相识、旧街坊，加之还有炭厂的那些同学，经常你来我往不在话下。和炭厂同学前往一分厂一起打比赛，成了我们暑假的一项重要娱乐活动。和二分厂、三分厂比起来，一分厂的绿化更好，尤其是篮球场，一圈全是树木，浓荫一片，凉爽宜人，球场又是砖铺的，球带起来比土场子感觉好多了。关键是比赛不但有裁判、记分册，还有不少观众，打起比赛来劲头儿十足，信心满满。在那么多热情友好的观众面前，我们都想突出自己，展现个人技术，如果谁带球突破防守，一条龙冲到底线，一个三大步投篮成功，立时赢得一片喝彩，一个个汗流浃背，气喘吁吁，却不想被换下场休息，仿佛铁打的一样，都想坚持到最后一分钟。

有一天班上几个炭厂的同学，刚一进教室，就神色凝重地告诉我们一个不幸的消息，说是前两天一场大雨，一分厂山沟发了洪水，因为来势凶猛，洪水淹了一个井口子，好几名矿工在井下遇难。他们赶到一分厂参加了隆重的追悼会，场面很大、人很多，事迹很感人。炭厂的同学叙述的时候，眼圈都红了，当我们看到他们手抄的悼念诗词，我们也不由得开始鼻子发酸了。

和米泉井冈山煤矿的缘分，也是源于同学的关系。当时这里的几个孩子也在公社学校上学，而且通过这几个同学，又认识了井冈山煤矿一个叫作阿日甫的同龄小伙子。一日，九队的同学高兴地偷偷对我说，他和炭厂的同学前几天去了阿日甫家，正好他父母到阿克苏探亲，他们就自力更生，做了一锅鸭肉做的抓饭，味道太好了。那些年吃一顿抓饭就像过大年，更不要说是鸭肉抓饭了，听后馋得要流哈喇子了。九队的同学就说，他已经和阿日甫商量好了，星期天还要去他家吃抓饭，到时候一起走。那天我还真的一块去了，有人宰鸭子、有人淘米、有人切黄萝卜，好不热闹。好不容易等抓饭做好了，狼吞虎咽有滋有味刚吃了一半，门一开，阿日甫的父母扛着大包小包回来了。我们仿佛一群偷食的馋猫，看到主人突然出现在面前，一个个低着头、红着脸，赶快起身灰溜溜地逃走了。后来听阿日甫说，父母根本没有一点责怪的意思，而是我们太多心，胆子也太小了。

过了七队，顺着山边走过麦场不远就到了二分厂。好几个井架子，煤堆得像山一样，不但拉煤的车多，还和小洪沟口相通，也有铁路专运线，遇到火车拉煤，汽笛一响，老远的地方都能听到，穿透力太强。到了晚上，我们家就能看到二分厂的夜灯，一束白色的光线射向远方，亮得耀眼，我们都叫“探照灯”。下井归来，矿工都要泡澡堂子，而农村除了渠沟和涝坝，没有室内泡澡的场所，因此二分厂的澡堂，就成了我们向往已久的地方。先是七队的同学去洗，后来我们也跟着去，赶上矿工下班，澡堂子挤满了人，我们就四处瞎逛，去得最多的地方就是门市部，身上都没有钱，只能干瞪眼，过过眼瘾。等澡堂子人少了，我们急忙溜进去，三下五除二脱了衣服裤子，光着身子跳进热水池，一边相互帮着搓背，一边羡慕地看着矿上的工人打香皂、拧毛巾、换洗衣服。不比不知道，一比生活差距大呀。不过我们依旧感到满足，不仅泡了澡、洗了淋浴，冲刷了自己，提振了精神，关键是虽说我们是偷着进去的，却很少被矿上的工人赶出来，自尊心没有受到伤害，这就非常不容易了。

三分厂也叫碱沟，由于过了二分厂还要翻山，去的机会相对少一些，印象深刻的有两次。一次是七队的马车在三分厂拉石头搞副业，其中一个同学说想去看看赶车的父亲，让我们陪着去，于是就一帮同学一块去了。那是冬天，从三小队出发，沿着去往八道湾的崎岖山路，一路走，一路聊天，荒无人烟的山沟，渴了吃口山上的雪，饿了就强忍着。赶到三分厂，说是搞副业的人都回去了，好像是从地磅那边走的，阴差阳错，没有碰上，我们肚子饿得不行了，没有吃的，只能饥肠辘辘、无精打采往回返，乘兴而去，败兴而归，想起来都后悔。还有一次是因为朝鲜电影《卖花姑娘》，我们先是白天在一分厂的礼堂里看了一遍，觉得不过瘾，晚上又赶到三分厂看了露天的。银幕上的演员哭，银幕下的我们也哭，一群傻子一样，赶回到家，鸡都打鸣了。

当然，和这几个煤矿和煤的故事还远不止于这些。比方说，夏天的时候，跟着队上的大人，到附近的煤矿卖瓜子、卖鸡蛋、甚至卖个鸡呀什么的，补贴家用。到了快入冬时，则去用细粮换粗粮，也就是用一公斤白面，换得矿上人家两公斤玉米面，艰难的日子就好打发一些。说到矿上的那些同学，有的如今偶尔还能见上一面，有的见面的机会则很少了。不过司德·阿西木我们经常可以看见他，他却不一定能看到我们。因为他已经是乌鲁木齐的名人，尤其是人们在西虹东路和南湖路交会处，也就是劳动街路口看到的交警“司德岗”，就是以他的名字命名的交通文明执法示范岗。司德·阿西木曾经就是公安厅煤矿的孩子，是我们的同学，后来从警，从 1979 年当交警到如今，马路上一站就 42 个年头，单凭这一点，就已让人肃然起敬了。他是乌鲁木齐交警的一个形象，也是中央政法委、中央综治办所授予的全国先进工作者，同样也是第二届乌鲁木齐道德模范，和其他 51 名道德模范一起，引领着全市各族群众，为创建全国文明城市做出各自应有的贡献。

绥远有多远

在乌鲁木齐生活久了，你就会发现这是一座典型的混血城市，历史非常久远。就以坐落于城南水源地的乌拉泊古城而言，“建于唐代沿用至元，是乌鲁木齐现存时代最早的古城遗址”（引自乌拉泊古城全国重点文物保护单位立碑刻文）。印证了很久以前乌鲁木齐就是一个交通要塞，留下过南来北往古代行人的足迹。如果我们再探究一下乌鲁木齐这个名称，则是以蒙古语来命名，其意为“优美的牧场”，同样也能说明这座城市的地貌特征，各民族共同生活的历史传统。放牧和牧场的概念一直保留到现在，无论东山、达坂城、还是南山，均属半农半牧地区，一部分农牧民的生活收入，依旧来自于牲畜养殖。小时候一到春季，远在托克逊的维吾尔族牧羊人，甚至翻山越岭把羊群赶到乌鲁木齐周边的山上来放牧，后来我才知道，这些山地同样也属于托克逊的过渡草场。

在乌鲁木齐周边，比如达坂城就有“兰州湾子”这样的地名，顾名思义和甘肃兰州有关。听老人们讲，清朝末期有几户回族杨姓人家，因生活所迫，一路向西来到达坂城东沟，本想暂作休整继续向前行进，但看到这里水草茂盛、土地肥沃，是一个养家糊口的好地方，便有所迷恋，从此留在了此地。到了乌鲁木齐北郊，地窝堡乡有个行政村则叫“河南庄子”（立新村），20世纪80年代末90年代初，我曾在地窝堡乡任职，经常到河南庄子走访，所到之处大抵河南口音。他们有不少是1941年河南闹水灾后灾民的后裔，有一个突出特点，就是勤劳能吃苦。那些年，地窝堡机场西侧旁一片片鲜绿诱人的韭菜，就是河南庄子的招牌蔬菜，不知装满了多少乌鲁木齐人的菜篮子。再往安宁渠四十户乡，还有一个村子叫“广东庄子”，一下子从北方到了南方。民间有两种说法：一种说法是原先这里是一个驿站，林则徐当年发配伊犁，在此地短暂停留，一些随行的年老体弱者再无力前行，就留在这里，从此有了“广东庄子”这个地名。另一种说法是二百多年前，由于一批广东人被官府流放到这里拓荒开垦，所以才有了这个具有地域特征的地名。

我对“三道坝”“古牧地”“黑沟”和“羊毛工”这些地名也非常感兴趣。就以“羊毛工”为例，不了解历史的人很容易望文生义，以为这里曾经是盛产羊毛的地方，其实“羊毛工”这个名字与青海有关。光绪二十年，青海西宁地区发生灾荒，一个叫南川羊毛沟的十来户人家到了新疆开荒种地，后来逐渐形成村庄，为了不忘家乡，怀念故土，便将拓荒之地以“羊毛工”相称。在这里“工”即为村落，据考证最早也是出自青海，像甘都工、黑成子工、卡尔岗工等，都和垦荒有密切联系。由此联想到乌鲁木齐二工、三工和中营工这些村落的名称，最早大概也是如此来由。

在乌鲁木齐城区，随便举几个地名例子，地域色彩也很浓郁。宁夏湾、固原巷、山西巷等，都是老人们耳熟能详的名字，深藏着不少难以忘怀的故事。

说实在的，自打结婚以后，我的注意力更多地放在了“山西巷”，以及“山西”和“绥远”这两个地理名称上面。从艾贝保·热合曼这个名字，一下就可以认定我是维吾尔族，然而我的妻子却是有着柯尔克孜血统的回族。因此，除了对维吾尔族历史文化有着浓厚的兴趣之外，我对回族的风土人情和民俗关注度也很高。之所以对“山西巷”情有独钟，说到底还是源自于岳父一家的影响。岳父不止一次对我们讲，“山西巷”最早是一个人头攒动的热闹巴扎（集市），官名“龙泉街”。实际则是半截死巷道，进出口都在东头，与现在南北走向的解放路交会，往西则是新华南路。岳父说之所以叫作“龙泉街”，自然和这里的一眼自喷清泉有关，泉水常年汩汩流淌，挑水的、拉水的、驮水的人和牲畜络绎不绝。正因为这一眼清泉的关系，后来一个叫季登魁的山西大同人看中了这块风水宝地，便在这里开设了“山西驼场”，成了奔波于其他省市与新疆驼户的一个驿站和货物集散地。时间一长，人们就记住了“山西巷”这个名字，而“龙泉街”不是标识在公交车站站牌上，就是存留在书面文字里，人们一般很少提及。

岳父说，他还是尕小伙儿的时候，总是隔三岔五去山西巷转一圈，这当然也是受到父辈潜移默化的影响，虽说当时已是20世纪30年代初期，汽车开始通行，驮运日渐衰落，岳父还是想一睹“山西人”的亲切面容，听一听来自远方骆驼嘶鸣的动听声音。每每讲到这里，岳父都会停顿一阵，端起茶碗喝一口茶水，面容显得有些焦虑，眼神透露着苍凉，好像能够穿越时空，让自己回到当年山西人出出进进的独特场景，时刻提醒自己："我是骆驼客的后代，我的根在山西！"

后来，我从岳母口中听的最多的不是山西，而是绥远这个名字。一开始我也糊涂，怎么一会儿山西，一会儿绥远，二者到底是什么关系，是不是把这两个从未到过的地名搞混淆了。这个一直让儿女们纠结的问题，岳父说不清楚，岳母也弄不明白，但从两位老人断断续续、时而清晰时而模糊的叙述当中，似乎觉得这两个地方或多或少有着内在的必然联系。直到我后来查阅很多历史资料，联系岳父岳母提供的上一辈得来的一些基本情况，结合史料，证明山西和绥远历史上确实曾经有过一段特殊的关系。

后来，我坐火车路过河北张家口、山西大同、内蒙古集宁和呼和浩特的时候，眼睛总是一眨不眨，总想着我们的太爷辈，或许曾经就生活或者奔波于这片地域。我的大妻哥，一段时间甚至萌发了到山西和呼和浩特寻根问祖的冲动，只是因为时间太久远，亲人间的音讯早已隔断，就像大海捞针，希望渺茫，只能就此作罢。

岳父自称是骆驼客的后裔，完全是小时候从他的父辈那里，通过口口相传承袭下来的。岳父和岳母成婚，先后养育 4 男 4 女 8 个孩子，两位老人就把山西和绥远这两个既陌生又遥远的名字，不停地灌输给儿女，目的也只有一个，让子孙后代永远不要忘了自己的祖籍在哪里。

据史料记载，历史上乌鲁木齐回族的先民主要来自陕甘宁青和山西，丝绸之路打开中国和外国的通商之门，茶马古道连接中原和边疆的供需，而兴盛于新（疆）绥（内蒙古）的驮运线路，从早期清朝的军用所需，发展到后来的民间所求，大抵都靠“沙漠之舟”骆驼来完成，而那些“牵骆驼的人”，则是有着吃苦耐劳精神和经营头脑的绥晋之人，我们的阿爷就是其中之一。

儿女经常问岳父这样一个问题：“那么远的路咋么走呢么？骆驼都驮着些撒东西？”这个时候岳母就微笑地看着岳父，岳父则捋一捋白色的胡须哈哈一笑道：“听老人说，他们出绥远，过包头，穿宁夏，绕甘肃，进新疆！”这个“老人”指的是岳父的父亲，我们的阿爷。“不过我也听你们的阿爷说，有的时候走到半道，也有可能迷路绕圈子，多走一些冤枉路。”岳父补充说，“骆驼驮的啥？来的时候是茶、布、药、糖呀啥的；回去的时候是皮子、毛、毯子、葡萄干啥的，反正不走空趟子！”岳父好像自己也当过骆驼客似的，这时候脸上笑成了一朵花，有点洋洋得意的样子。

虽然是孩提时代听大人们讲的，但都深深刻在了岳父的脑海里。这一点我是非常敬佩岳父的，记忆力出众、人聪明、善钻研、手艺好。早先在乌鲁木齐的时候，他就学得一手做豆腐和做糖的本事，后来搬到乡下，种地又是一把好手，地里头不管啥活，没有他不精通的，要干就要比别人干得好，大家都佩服他。后来我和妻子成了一家人后，夏天吃的菜是岳父自己种的，包括韭菜、辣子、茄子和西红柿等等，品种齐全，不要说我们了，连街坊四邻都受益不少。不过最令人叫绝的，还是岳父的多面手和文化素养，多面手是指他除了会农活，还能干木工活、泥瓦活、皮匠活，而且一干就是师傅，别人只能打下手。岳父没上过几天学，但讲起三国和水浒，一套一套的，唱起秦腔也是一折一折，而且伴有动作，一招一式都很到位，不服都不行。岳父平日说得最多的，还是新疆和平解放前的一些历史和掌故。

根据岳父的转述，我专门查阅了《乌鲁木齐志》，证明和岳父的说法大体上一致。我经过分析和判断，觉得我们的那个阿爷和他们的驼队，选择的是驮运北路。有两个理由：一是，岳父在几十年的叙述过程中，经常提到“阿山”和“伊犁河”这两个名称。“阿山”就是阿尔泰山的简称，尤其以盛产黄金著称，说不定骆驼客间或顺道做一些黄金生意；二是，我前面提到，妻子有着柯尔克孜族血统，而从柯尔克孜族在新疆的分布情况来看，除了大都集中在南疆克孜勒苏柯尔克孜自治州和周边一些乡村牧区外，还有一些居住在伊犁州的一些地方，相对集中在特克斯县和昭苏县，还有夏特和阔克铁热克两个柯尔克孜族民族乡。由此可以断定，阿爷不但走驮运北道，而且最远还到了伊犁。不仅如此，阿爷还在伊犁这块充满诗情画意的地方，娶了一个柯尔克孜族女人为妻，为我们生下一个浓眉大眼、英武漂亮的岳父。这样的岳父和曾为大家闺秀的美丽的岳母结合，生养了 8 个孩子，男的出落得俊朗和气度不凡，孝敬父母，成为女孩子们追慕的对象，女的则是天生的美人胚子，一个比一个漂亮，一个比一个知书达理，攀亲的、说媒的、偷偷一封一封写情书的，为数不少。孩子们从相貌上而言，多多少少都有一些混血的痕迹，随岳父的特征明显一些，随岳母的特征则不太突出。女孩当中，妻子的相貌比较接近我们的柯尔克孜族奶奶，不说话，外人总以为她是维吾尔族。男孩当中，小舅子一双眼睛最突出，双眼皮、眼睛大、眼窝深，因为开出租车，如果是维吾尔族乘客，门一开就跟他说维吾尔语，弄得小舅子哭笑不得。这就是遗传基因的力量，抹杀不去，遮挡不住，而且还会一代一代传下去。

是的，我们的奶奶是柯尔克孜族。一些从血脉里带来的东西，那是根深蒂固的。譬如饮食习惯，虽说嫁了爷爷之后“夫唱妇随”，逐渐适应新的生活，然而喝奶茶、吃馕饼的习惯一直保留着。一次，奶奶突然想吃熏马肠了，附近又没有，简直馋得不行，眼泪汪汪地望着阿爷，一副可怜巴巴的样子。阿爷于心不忍，四处打听，听说乌鲁木齐有的卖，大冬天的冒着严寒，从早赶到晚，硬是长途跋涉几十千米，自己饿着肚子，却给焦急等待的柯尔克孜族奶奶弄回来两截熏马肉和马肠子，放进锅里用水煮了，不等肉熟了，仅凭弥漫满屋的熟悉而又久违的亲切味道，我们的奶奶就一边吸着鼻子，一边泪流满面地连声对阿爷竖着大拇指夸耀说：“加克斯，加克斯！”（太好了啊！）

阿爷从那么远的地方来，举目无亲，人生地不熟，和奶奶又是不同民族，语言不通，无法交流。一个是来自绥远农耕人家的骆驼客，一个是世代过着逐水草而居生活的游牧民，生活习俗天差地别，双方怎么适应，彼此如何了解，关键是两人怎么走到了一起？莫非绥远本身就意味着“随缘”，是命中注定的，真正意义上的“千里姻缘一线牵”了。

岳父告诉我们，阿爷是随着他舅舅一起来的，一个单趟就达数月之久，一个来回则是一年半载。先是阿爷舅舅在伊犁娶了一个柯尔克孜族老婆，见阿爷也到了男大当婚的岁数就给他也说了一房柯尔克孜族媳妇。实际上，阿爷的舅舅这个时候在新绥两地都成了家，也就是说在老家绥远早已有家室，到新疆伊犁又找了一个老婆。世上没有不透风的墙，时间不长，这个消息就传到了绥远，紧接着老家那边就来了人，跟阿爷的舅舅讨要说法。说是讨说法，实则不由分说“棒打鸳鸯”散，几乎采取“绑架”的手段，强行将阿爷的舅舅和柯尔克孜族女人分开，一路哭着、闹着把他押回了绥远。

因为来者不善，不是别人，而是阿爷舅舅的儿子。那可是眼里容不得半粒沙子的，母亲在老家眼巴巴盼着团聚，老子却在遥远他乡有了新的老婆，“不跟着一起回家，这就死给你看！”儿子最终在随行者们的鼓励和撺掇下，向父亲发了毒誓。儿子是一个犟脾气，冲得很，也横得很，拳头捏得“嘎巴嘎巴”响，眼珠子瞪得像牛一样，呼呼喘着粗气，脖子的筋都端奓着，一副不依不饶的样子，这么危机的时候，稍微有个闪失，说出人命就出人命了。就这样，阿爷的舅舅不得不撇下可怜的柯尔克孜族女人，眼含着热泪，满怀着愧疚，跟着儿子走了。岳父说，阿爷的舅舅其实也是因为心地善良，才娶了那个柯尔克孜族女人。包括阿爷的媳妇，都属于流落他乡的逃难者，生活无着落，前途一片黯淡，加之又是女人，危险和不测随时存在。阿爷最后也是动了恻隐之心，才萌生了再娶一房女人的想法，不料想到头来落得这么一个结局，心里肯定非常难受，也算是一个悲剧。我们就问岳父，那为什么不把阿爷也一起“押”回绥远？岳父说，因为阿爷这时已经有了孩子。儿女是父母的心头肉，再把父亲从儿女身边活活“押”走，一个是太残忍，再一个这一回“死给你看”的，很有可能就是阿爷的这个柯尔克孜族女人了。

实际上，绥远骆驼客在新疆再讨一房老婆的事情并不稀奇。我就曾听过这样一个故事：说是一个绥远骆驼客到了乌鲁木齐，经人介绍娶了一个当地的女人。这个女人生性泼辣、倔强、敢说敢做，用现在的时髦词语来形容，活脱脱就是一个“女汉子”。故事乍一听有些雷同，往后再发展，却又出乎人的意料。就是说，这个绥远骆驼客，和我们阿爷的舅舅一样，也是先有绥远的家室，再有乌鲁木齐的老婆。绥远的女人见男人一去不回，不但让儿子来寻找父亲，而且自己也跟着一起撵来了。到了山西巷一带一打听，骆驼客果真有了新的家庭，这还了得，哭天喊地、歇斯底里就登门去兴师问罪。可是母子俩根本不是泼辣女人的对手，泼辣女人劈头盖脸一顿擀面杖，三下五除二，就把远道而来的母子俩打出了家门。可怜的绥远女人和儿子哪里见过这阵势，一边尖叫着，一边抱着头就逃窜，丢了魂一样，一时找不到一个藏身的地方。

正当母子俩惊魂未定，沿着巷子铆足了劲儿往外逃窜时，突然一个院门打开了，紧接着出来一个女人，不由分说把母子俩藏了起来。泼辣女人大喊大叫，紧跟着就从后面追过来，一看人不见了，挨家挨户开始找，一边找还一边破口大骂：“我们可是正儿八经办过手续的，亲戚邻居哪一个不知道，你还野猫想赶家猫走，满大街坏我的名声，真是胆子太大了，这不是找上门来找打呢！”泼辣女人喧宾夺主，反戈一击，底气足得就跟快要爆裂的气球一样，反倒把一路按图索骥、一门心思想着要物归原主的一对母子吓了个半死，硬是躲在别人家床底下，颤抖着身子，屏住呼吸，不敢动弹。男人夹在两个女人中间，手心手背都是肉，深不得、浅不得，最终还是强龙压不住地头蛇，绥远来的母子俩，满含着悲愤与羞辱，重又回了绥远。直到后来都上了岁数，听说绥远的女人病重在身，泼辣女人这才良心发现，不但准许男人回了一趟绥远，还大大方方，自己也一道陪着去了。据说，一前一后两个女人见面的场面特别感人，很多人都掉下了眼泪。

后来新绥两地的驮运逐渐衰败，阿爷一家流落到了昌吉，再后来兵荒马乱，局势动荡，一次飞来横祸，一颗子弹终结了一个普通百姓的团圆梦。最终阿爷和柯尔克孜族奶奶离开了人世，一个孩子胳膊终生残疾。

阿爷的三个孩子从此成了孤儿，分别被人领到三户人家。妻子推算，当时大姑妈 13 岁，岳父 11 岁，小姑妈 9 岁，从此一家人彼此失去了联系。直到岳父即将结婚的时候，大姑妈才找上门来，这时她已经成婚有了孩子。而那个给人当了童养媳的小姑妈，和岳父的见面，则是到了更晚的时候。岳父告诉我们，父母双亡以后，他被一个没有儿女的老两口收留了，卖了一年的奶子后，被阿爷在乌鲁木齐的一个朋友发现，就把岳父从昌吉带到了乌鲁木齐。没有多长时间，这个阿爷的朋友，又把岳父送到他的岳父家，实际上是给他的岳父找了一个长工。夏天到八道湾种地，冬天回到城里打工，不是粉房就是糖房，受了很多苦，也学会了很多手艺。我岳母家姓周，当年在八道湾置得一片耕地，阿爷朋友的那个岳父正好就给岳母家当佃户，每年一到春上，一家人都搬到八道湾。因为年富力强，又是种地的一把好手，岳母家为了守住土地，关键是岳母家里缺少男丁，卖了土地就意味着败家，没有办法就招岳父当了上门女婿。一开始这桩婚姻并不被看好，岳母家是有钱人家出身，城里有一处不动产房子，直到我大妻哥结婚那阵子，还靠吃房租补贴家用。加之岳母是大家闺秀，上过学，能识文断字，却和一个没爹没娘的散漫惯的莽撞汉子结婚，总觉得太不般配，太让岳母受委屈，却又实在无可奈何，只能牺牲了岳母，来保全八道湾那一片土地。

人家是从农村走向城市，岳父家则是由城市一步步向农村迈进，归根结底还是和土地有关。从八道湾到芦草沟，先近后远，即便到了芦草沟，还是摆脱不了不停搬家的宿命。先是红土湾子（现在的水磨沟区石人沟村），后又因为做豆腐的手艺，举家到了十二队（米东区人民庄子），再后来就到了芦草沟村二队。就这样，岳父家从此在芦草沟村二队扎下根，直到两位老人先后去世，一待就是 55 年。岳父从一开始的一个孤儿，到后来的 8 个儿女，再到后来的 18 个孙儿孙女，直到今天的 15 个重孙子，总共四代人，包括女婿媳妇总共 65 口人，可以说是一个庞大的家族了。

几代人同堂享受天伦之乐，要的就是这个兴旺的人气，难忘的时刻。也正因为儿孙满堂，即使岳父岳母已经去世，儿孙们依旧发扬着两位老人留下的美好传统，为所有已故的亲人们留下一份思念，当然也包括遥远的绥远和那些千丝万缕的却又不知从何说起的身世……

怀念一匹马

那一天我们去石人沟踏青，按惯例沿着一条山路边走边看。天山脚下，春暖花开，坡缓草青，马牛羊像游动的风景，不时冲击着我们的视野。到了红豆草山梁拐弯地，就见一条清亮的小溪，从山坳叮叮咚咚流下来，到了一个涵洞前，形成不大不小一片水洼，成了牲畜固定的饮水点。正是上午饥渴的当儿，牲畜们有的在低头喝着水，有的卧在山坡悠然反刍，有的却在撒着欢儿相互追逐。

转着圈从这个山头，一溜烟跑向另一个山头的，自然是那一群自由自在的马，有大马，也有一脸萌相的小马驹。绝大多数马是在被动奔跑，只有两三匹马是在主动追逐，一匹枣红、一匹雪青，还有一匹一素黑。其中枣红马和雪青马似乎有积怨，咧着嘴撕咬，尥着蹶子蹬踏，粗大的喘气声，风箱一样在山谷回荡。而那匹一素黑马，充当着帮腔的角色，一会儿蹭蹭枣红马、一会儿顶顶雪青马，一会儿见缝插针，身子一跃挤入两匹马中间，打着响鼻，摇头晃尾，好像在劝和，又似在警告，反正急速奔跑的马群速度开始有所减缓，尤其是那几匹裹挟其中无缘无故陪跑的骒马，总算如释重负，四散开来，重又和落伍的马驹儿团聚了。

看到这样热烈生动的场面，一向喜欢捕捉原生态镜头的我，急忙掏出手机走下路基，兴冲冲顺着山坡向马群迎面而去。刚刚松弛下来的马群，本打算过山路、走坡道，去往牧草丰美的高山草场。猛然间看到一个陌生人，径直大摇大摆迎上来，齐刷刷回过头，向着反方向也就是狭长的沟底呼啦啦涌动。不承想，就在我准备加快步伐，沿着一条捷径拦挡马群之时，还是那匹枣红马，突然再次爆发，重蹈覆辙，上演了一场更加激烈的追逐游戏。不过不是马群去往的沟底，而是绕了一个圈，急忙再掉转头，一边撕咬着雪青马的屁股，一边放开四蹄，冲着我杀气腾腾追赶过来。

没有一点思想准备的我，被这突如其来的情况震住了。先是脑子一片空白，继而身子有些发抖，心想如此快速蛮力的一匹强悍之马，不，实际上是一前一后两匹发疯一般的高头大马，就这样一下子横冲直撞过来，自己将会无路可逃，后果也一定不堪设想。可是，就在这千钧一发的危急时刻，那两匹忘乎所以、山一样即将轰然坍塌的烈马，忽地鬼使神差般竖起前蹄，头一甩，嘶鸣着扭转身子，掉过头原路返回了。事后同行的朋友惊叹不已，说还是我经验丰富，临危不乱，紧要关头以“静”治“动”，避免了一场无辜伤害。看来不跑是对的，就像小时候被狗追咬，情急之中急忙原地蹲下，狗以为你在捡石头，就会回转身一下子跑开。马也一样，一般不伤害静物，哪怕是人，你不动，它也不主动攻击。

如此虚惊一场，说到底与爱马、想马有关。我毕竟是在农村生活过，放过羊、与牛相伴、亲近马都是再寻常不过的事情。羊是养家糊口的基本要素，谁家没有三五只羊，日子就很难打发。牛是村队重要的生产资料，因此叫作耕牛。冬天用料精心伺候，到了春种秋收，牛的作用无法替代，偷盗或者滥宰耕牛者，是要判重刑的。实际上马最辛劳，一年四季没有闲暇时刻，耕地的时候，牛不够用了，马就可以上，拉犁、耙地，有劲儿、实用。到了旱地梁拉麦捆子的时候，一挂车四匹马，从早到晚安生不下来。即便是秋日打场，最早都是马拉着一个个沉重的石碾子，“咕噜咕噜”带着响声，周而复始围着麦场转了一圈又一圈，直到金灿灿的麦子装进麻袋，拉入仓库，一个阶段的劳作才算收尾。紧接着马又要去拉煤了，那是冬天老百姓最大的期盼，耽搁不起。煤矿是在山背后，冬天日头短，起得迟了，赶回来太阳就落山了。马必须早早套车，好去排队等煤出井，鸡叫头遍的时候马车就上路了，而且马掌都要事先钉好，不然马在冰路上滑倒了，损失就大了。实际上跑运输，搞副业也要靠马车，一个是在山上撬了石头，运到城里的工地，一年下来社员可以分到一点红利。一个是干脆联系好一项工程，人和马都住在那里，住的时间越长，人们越觉得有指望，因为回来得早了，意味着活就干完了，那样坐吃山空的话，口袋过不了几日就瘪下去了。

马是大头牲，不像羊，可以养一大群，一个生产队能有十来匹马，就算不错了。一两匹公马，大多数是骒马，一年生几匹马驹子，循环轮转，过不了几年，套车卖力气就不成问题了。马无夜草不肥，槽中无料力衰。所谓夜草，不是杂草那么简单，最好有苜蓿和稻草，用铡刀铡成截，马吃了舒服。而“槽中料”就是金贵的玉米、麸皮和油渣，隔三岔五调剂一下，马身上才有劲儿。当然，马槽还要定期放些疙瘩盐，这样马的耐力和抵抗力都有了，用起来就省心。

马在农村，不管什么时节，杂七杂八的活儿都离不开它，是农民不可或缺的好帮手。在一个家庭，拥有一匹好马，有可能会成为一种永久的念想。我家这匹马，一开始是被当作父亲的坐骑，牵到我家的。后来因为马太出众，生产队又急需一匹考虑长远、繁衍后代的优良种马，而父亲也因伤寒卧床不起，导致马匹无人照料，最终被队上看中，从此离开父亲和我家。

我家的马是从遥远的伊犁昭苏运回来的。头长、脖子长、身子也长。全身除了眼白、嘴唇和眉心有一点白色，通体乌黑发亮，尤其是四条腿，长而硬棒，奔跑起来，虎虎生风，快如一道黑色的闪电。马鬃稠密，齐刷刷端豸着，毛刷子似的摸上去扎手。尾巴简直就是一个大扫把，长长垂在身后，来回一甩动，发出“嗖嗖”的响动，苍蝇飞虫都不敢接近。

随马而至的还有马鞍子、马笼头和一副精致的马鞭子。生马不好骑，驯马靠本事。前几天父亲不上马，而是牵着马房前屋后溜达，有人就开玩笑说：“热书记不会骑车子，更怕坐摩托，这会儿咋连马背也不敢上了？”父亲先是大队长，后又是村书记，一干好多年，一直靠两条腿走路，现在配了一匹马，是为了照顾父亲。父亲摸不准马脾气，不好轻易骑上去，一连几天，引来不少围观者，一个老车户，素以驯马匠人著称，二话不说接过父亲的马缰绳，跃跃欲试往马身上跳。马一受惊，猛地向前一跃，就把车户摔下了马。车户脸一红，从地上翻起身，嘴里一边“咦咦”叫着，一边再次拉住缰绳，伺机上马。经过一番努力，车户这一次总算骑在了马背上，可是马连跳带蹦，连跑带甩，冷不防腾空一跃而起，接着又突然猛地摇晃了一下身子，车户就像口袋一样从马身上栽了下来。

人们一片惊呼，围上去看车户的狼狈相，马则是仰着头、高抬着蹄子，头也不回地回到了我家院子。之后几日，父亲依旧不上马，而是换了一种方式，由遛马变成一边抚摸抠痒，一边给马喂苞谷粒、盐巴或者糖果等。被父亲唤作“乌鸡黑”的这匹性子大的马，也由一开始父亲一接近，就不停磕蹄子、打响鼻、扭动身体，慢慢变得听话了、顺从了，一看父亲过来，主动凑上去，舔舐父亲藏着吃食的手。

包括那位车户在内，很多人不相信父亲能在那么短的时间，就驯服了一匹性子刚烈的伊犁马。从此这匹马驮着父亲深入田间地头、山梁沟谷，跑项目、找资金、盼收成，和村民一起同甘共苦、休戚与共，把自己的美好年华，无怨无悔地献给了一个叫作芦草沟二大队的地方。我就经常听人们这样描述：远远看到一匹高头黑马走过来，就知道是我们的热书记来了。“乌鸡黑”是一匹走马，什么时候都是一路小跑，自行车追不上，高兴了和摩托车也有得一拼。可是我们从来没有看见过父亲用鞭子抽马，鞭子拿在手上几乎就成了一种摆设，即便有时需要一时加快速度，马鞭子也只是举在头顶上挥一挥，假装吓唬吓唬，从来不会落在马身上。

父亲骑着“乌鸡黑”相安无事，就是驮着我们，马也乖顺得像个绵羊，听从调遣，从不担心会从马背上掉下来。一次，父亲临时有急事坐车去米泉，而马又需要有一个人顺道骑回去，正在着急之时，以前是我的同学，后来成为我的妻子的她，恰好从父亲身边经过，父亲就叫住这个从小见了老鼠都会又跳又喊的年轻女孩儿，把骑马回家这个艰巨的任务交给了她。多年后我才听妻子回忆说，当时她左右为难，吓得两腿打战，却不好违背一个准公公的意志，无奈中只好诚惶诚恐第一次艰难上马，怀着一颗忐忑不安的心往回走。一开始马很顺从，过了一会儿开始小跑，而且没有放慢步伐的意思，她使劲儿拉住缰绳，嘴里效仿着大人不停地喊着“喔、喔”的口令，可是马根本不予理会，依旧按照自己的节奏一路小跑。路上碰到个熟人，一闪而过，连打招呼都顾不上，搞得人家一头雾水。最后总算平安回到家了，妻子也出了一身冷汗。

有一次马腿突然瘸了，父亲急得吃不下饭，一脸愁容。就是找不出原因，情急之下，找来铁匠取下马掌，这才发现有一颗马掌钉子扎进了马的肉里，淤了血，化了脓，父亲又赶紧叫了乡村医生，止血、包扎，一连多日精心养护。父亲雷打不动每天两次检查马的伤情，一边看一边拨浪鼓一样摇头，口中也发出“吱吱”的声音，满满的都是心疼和懊悔，就像自己的孩子病了似的，心里难受。

还有一次是“乌鸡黑”病了，脊背上突然凸起一个肿块，痛得不行，不能上马鞍子，看见马鞍子，马本能地原地打转，一反常态地情绪失控。以前父亲听村上兽医讲过，遇到这种情况，最好的办法是放血。眼见马不停地跳腾，因为不想吃草料，不几日肋条都一根一根露出来了，眼睛也深陷了下去。父亲就找出一把刀子，磨石上磨了一磨，一步一步接近“乌鸡黑”，一咬牙朝马背捅了一刀。随着马的一声尖叫和一跃而起，马背上鲜血直流，看着瘆人。然而“乌鸡黑”却一天天好了起来，胃口大开，身体恢复，步伐更快，依旧早上驮着父亲去村上，晚上伴着夕阳回家来，偶尔晚上随着狗叫声，打一两个响鼻，于是家里就有人开门起夜，一切都在顺其自然中。

马一天天好起来，父亲却因为伤寒躺在床上了，整整一个冬天都卧床不起。可他的心思却离不开“乌鸡黑”，它的吃喝，它的冷暖，有时甚至比父亲自己还重要。哪怕是半夜三更，他也会突然睁开眼睛对母亲说：“让孩子出去看一眼，马身子下边干还是湿？”三九天寒风刺骨，马身子下面潮湿，很容易得病，自己是病人，却一再担心马不要得病。这个时候母亲就会这样回答父亲：“今天临睡前，刚把圈里的湿粪铲了，重新换了干炉灰呢！”

家里白养着一匹马，总归不是一件事儿，再说父亲的病一时半会儿好不了，即使有所好转，骑马恐怕也费劲儿。父亲想着还不如牵到马号，和队上那些马养在一起，等以后自己的病彻底好了，拉回来接着骑。不然，就归队上统一管理，或套车，或耕地，或者当种马，为繁衍后代，壮大集体经济，做出“乌鸡黑”应有的一份贡献。这是父亲的意愿，也是父亲这匹马最后的归宿。

曲阜忆事

1977年国家恢复高考，成就了我梦寐以求的大学梦，一张来自于孔子故里的入学通知书，平生第一次让我千里迢迢出远门，与曲阜结下不解之缘，从此改变我的人生命运。

记得通知书是父亲从村上带回来的。因为填报志愿根本没有山东学校，看到“曲阜师范学院”这个落款，我既高兴又纳闷。喜之终于金榜题名，破天荒成了村上第一个大学生；不解的是通知书缘何来自曲阜，而不是北京或者其他地方。说实话，除去新疆和西北几所大学，我所看好的是中央民族学院。都说那里是培养民族干部的摇篮，再说当时还真在志愿填报栏里看到“干部培训班”这样的字眼，于是我满怀期望就填报了。可是我最终与中央民族学院擦肩而过，倒是时隔25年之后，儿子实现了我的初衷，一举考取中央民族大学不说，还顺利成为该校的一名硕士研究生。我之所以被曲阜师范学院录取，据说是学校和新疆有委培师资协议，从新疆教师短缺实际考虑，一次委培30名大学生，其中我们中文系就有10名。

不管怎么说，毕竟是其他省市的一所大学，我们全家其乐融融，街坊邻居也感到脸上有光，登门祝贺。可是说来说去，就是搞不明白曲阜到底在什么地方，我就不厌其烦，找出地理老师借给我的中国地图册，一遍又一遍手指着“曲阜”那个小圆点，告诉他们：“看，就在这里！”“哎呀，原来是芝麻大一点地方啊！”实际上邻居们大都没有看出个究竟，习惯上感叹而已。直到有人突然提醒说，就是孔子的老家时，人们才如梦方醒，拍着脑门儿说：“天啊，原来你要去那么远的地方，”然后看看我，又摇摇头，意思是去那么远的地方，能行吗？

在此之前，我对曲阜的认识和乡亲们一样，除去“孔子”这个模糊概念，一点感性认识都没有。从地图上判断，曲阜应该是一个县，而学校就在附近。这一点从入学通知书上也能体现。通知书上说，坐火车要在兖州站下车，再转乘班车到达。其中这个“兖”字就让我傻眼了，根本不认识。最后查了字典，才知道念“yǎn”，兖州即古代九州之一，位居鲁西南，被誉为“九省通衢，齐鲁咽喉”，京沪铁路由此经过。后来我们无论坐“69次列车”到北京，还是乘“54次列车”到徐州，最终都要中转再走京沪线，到了兖州下车，意味着离学校就已经很近了。

当时对我来说，有两大难题：一个是蚊帐，一个是车票。通知书中除了让我们自带行李和粮布票外，还特意提醒自备蚊帐。蚊帐，对我来说是一个陌生概念，问谁谁都说没见过，而且商店也没有卖的，即使有或许也买不起。后来村上一个部队转业的安徽老乡，听说此事就一口答应他来解决。原来他在其他省市当兵时，部队上发了蚊帐，拿到我家一看，依旧完好无损。这才知道蚊帐就是防备蚊子叮咬用的，于是猜想其他省市不但蚊子多，咬人也肯定厉害。到了学校果真发现蚊子非同一般，隔着蚊帐照样叮咬，晚上睡觉好好的，早上爬起来，胳膊脸上都是包。难怪有同学开玩笑说：“曲阜一大怪，蚊子炒盘菜”，足见蚊子有多少。

只是别人的蚊帐一律白色，而我的蚊帐是军绿，倒也显得别具一格，不知道的人还以为我也是当兵出身呢。

和蚊帐相比，车票更让父母操碎了心。虽说学生买票半价，只有区区 38 元钱，但对于 70 年代末的农村来说，依旧是一笔不小的数目。何况我家 5 个孩子，要吃要穿还要上学，一年下来手里根本剩不下几个钱。找人借，家家如此，心有余力不足，家家都是身上翻遍了，掏不出一张 10 元大票子，穷得叮当响。父亲就装上入学通知书，领着我进城来到县大院，一个办公室一个办公室打听，最后找到一个小二楼，好像是民政局办公室。父亲掏出入学通知书，说明事由，干事请示局领导，局领导看了乡村开具的家庭困难证明，批了几个字，我就得到特殊照顾，解决了 38 元的车票问题。

如此一来，可以说是万事俱备只等启程了，于是父亲兴高采烈地带我来到火车站，买了车票，吃了一碗抓饭，又找了一个鞋匠摊，给我的一双皮靴钉了鞋掌，这才心满意足地搭车回家。

说起来我的儿女有所不信，不远千里去山东上大学，我除了一个麻袋装着被褥，就是一个小小的破烂红木箱。这还是头一天晚上睡在姑妈家，看着我可怜，姑妈忍痛割爱给的。外穿一件黑色条绒棉衣，里面是红色绒衣，如今想起来有点不可思议，连一套换洗的衣服都没有。特别是那双黑皮靴，在新疆气候条件下很适合，到了山东几近春暖花开，一片雪花都看不见，加之又钉了一圈鞋掌，走路“咔嚓咔嚓”响，弄得“回头率”很高。我就不好意思，受了束缚般开始蹑手蹑脚，坚持了几天实在难受，就偷偷去了曲阜县城，买了一双便宜球鞋，算是解脱。

曲阜师范学院在兖州以东，距离曲阜县城不足1公里路程，站在校园就能看见曲阜酒厂高耸的烟囱。校园四周都是砖砌的围墙，一次和班里几个同学饭后散步，绕围墙走了整整一圈，小道坑坑洼洼，走路高一脚，低一脚，周边几乎全是庄稼地，除去小麦，还有玉米、高粱、谷子和红薯等。靠近县城的路边，种了不少蔬菜，就见西红柿个很大，颜色红黄兼有，还有红心萝卜，叶子长，味道脆，洗吧洗吧拿到城里去卖，一个个用刀从上面切成条状，尤其讨大姑娘、小媳妇的喜爱，一边走路聊天，一边嘎嘣嘎嘣嚼着萝卜。我一直没有吃萝卜的习惯，倒是对烤地瓜有了好感，特别是到了冬天，虽不见下雪，天却出奇的冷，看到炉膛红红的烤地瓜，就凑上去烤烤手，顺便买一个热乎乎的地瓜，手焐热了，肚子也填饱了。过了30年再去曲阜，所到之处都发生了巨大变化，包括道路、建筑和人气，尽显曲阜这个古老而又充满现代气息的城市风尚。唯一一成不变的，就是烤地瓜和红心萝卜，我就想，这或许就叫“一方水土，养一方人”，尤其是在吃的方面，万变不离其宗，虽说住宅高档了，穿着洋气了，肠胃还是适应这些小吃摊，老味道，忘不了。

小县城，大郊区，在曲阜体现得比较充分，向北去最大的城市是泰安，向东则是泗水，其间都是村落和田野。从春到秋，人们都在地里忙乎，几乎没有闲着。学校以南，有条南河，到了冬天河床干涸，四周长满树木和杂草，细细的沙粒金黄一片。我们时常经过村庄去南河散心，说是散心，其实就是买些糖果和饼干之类的，打打牙祭，当然大抵都是带薪上学的几个同学掏腰包。往西走，有学校的农场，看上去就是一个生产大队。有一年摘棉花，在农场住了些日子。房子很简陋，地却不少，棉花长得半腰高，秆子很粗，叶子很大，棉桃自然也不少。站在棉花地里，浑身被扎得痒痒，一天下来，腰酸腿痛，浑身无力。因为吃的是清真餐，我们几个人就自己动手做饭，一天不小心，削土豆皮时被刀割破了手指，流血不止，赶紧到农场医务室包扎，直到今天，我的右手无名指还留有疤痕。

我们也帮助附近村队割过小麦，我记得家乡当年 10 月份种冬小麦，到了来年 7 月 10 日左右夏收，而那些靠近山区的地方，到了 8 月份才割麦子。新疆的镰刀，把子短，刀刃长，像个大大的弯月，一镰刀下去，就是齐刷刷一大片。而曲阜这里的镰刀恰好相反，把子长，刀刃短，半个月牙一样。仔细一想，新疆地广人稀，广种薄收，麦子一种就是好大一片，镰刀小了不行。其他省市人多地少，一家摊不了几亩地，讲究精耕细作，就像女人绣花似的，块块田地侍弄得跟棋盘一样，整齐划一，井然有序，用小镰刀收割更适合一些。“庄稼一枝花，全靠肥当家”，这是农谚，更是真理。不过这个肥不是化肥，是指有机肥，来源于动物和植物，不但促进庄稼生长，对保护土壤也很有利。于是，我经常看到拉着粪车的农民，进进出出于校园，把厕所清理得干干净净不说，也让土地产生了更大的收益。

当时曲阜校园离马路还有一段距离，大理石砌成的门柱子，上面是舒同先生题写的校名，古朴、拙雅，行家一看都说是大手笔。进了校园，首先映入眼帘的，是一幢高大的白色综合办公楼，也是学院的最高建筑。门前是挺拔的松树，郁郁葱葱，树冠若伞。当时学校建筑不算多，分办公、教学、住宿和后勤几个片区，除去办公大楼，新盖了一栋学生宿舍楼，和我们的旧宿舍斜对着，后面是单身教工宿舍小二楼。我们住的是旧宿舍楼，也是小二层，东边住男生，西边住女生，中间隔一个运动场。我们的宿舍楼紧挨着学校食堂，大的是汉餐，小的是清真餐。清真食堂窗户对着马路，打上饭菜去旁边的小饭厅就餐。少数民族学生额外有两块钱生活补助，实行饭菜票制，早饭一般是糊糊、馒头和咸菜，中午是米饭炒菜，晚饭是馒头稀饭。到了星期天就变成两顿饭，要么包子，要么饺子，包子个大，好饭量吃三个到头，馅子用的是白菜和红薯粉条，刚开始我还不习惯，时间长了就适应了。饺子定量卖，大师傅从锅里将饺子捞出来，一五一十数着盛到饭盆，一点儿都不马虎。

我们在老家早晨吃“乌玛什”，也就是面糊糊，不仅稠而且内涵丰富，有肉也有土豆之类的配料。刚开始对清汤寡水的稀糊糊，一点都不接受，看着别人一盆一盆吸溜吸溜，有滋有味喝着稀糊糊，我就觉得好生奇怪。没想到几十年以后，我却钟情于稀糊糊，隔三岔五必喝无疑，不然就感到浑身不舒服。还有就是大葱蘸酱，一日三餐，从不离口。山东出大葱，一根根长若臂膀，味道很辛辣，蘸酱就馒头或者煎饼，成了一大地方特色。说到煎饼，我还真觉得其制作过程是一门艺术。先用勺子将面糊倒入平底锅，然后倾斜锅子规律旋转，使面糊通过推子均匀摊开。待煎饼成型凝固，再小心翼翼从边缘铲起，使煎饼和煎锅分离。当煎饼表面白色面糊变熟消失，呈现出浅黄颜色，用筷子或铲子将煎饼翻面，继而来回折叠为宽条状，成为一道美食。有一年，我和妻子登泰山，再一次遇上摊煎饼的，我就指给妻子看，她说很像新疆做粉块的，于是我们站在旁边留影作为纪念。前些日子，一个师妹偶然看到我的博客，发纸条回忆我们一起在学校清真食堂就餐的情景，并问及几个新疆籍学生的情况，我一一作答。当她告诉我，她现在和同学曹建明一起共事时，我就感到无巧不成书，一再叮嘱这位师妹，别忘捎去我对老同学的真情问候。

说到学生生活，我不能不提到张哲瑞同学。他也来自新疆，而且和我住同一个宿舍，因为单身且带薪，改善伙食的机会就相对比较多。平时也就罢了，如果到了寒假，因为时间短，我就回不了家。这个时候，张哲瑞就招呼我到校门口，先买煤油，再买鸡蛋、挂面和西红柿。然后回到宿舍，点炉子，煮挂面，汤汤水水，有鸡蛋，有面条，吃饱肚子不想家，浑身舒畅，感谢老张啊!

宿舍、教室和食堂，这是一个铁三角，周而复始、循环反复。特别是教室，那是我们四年寒窗留下最多记忆的地方。中文系教室是一排平房，呈灰色，和同样是灰色的政教系楼房正对着。中间几棵高大的梧桐树，遮天蔽日，一片绿荫。教室后面就是梨树和果树，春暖花开之际，万花盛开，香气扑鼻。隔着树林，就能看见化学系和外语系大楼，风一吹，便能听到朗朗诵读英语单词的声音。在通往水房和篮球场的路上，需经过两排梧桐树走廊，下面是宽阔的沥青路，上面是树枝交会的绿色“拱顶”，有时夏天学校开大会，索性把会场移至这里，树叶婆娑，身上清凉，效果特别好。

春天学校玉兰花开，冰清玉洁，成了许多女生拍照留影的绝佳去处。还有金黄一片的迎春花，人见人爱。到了夏天，一棵棵核桃树，结满了大大小小的核桃，一不留神，从头顶掉下来一两个绿色核桃，乒乓球一样滴溜溜滚向远处。随后，宿舍后面的石榴花也开了，火红火红的，像一个个红灯笼，挂在树上。最轰动的是知了的叫声，仿佛一夜之间全部苏醒，一起亮开嗓子，“知了、知了”叫声一片，吵得人连午觉都睡不成。图书馆前面，还有一片珍贵的小竹林，挺直、修长，一如南国美女，亭亭玉立，婀娜多姿。我经过此地，都不由自主稍事停留，不知怎么就联想到魏晋时代竹林七贤，也想肆意酣畅，大发诗兴，可惜天生愚笨，缺少灵感，最终也就傻乎乎站站而已，从未成就过一首竹林诗。

回想起在中文系上课的日子，自然忘不了一个个教师熟悉的身影。实际上我接触的第一位老师，还是在正式上课之前，他就是教文艺理论的杨老师。那是一堂讲座，时间是在新生报到期间，或许是在检验我们几个少数民族学生的汉语水平，学校安排我们参加，并要求做好笔记。也就在此时，一本名曰《破与立》的校刊，送到了我们手里，刊名题字是毛体，遒劲有力，赫然醒目。一问才知道，这是发表理论成果的园地，作者大都是学校的名师和教授。后来或许感觉时代痕迹太明显，刊物易名《齐鲁学刊》，不但刊载包括王阁森教授、张明院长、刘乃昌先生的学术大作，就是像韩浩德这样的学生评论，也上了校刊，轰动全班。

第一次坐在大学课堂，亲耳聆听杨老师的学术报告，我全神贯注，生怕遗漏一个关键性词语。眼睛盯着黑板，耳朵听着老师的讲座，手则不停地记录，一堂课下来，几乎身上都要出汗了。课间休息，杨老师来到我的面前，先是问我思路能否跟上趟，接着又看了我做的笔记，随后一笑说：“没问题”，不但打消了学校的顾虑，也让我坚定了学习的信心。

杨老师是南方人，消瘦的身体，浓密的头发，脖子上围一条围巾，怎么看怎么像柔石笔下的肖涧秋。从他那里我们学到文艺理论如何阐明文学的本质、特征和创作过程，如何诠释发展规律和社会作用。包括柏拉图、亚里士多德和贺拉斯的外国名字，也是平生第一次听说。杨老师语速快，板书也快，如龙飞凤舞，行云流水，深深印在我们的脑海。

魏绍馨老师教我们现代文学史，从五四新文学运动到毛泽东《在延安文艺座谈会上的讲话》发表，时间跨度大，涉及的人物也多，特别是那些影响和带动中国现代文学发展的代表性作家和诗人，更是倾注了魏老师许多的汗水和心血。包括鲁迅的文化旗手是如何建立起来的，其深远影响如何估量；郭沫若的《女神》到底发挥了怎样的历史作用；茅盾从文学大师到文学掌舵人，靠的是个人魅力，还是非凡的功勋，凡此种种，没有精益求精的治学态度，废寝忘食的追求精神，难以创造辉煌的业绩。魏老师不但最终成为知名教授，享受政府特殊津贴，而且出版了《中国现代文学思潮史》《鲁迅早期思想研究》等专著，史料翔实，论据充分，观点新颖，成为研究中国现代文学的扛鼎之作，反响巨大。

刘乃昌老师 1959 年毕业于杭州大学古典文学研究班，一生致力于古典文学教学和研究，尤其是在宋代文学研究方面，造诣很深，名声很高，被誉为学科大腕，业界顶级。当时刘乃昌老师教我们古典文学，白皙的面孔，斯文的语气，头戴一顶帽子，眼戴一副镜子，走路四平八稳，说话不紧不慢。他讲辛弃疾或者苏轼，根本不用看讲稿，一切烂熟于心，而且由表及里，由浅入深，时代背景交代清楚不说，人物内心活动更是一点都不放过。他的讲解仿佛是在剥一根葱，一层一层，去除粗枝大叶，深入内心精髓，透彻、深刻，刘老师不愧为一代名师。

古代汉语和现代汉语，是我比较发怵的两门课。一个生僻字太多，光注解就一长串，而且动辄还有通假字，字认不过来不说，还容易混淆。特别是王力老先生的《古代汉语》，共分四册，不要说学了，看着就是一种负担。现代汉语除了搞懂拼音、声调，还要分清前鼻音和后鼻音。不过这都不要紧，关键是划分句子成分，把本来说得好好的句子，硬是拆分、破裂为“主、谓、宾、定、补、状”六部分，分析、判断到底哪里有问题。一会儿主语省略、谓语前置，一会儿主动语态，一会儿被动语态，绕来绕去把人绕糊涂了。

外国文学课很有意思，一个是讲了作家就要讲作品，一讲作品就相当于看了一部外国电影，不用买票，还给人留下想象的空间。包括托尔斯泰、巴尔扎克、海明威和泰戈尔等作家，我都是在外国文学课上了解并喜欢上的。另一个是授课老师有特点，记得那个南方老师多次重申，说他的普通话说得不好。而说起俄语，总是带着长长的尾音，特别是讲到普希金的《致恰达耶夫》，“恰达”两个字拖得很长，声调也很高，唱歌一样，而“耶夫”两个字，不但连得很紧，声调也一下子下来了，让人一直忘不了。

张明院长是唯一一个坐着讲课并抽烟的老师。他给我们教哲学，花白的头发，浓浓的胶东腔，一边讲，一边辅之以手势。思维和存在，物质和意识，到底谁是第一性，谁是第二性，很抽象，也很难懂，就像鸡在先，还是蛋在先，一时得不出完整的答案。但我总觉得张明院长了不起，不仅因为哲学深奥，他又思维敏捷，善于思辨，而且他能够把教学、研究和担任领导工作有机结合，委实不易。张明老师进了教室，先把香烟放在讲桌上，还有一个茶杯，讲一会儿课，抽一根烟，讲一会儿课，再喝一杯茶，程序很严谨，也很有规律。如今我的女儿上了北京大学研究生，所学专业就是哲学，我就常给她讲张明院长，意思是好好学习，才会有出息，将来要像张明院长一样，成为多面手，学术上要有所建树。

每到星期天，校园门口都有附近的老乡做买卖，我们这些穷学生，看热闹的时候多，买东西的概率小。山东出花生，曲阜也不少，我就迷上了那种香中带咸，剥了壳的炒花生，多了买不起，一次买上 2 毛钱的，装在衣兜里，走几步，嘴里撂一粒，嚼起来香香的、咸咸的。或许当时留下的印象特别深，直到现在我还喜欢吃花生，只是再吃不出当年的味道。因为距离学校太近，一到晚上，就能闻到曲阜酒厂的酒渣味。浓浓的味道弥漫于空气中，四处飘散，让人产生一种乡愁，难以排遣。于是几个同学就结伴来到曲阜县城，或逛逛街、下个馆子，或者干脆去电影院，看一场电影，来一次消遣。

我有两部电影感受最深，一部是印度的《大篷车》，一部是日本的《狐狸的故事》。前者音乐美，载歌载舞，尽显吉普赛人艰辛而乐观的生活状态；后者虽讲的是狐狸，其实是在告诉我们做人的道理。特别是当狐狸妈妈看到小狐崽已经长大，就毅然决然撵走，让其自谋生路，看到这里，几乎每个人都暗自流下了眼泪。还有一次，我还破天荒来到曲阜剧团，近距离欣赏了一次县剧团的演出，虽说是古装剧，又是地方话，但因有了两边柱子上的字幕，我还是有滋有味从头看到尾。

我一直以为曲阜和学院互为烘托，相得益彰。一个因诞生一位举世敬仰的孔老夫子，闻名遐迩。一个因曲阜而命名的师范学院，传承“学而不厌，诲人不倦”遗风，传道、授业、解惑，桃李满天下，美名留史册。尤其是“杏坛学院”的建立，让当今的曲阜师范大学，真正成为名副其实的孔子故里的一所大学。

谁都知道，曲阜有“三孔”，即孔府、孔庙和孔林。孔府，旧称衍圣公府，占地 7.5 万平方米，九进院落，楼房厅堂 463 间。三路布局，中路前为官衙，有三堂六厅，后为内宅，有前上房、前后堂楼、配楼、后五间等，最后为花园。东路为东学，有家庙、慕恩堂等。西路为西学，有红萼轩、忠恕堂、安怀堂、南北花厅等。

孔庙是纪念孔子的祠庙建筑，位居曲阜市南门内，孔庙内的圣迹殿、十三碑亭及大成殿东西两庑，陈列着大量碑碣石刻，特别是这里保存的汉碑，在全国是数量最多，历代碑刻亦不乏珍品，其碑刻之多仅次西安碑林，所以它有我国第二碑林之称。而“杏坛”——当年孔子讲学的场所，就建在金碧辉煌的大成殿前，北宋时，孔子 45 代孙孔道辅监修孔庙时，在正殿旧址“除地为坛，环植以杏，名曰杏坛”。于是，“杏坛”成为教育圣地的代名词。

孔林相对较远，坐落于曲阜城北郊区，占地 3000 余亩，是我国现有规模最大、持续年代最长、保护最完整的一处宗族墓葬地。

孔林一周被红色围墙遮挡着，从围墙上面望过去，全是密密麻麻的树林，到了深秋时节，红一片、黄一片、绿一片，层林尽染，多姿多彩。我们不止一次来到孔林，首先拜谒孔子墓，站在“大成至圣文宣王墓”的巨型墓碑前，或双目凝视，神情专注，感慨一代宗师不可磨灭的千秋功业；或闭上双眼，念念有词，许下一个心愿，存留一个梦想，都是围绕一个目标，期盼成就一番事业。除去孔子墓，还有子贡墓，相传孔子死后，众弟子守墓3年，相诀而去，独子贡在此又守3年。后人为纪念此事，建屋3间，立碑一座，题为“子贡庐墓处。”一个人秉性如何，不看怎么说，要看怎么做，就像子贡，不但注重尊师生前，而且更注重尊师死后。之所以后人也给子贡造墓，正是看中他的这种高尚品格。再则，就是孔尚任墓。孔尚任字聘之，号东塘，山东曲阜人，孔子64代孙。他是《桃花扇》的作者，这部作品是传世佳作。作为汉语言文学系的学生，哪个不想成为一名作家或者诗人，而手中的笔怎样才能妙笔生花，或许了解了孔尚任的生平，体会他的思想和精神追求，多少有些启迪，有些推力，从而深入生活，感悟人生，写出不愧于时代的伟大篇章。

说真的，曲阜现在变化很大，一是，母校不但由“曲阜师范学院”更名为“曲阜师范大学”，牌子大了，校园也扩张了，甚至还在美丽的海滨城市日照，建立了一所分校。二是，原先的曲阜县，与时俱进成了曲阜市，虽说只是一个“县”和“市”的不同，内涵却是截然不同。一个注重县域经济发展，一个瞄着城市远景规划，不但引来了资金，同时也带来了人流和物流。我就看到，曲阜完全变成了一个对外开放的旅游城市。高速公路、铁路和机场，形成立体交叉式交通大动脉，一下缩短了和周边城市的距离。而且泰山、曲阜已经成为一条黄金旅游线路，朝去夕归，方便快捷。关键是所有古迹保护都很完好，这才是最值得我们庆幸的。

数风流人物

30年前高考制度的恢复，让一群来自五湖四海的各界青年，一夜之间梦幻般成了莘莘学子。这一群体最大的特征就是年龄参差不齐，最大的与共和国同龄，早已儿女绕膝；最小的刚刚走出校门，充其量十八九岁。

我也有幸成为这个群体的一员。我来自祖国的大西北，生就一副高鼻梁、深眼睛的少数民族面孔，自然引来不少好奇的目光。随着时间的推移，伴随我的是温暖的关怀和亲切的交流。甚至不知不觉间同学们索性开始叫我“宝贝”，就像一个昵称似的，听上去尤其顺耳。即便现已时过境迁，物是人非，只要有同学自远方来，依然这样叫我的名字，仿佛就像昨天，让我心中充满了怀想。

同窗四年，寒来暑往，有许多人和事早已铭刻于脑海，留下难忘的记忆。现如今，有的同学已经成为学科带头人，学术上自成一家；有的则是造福一方的官员，为发展地方经济殚精竭虑，在所不惜；有的也许退休在家，或含饴弄孙，享受天伦之乐，或编纂文集，正在发挥余热……

我自小敬仰学者和教授，虽几经努力阴差阳错，却也初衷不改，坚持不懈，不是冠之于头衔和虚名，而是打内心乐于潜心研读，特别是同学那些充满智慧的科研成果，只要碰到了就爱不释手，如同恋人一样，“一日不见，如隔三秋”，那种如饥似渴的痴迷程度，就像是出自于自己笔下一样，几近极致的境地。

张瑞甫，大学教授，研究生导师。因为女儿学习的哲学专业，我就自然想起老同学张瑞甫，一个憨厚却又执着的“哲学迷”。当别人都在为必修课紧张复习之时，他却手捧一本哲学读物，一边读，一边不停在本子上记录着什么。有的时候同学发现他虽然手翻着书页，眼睛却望着远方，而且口中念念有词，好像是在和一个伟人交流着什么一样。

我清楚记得张瑞甫当年的样子：一顶蓝色帽子，一身蓝色衣裤。到了冬季就套上袖套，衣服领子也换上栽绒的，而且动辄缩着脖子，双手也交叉塞进衣袖里，给人一副很冷的感觉。

走路不慌不忙的他，说话也是不紧不慢的，见到我时“宝贝、宝贝”叫着，一口的鲁西南口音。印象中张瑞甫在校时就在学报上发表了论文，这让他越发对哲学倾注更多的心血。功夫不负有心人，他不仅留校成了教授，而且因为创立“人生最优化原理”和“社会最优化原理”，曾多次荣获国家和省级重大奖励，并且享受国务院特殊津贴，成了一名赫赫有名的大学者。

韦建国，大学教授，博士生导师，在比较文学与世界文学方面有突出成就。

我和韦建国都来自新疆，他是壮族，我是维吾尔族。在校期间我们一直在清真灶吃饭，因为长期生活在多民族居住的边城伊宁，他就多了几个“舌头”，维吾尔语、俄语说得呱呱叫，让别人羡慕不已。

从名字上就能知道他是1949年出生，加之又是带薪上学，无论阅历和经验都在许多人之上。他告诉我们上学之前他还有个俄罗斯名字，这就注定他和俄罗斯文学结下不解之缘。所以，当所有同学都选择英语为必修课的时候，唯独他选择了俄语，之后进出于外语系大楼，成了俄苏文学的得意门生。

自古以来成大业者都有远大抱负和宏伟理想，并为之不遗余力，持之以恒。无论是暑假回家，搭乘一辆运煤车不辞辛苦来到我家，还是我们深夜上气不接下气，攀爬东岳泰山极顶，抑或到校农场参加摘棉花劳动，自力更生解决吃饭问题，韦建国都给我灌输这样一个思想：学问是苦出来的，事业是创出来的。

正因为如此，大学毕业后，他没有沉醉于“知足常乐”和“随遇而安”的安乐窝里，而是朝着既定的目标跋山涉水、勇往直前。他先是任教于伊犁师范学院，后又赴俄罗斯和中亚工作和讲学，甚至回归故乡广西民族学院一段时间，最后来到陕西师范大学，主修中外比较文学。

这期间，韦建国不但丰富了理论功底和实践经验，从讲师、教授到博士生导师，各种头衔接踵而至。更重要的是，这个时候他的一些科研项目和课题或破题，如《外国文学与陕西当代作家》；或获奖，如《高尔基再认识研究》。同时，一些重要专著也陆续出版，使他的学术研究上了一个新的台阶。其代表作有《俄罗斯象征主义》和《外国文学史话》等。

而我则依旧对韦建国的翻译水平充满敬意，这一点早在30年前就深有感触。当时学校有个民间文学刊物《新叶》，曾经刊载过一篇由他翻译的高尔基的作品《人》，真正做到了“信、达、雅”，让人过目不忘。发展到今天，他的翻译水平已炉火纯青，并不时有佳作发表，像《托尔斯泰与监狱长》和《雪橇又一次向我滑来》就是他的代表性作品。

战化军，大学教授，侧重齐地文化和历史人物研究，一部《管仲评传》，为他赢得殊荣，他是管仲研究的著名学者。

管仲即管敬仲，春秋初期政治家，由鲍叔牙推荐，被齐桓公任命为卿，尊称“仲父”。此人足智多谋，富有远见，在齐进行改革时，曾因助齐桓公以“尊王攘夷”相号召，不仅国力大振，还使之成为春秋时第一个霸主。

或许就是因为地缘使然，来自淄博的战化军，一开始就对包括管子在内的诸子百家情有独钟。后来不但写了《管仲评传》，还与人合著《齐国人物志》，第一次将有史可考的四百多个齐国人物汇集在一起，并对他们的生平事迹进行系统介绍和考证，成为当今研究齐国人物最完备的著作。

大学四年，我和战化军关系一直很好，经常是上课同路，下课同行。那时我们都喜欢朦胧诗，看到一首好诗就相互转告，或者抄录在笔记本上，见面时一同分享。有时候我们也跃跃欲试，偷偷涂鸦一些支离破碎的文字，然后一字一句念给对方听，如果得到些许夸奖，心里就喜滋滋的，三天合不拢嘴。

事隔二十年之后，有一天晚上我突然接到他的电话，说是已经买好飞新疆的机票，第二天早上到达。

有朋自远方来，自然不亦乐乎。我们几个新疆同学，陪着他天池、南山、石河子和吐鲁番一路游览下来，心中充满久违的欢快和激动。其中让我印象最深的有两件事：一是，当他来到交河故城，置身于一片生土夯就的历史遗迹之中，一种强烈的震撼感几近让他热泪纵横。二是，那天晚上从石河子回来的路上，由于酒精作怪，我即兴发挥，把战化军所研究的管仲和自来水管子搅和在一起，杜撰管仲之所以也叫管子的“歪理”取乐。这就让随行的他的儿子大惑不解，甚至后来偷偷问他：“当时齐国真的有自来水管子吗？”

齐国有没有自来水“管子”不得而知，但战化军研究管仲却是实打实的。如今央视《百家讲坛》先后推出孔子、老子和庄子，造就了一批学术明星，不知道哪一天轮到管子，如果真的轮到管子，最好是战化军去讲就好了。

崔海正和周海波，一个著作颇丰，被誉为词学界“实力派”学者，一个笔耕不辍，是现代文学研究的“后起之秀”。

崔海正的专业方向是中国古代文学，重点是词学。先后出版《宋词研究述略》和《中国词学研究体系建构稿》等专著，特别是对词学界长期流行的“以诗为词”说、“豪婉二派”说发表了独到的见解，并且率先构建了新型的词学研究体系，为词学研究做出了重大贡献。

周海波则主攻现代传媒与中国现代文学研究。试图通过此项课题的研究，构建起中国现代文学新的价值体系和批评体系，进而建构人类的“第三种文学”形态。其主要著作有：《现代传媒视野中的中国现代文学》《中国现代文学批评史》和《重读鲁迅小说》等，是公认的现代文学研究重量级人物。

像崔海正、周海波这样承上启下的佼佼者，在我们那一批同学当中不乏其人。除了学术研究，在其他领域也声名显著，成为我们这一代的风流人物，一时传为佳话。

还看今朝

1978年2月至1982年2月，注定成为我人生当中的峥嵘岁月，刻入脑海，永世难忘。千里迢迢来到孔子故里，四年同窗读完大学课程，其间的深情厚谊，宛如一坛典藏老酒，时间越长久，味道越甘洌。我再次坐在电脑前，让一张张鲜活生动的同学面孔，电影镜头一样从眼前逐一闪现，继而定格几个代表性人物，不加修饰地记录下来，一斑窥豹，以表敬意和怀恋。

于青：从作家到出版家。本文共写5位同学，于青是唯一一位女性。我们当时在曲阜师范学院中文系就读，原先分为两班，后来因教室紧张，便合二为一，成了一个大班。班上男生多，女生少，其中尤以写作见长的女生不多。于青就是其中之一，她不但爱写作，成绩还相当好，一个重要标志，我们为作文抓耳挠腮，她的文章却被当成范文，在全班宣读。

于青个子不高，扎两个齐肩小辫，到了冬天，喜欢着一身蓝装，戴口罩、套围脖，走路不紧不慢，说话字斟句酌。当时学校开了不少选修课，英语是其中之一，后来有些同学半途而废，于青却坚持到底。课间，经常见她手捧《许国璋英语》背单词，为她考入山东师范大学硕士研究生，奠定了坚实基础。

后来中文系几个诗歌爱好者，自发编辑油印诗刊《朝花》，于青名列其中。或许来自于青岛，她的诗多以大海为题材，且富有哲理色彩。一首《海的性格》这样写道：曾经有人用少女比喻你的温和 / 碧波涟漪，熨平多少诗人的愁波 / 曾经有人用野马形容你的暴烈 / 狂涛滚滚，吞没了你厌恶的一切 / 啊，大海，只因你喜怒于色的真诚性格 / 才赢得诗人那不尽的赞歌……

诗言志，看似写大海，实则在写她自己。特别是坚忍不拔、积极向上的性格，不但成就了她的学业，也让她在文学创作道路上越走越远。先是不断看到她的小说被《小说月报》等名刊选载，接着出手不凡，完成两部影响深远的传记作品《张爱玲传》和《季羡林传》。

一个是久负盛名才女作家，传奇一生，流言一世。因挚爱而迷恋，于青最终为其点燃《最后一炉香》，极尽笔力，演绎了张爱玲生命故事，跌宕起伏，曲折感人，堪称经典。

一个是公认的“北大之宝”，不仅古汉语、英语和德语造诣极深，而且对梵文、巴利文和吐火罗文研究透彻。一部《季羡林文集》，辉煌 24 卷，典型的“国学大师”“学界泰斗”。都是齐鲁人，却属忘年交，于青观察入微，描绘传神，为季羡林树碑立传，值得。

2006 年第 16 届全国书市在乌鲁木齐举办，于青前来参加，在乌鲁木齐的同学欢聚一堂，畅叙同学之情，难分难舍。正好当日《新疆经济报》刊发我的散文专版，其中《一个维吾尔族弟子在曲阜》一文，提到了于青和她的作品。接过报纸，于青先睹为快，并为我的真实记录提议举杯同庆。

一日，打开电视，恰好看到身为某出版社副总编辑的于青谈《朱镕基答记者问》一书出版情况。戴一副宽边眼镜，不时辅助手势，分析市场前景，介绍改革经验，侃侃而谈，沉稳老练，特别是偶尔听到一两句青岛方言，我就仿佛回到当年，感到特别亲切、自然。

黄少军：先诗人，后拍客。黄少军是烟台人，从部队转业，平常一身黄军装，经常投稿《烟台日报》文学副刊，小有名气。我们中文系教室，窗后有一片梨树林，春暖花开的季节，树上就像下了一层雪，白花花一片。黄少军触景生情，写了一篇《梨花香》，诗意烂漫，构思巧妙，不少同学争相传阅，赞不绝口。

因为宿舍挨着宿舍，而且一出门就是运动场，我们就发现，黄少军还有非凡的打羽毛球的才能。或腾空跃起，或劈叉救球，他的动作优雅、潇洒，尤其后转身奋力回球，就像海底捞月，难度极大不说，还容易腰部受伤，然而眼瞅着羽毛球就要落地，他却说时迟那时快，一个急转身，让球拍顷刻从最低点拉升到最高处，而且羽毛球总是越过对手头顶，落到底线，出其不意，化险为夷，成为胜家。

前年去烟台，说起黄少军高超的羽毛球技艺，他的妻子非常惊讶，说咋就从来没见他露一手，黄少军就嘿嘿笑着说："小事一桩，不足挂齿。"实际上，黄少军还真是有不少爱好，其中当以远行和摄影最执着，也最让他饱享眼福，体味生活。

一次，黄少军打电话给我，说要见一见同学，我问他在哪里，他说正在回乌鲁木齐的路上。我急忙去他住的宾馆等候，很久才见他背着高过头顶的大背包，弓着腰，喘着气，满脸汗水走进大厅。一问才知道，刚拍完胡杨林，从南疆回来，就想洗个澡，再睡一觉，然后美美来一顿手抓肉。我一看，就知道他走了不少路，吃了不少苦，不说别的，戴在头上的帽子，因为出汗太多，形成一圈汗渍，湿漉漉，黑乎乎，仿佛一个紧箍咒，套在黄少军头上。

还有一次，也是夏天，黄少军要我给他准备一件军大衣，说是要去伊犁拍照。我就纳闷，三伏天太阳像个火球，烤得狗都吐舌头，带军大衣不成了累赘。等他从伊犁回来，一再说多亏了军大衣挡风保暖，不然说什么都拍不到喀拉峻的绝美精致。想想也是，最美的风光，都是一早一晚才能抓拍到，因地处高海拔山区，不但风硬，气温也骤降，事先考虑不周，很可能到时打退堂鼓，前功尽弃。

黄少军如今用双脚丈量祖国大好河山，用镜头捕捉生活千姿百态。终于在 2007 年，我收到他第一部风光摄影集《又生春色谁为主》。打开影集，我似乎再一次看到他负重行进在远方的路上，“云山苍苍，江水泱泱”，一时间把对美的所有感悟，都涌聚到镜头上，用它探寻，用它叩问，用它倾听，因而每一幅照片，都是大自然永恒魅力的镌刻，也是黄少军心底诗句的坦然告白。

如果说《又生春色谁为主》寄情于山水，那么 2009 年问世的《心的方向》则全方位展现了人的内心世界。黄少军在后记中感慨：“有几年了，我多次去西藏、青海、甘肃、四川、云南藏民居住区，行走、感悟并拍了一些照片，直到发现了一双双充满祈望的眼睛……这些老人的眼睛、孩子的眼睛，这些深邃的目光、浑浊的眼睛，都是一扇扇心灵的窗户，总是在找寻着方向，找寻着一个可以让梦像大河一样流淌的地方。”

放着安逸的海滨生活不去享受，偏要自讨苦吃奔波在遥远的路上，这是一种追求，也是一种境界。黄少军，下一个远行目标在哪里？

孟鸣飞：报人出身集团老总。第一次见到孟鸣飞，我还以为他是南方人。小平头，小眼睛，小个头，和印象中“山东大汉”落差很大。尤其看上去白净斯文的面孔，就总想把他和江浙一带联系起来。实际上他就是山东人，来自于青岛，张嘴就是方言土语。譬如把坏了说成“踢蹬了”，把蛤蜊说成“嘎啦”，膝盖不叫膝盖，而叫“波洛盖”，太阳不是太阳而是“意头”。乍一听挺别扭，时间一长，还别有韵味，就像当年倪萍用山东话播报天气预报，抑扬顿挫，曲里拐弯，唱歌似的。

当时经常看到孟鸣飞收到牛皮纸信封，上面印有“青岛报社”字样。孟鸣飞给我最大的感觉就是智慧，无论待人接物，还是学习生活，都是一个佼佼者。一些在别人看来非常棘手的事情，他很有可能一两句玩笑就解决了，看似嘻嘻哈哈，大大咧咧，却一点不马虎，他不但功课好，人际关系也不错，具有亲和力，直到现在同学们还称他“小孟”。

孟鸣飞才华横溢，文思敏捷，有两点让我至今难忘。一是，学校图书馆旁有一小片竹林，修长、青翠，美女一样亭亭玉立，我们每天路过都看上一眼，抑或感叹一下，匆匆路过而已。孟鸣飞却由此产生灵感，赋诗一首：“青青小竹林，带来南国缓缓的风，我悄然走进你的心，如一片云彩飘在天空……”有意境，有画面，看似随意，却寄托着很深的情感。二是，孟鸣飞的字写得好，无论钢笔字，还是毛笔书法，一如行云流水，潇洒飘逸。加之他平时钟爱毛主席诗词，索性提笔龙飞凤舞写在宿舍墙上，远远看去还真像毛体，算是他留给学校的特殊纪念。

毕业后，孟鸣飞依旧干起了老本行，从一名小记者一步步成长为报社高层。毕业后第一次去青岛，他不但带我参观了报社，还领我去了他家。听说我们一行八人，他不假思索介绍我们住八大峡宾馆，“‘八大侠’住八大峡，顺理成章，名副其实！”还是当年的“孟氏幽默”，让人一点没有陌生感。

2011年再去青岛，孟鸣飞已经离开工作19年的报社，到青岛某出版社担当重任。这是对他出色业绩和管理水平的高度认可，正如他在2011年《中国图书商报》封面人物入选辞所说：“凭借多年来从事新闻出版工作积累的管理经验和敏锐的职业素养，他带领员工，把功能单一的出版社带到了今天的产业多元化、功能跨媒体的出版集团；把一个普通的中小出版社带到了今天的全国百佳图书出版单位、国家一级出版社，资产总量、利润总额跃居全国副省级城市出版社首位。”

汪家明：第一个给我画肖像的人。1978年是一个特殊年份，对于大学而言，一年招录两批大学生，一批春季入学，一批秋季入学，春季入学的称“77级”，秋季报到的是“78级”。汪家明就是“78级”学生，年级不同，我们的教室却连在一起，而且还是一个宿舍楼，抬头不见低头见。后来因为帮《朝花》诗刊设计封面，我和他一来二往就熟悉了。他的专业也是汉语言文学，却对美术有着超乎寻常的喜爱。

素描是画家的基本功，见我面部特征突出，深眼睛，高鼻梁，汪家明就产生创作冲动，非要我当一回模特，给我画一幅素描。他打开一个黄色画夹，取出画笔和纸，先让我坐在椅子上摆姿势，继而后退几步用手比画，然后坐下来仔细端详。被人摆弄着，我有些受不了，催他动作快一些，他却说“不着急，定好比例才能下笔”。

反复斟酌之后，汪家明终于眯缝着眼睛，开始画素描。实际就是一个头像，却用去两个多小时，拿到手上一瞧，我不敢相信，不但传神，而且逼真，活脱脱和我一个模子出来似的，那头发，那眼神，甚至微微上翘的嘴唇和小小胡须，都是神来之笔。这幅素描我保存了很久，直到 2012 年他来乌鲁木齐参加亚欧博览会，我翻箱倒柜四处寻找，就是不见踪影，仔细一想，肯定是搬家遗失，成了遗憾。

让汪家明一举成名的，是系列丛书《老照片》。1996 年底，时任某出版社总编辑的汪家明，策划出版了丛书《老照片》，丛书一经面世，即以别开生面的图书样式、回望历史的新颖视角，受到读者的广泛欢迎，曾经创下每辑发行 30 余万册销售业绩，引发了风靡全国的“老照片文化热”。

后来汪家明来到北京，在知名的出版社任职。他自己的著作《难忘的书与插图》再一次让他和美术难舍难分。

2012 年 9 月，深爱美术的汪家明，最终如愿以偿，真正开始了他梦寐以求的崭新事业，开始掌舵一家有着 61 年历史的老牌出版社。汪家明坦言：“美术远比文学深刻地影响了我，培养了我的观察力以及想象力。”如果说以《老照片》为代表的图文书，是他编辑出版生涯的一座高峰，从此引领出版界走入读图时代。那么从现在开始，汪家明的天地更宽广，前景更美好，事业也更辉煌。

李新宇：著名学府美髯公。和汪家明一样，李新宇也是中文系“78级”学生，细高挑，很斯文。他因为喜欢新月派诗人徐志摩，在校时就以此为题，与“77级”中文系王澄波同学合作，写过一篇诗评:《徐志摩诗歌艺术形式初探》。结尾这样写道:“徐志摩的诗，不仅风格上有明显的《国风》痕迹，就是韵律、行节布局、节奏变化，有很多似乎脱胎于《诗经》。不同的是融进了新的和外来的东西，又加以变化。”也就是在这篇诗评当中，我第一次接触到“抢韵”和“错韵”的概念，眼前为之一亮。

李新宇注定要成为一名学者和教授，无论是最先的山东师范大学，随后的吉林大学，还是至今的南开大学，他从一位普通教师成为博士生导师，教学上成绩斐然，其理论研究专著也是硕果累累。其中以鲁迅先生为专题的就有《愧对鲁迅》《鲁迅的选择》和《呐喊点评》等，都是鲁迅研究的重要收获。

因为我在新浪开了博客，无意间看到“学者庄园”这个网名，打开一看，博主竟然就是李新宇。只不过与当年的那个他判若两人，留了满脸大胡子，成了风度翩翩美髯公。30多年不见的老同学，就这样又通过博客建立了联系，相互传递纸条，或者留言评论，让同学情谊在网上延续。

李新宇涉猎范围很广，不仅研究现当代文学，也研究20世纪中国思想史，尤其是一些重要历史人物，都成了他的研究对象，譬如章太炎、梁启超、袁世凯和蔡锷等。特别是蔡锷诞辰130周年之际，由李新宇主讲的12集系列片《共和国将军蔡锷》在湖南教育电视台首播，一夜间从三尺讲台著名教授，成为电视台文化栏目主讲人，算是一次华丽转身。

同学·兄弟

我和卫平是大学同班同学。从 1978 年春季入学相识算起，已近四十余年光景。同学当中保持联系的多，但成为至交的少，卫平是其中的一个。

远离家乡，四年寒窗，有许多往事难以释怀。或许就读于孔子故里，深受先圣师表影响，我们强烈的求知欲望，好比海绵吸水一样如饥似渴。当时，我们中文系两个班是合在一起上课的。七八十个学生，年龄参差不齐，大一些的老三届，不少是共和国的同龄人，也有十八九岁的应届生，卫平则介于二者之间，长我几岁。同学当中人才济济，不乏各门学科的佼佼者，不过，卫平的才华却从多个方面显露出来，让我们这些新疆籍的学生引以为荣。

那些年文学作品拥有大量读者，不少作家、诗人，往往因为一篇小说或是一首诗一夜走红。在各个大学校园，文学社团如雨后春笋，应运而生。《朝花》诗刊就是在那个时候诞生的，虽说只是一本刻板的油印刊物，却因出自一群才子之手，很快在学校传播开来，产生了不小的轰动效应，用现在的话来说，就是吸引了不少的粉丝。诗刊的主编就是卫平。想起出刊的那些日日夜夜，都历历在目，记忆犹新。作为主编，卫平可算是绞尽了脑汁，负责整体策划不说，还要操心组稿和封面设计，甚至刻板这样的细碎小事，他都亲自操刀。于今，每每翻出《朝花》诗刊，我依旧爱不释手，其中不仅有我的四首小诗，更为珍惜的是，还有我平生的第一幅小插图呢。

师范学院的学生，尤其是学文科的，必须具备一定的写作功力。因为将来所从事的，很有可能就是传道、授业和解惑的职业，板书不过硬是说不过去的。所谓科班出身，其内涵就包含这些基本功。令人汗颜的是，许多人往往做不到，就像从前乡下邻居骂自己的孩子字写得潦草：蛆芽不是蛆芽，麻花不是麻花，中间像个鸡蛋，上面还几根头发。特别是互联网时代，年轻人痴迷于电脑操作，很少动笔，久而久之，不要说书写规范漂亮，不是提笔忘字就很不错了。卫平的硬笔书法在上大学时造诣就很深，遒劲、娟秀，犹如行云流水，洒脱自如。看过《朝花》诗刊的读者，一定领略过他的刻字水平。而真正让我大开眼界的，还是学校举办书画展览的那一次。我记得当时展出的大都是绘画和书法，像钢笔字帖一样让人流连驻足的，就是卫平的作品。很显然，纸张是他自行裁剪装订成册的，用红线画成一个个方格，再用黑色笔一笔一画去书写。运笔娴熟，功力老到，乃冰冻三尺非一日之寒。刚开始我还以为是哪个美术系老师的大作，凑上去一瞧，才知道是出自卫平之手，让人再一次折服。现在他时常应一些报刊之邀，留个墨笔什么的，我就带回家和老婆一起欣赏，最后总要自豪地来一句："不一样就是不一样吧！"

如果读书钻了牛角尖，很有可成为书呆子，除了之乎者也，两耳不闻窗外事。可卫平懂得劳逸结合的乐趣，他不仅书读得好，身体也练得强健，腿脚利索，走路呼呼带着风，不知道的人还以为他是体育系的学生。他的强项就是篮球，动作机敏、潇洒，带球、过人、上篮常常一气呵成，赢得满场喝彩。凭着高超的球技，他从中文系的绝对主力一跃成为校队的明星。那个时候学校学术讲座多，文娱活动少，一有体育比赛就像过节似的，同学们争先恐后都去观战，谁也不愿落下。我从小就是个超级球迷，尤其偏爱篮球运动，如果不是个头太不长面子的话，或许就是个篮球健将，驰骋球场，成为众人追捧的目标。而现在只好去追捧卫平，他精彩的抢断，巧妙的分球，漂亮的远投，都让我心潮激荡，回味无穷，简直就像当今NBA球星麦迪一样，卫平就是我当时心中的偶像。练就了非凡身手的卫平，球场上表现出众，球场下同样出彩。一次去济南参加比赛，其间游览大明湖。正当大家沿着湖岸一边赏景，一边谈兴极高的时候，突然脚下掀起一个浪头，紧接着就看到一条大鲤鱼，“嗖”的一声蹿上水面。就见卫平说时迟那时快，扑过去顺势一个水中捞月，不偏不倚就把鲤鱼捧在了手中。又湿又滑的大鲤鱼，即使在水池里，不费些功夫也难让其就范，何况是将湖中游鱼一把攥在手里。不是反应灵敏，身怀绝技，谁有这等本领，简直就是水泊梁山“浪里白条”张顺是也。后来，当同学绘声绘色讲述这一精彩瞬间的时候，给人一种难以置信的感觉。我心想：如果换作我，别说连鱼影子都摸不到，说不定一个跟头栽进湖中，变成落汤鸡了。

大学毕业的前几年，我和卫平还过从甚密。后来我回乡任教，就间断了往来，彼此没有了音讯。再见面时已过了而立之年，有了妻小，事业上也小有建树。从此，我和卫平的联系重又多了起来，交流一下工作体会，说说生活琐碎，最后自然把话题转向大学同学，相互传递一些信息：谁评了教授，谁出了专著，谁任了区（县）长，欣慰之情溢于言表。

说到工作，卫平同样是非常出色的，事业上有成，职务也逐级攀高。如今官职正厅，却依然故我，平易近人，随和、真诚，这和他的学识、修养有直接关系。“己所不欲，勿施于人”，儒家文化的思想精髓，在他身上打下了深深的烙印。这一点我是深有感触的，我和卫平年龄有别，民族不同，更重要的是他的头衔很高，可我和他在一起的时候，没有一点拘束，就像是兄弟一样，举止言谈随意、自如，让人心情愉悦。他在和我通话，或是见面的时候，就像当年一样，已经养成了习惯，一口一个“贝保”地叫着，让人亲切。他不止一次对我讲，我们间断联系的那几年，他一直惦记着我的生活，如果不是得知我已回到首府，就差买上羊肉和油米面，去乡下找我。“当时把几个同学都约好了，几经周折才打听到你的下落，”卫平说。这件事至今仍在感动着我，为他的情意，更为他的人品。人生就是这样，同样一件事情，对你而言可能微不足道，可对别人就显得弥足珍贵了，记着他人的好是人性美德，知恩图报更是一种高尚情操。其实我们都是平民家庭出身，想想今天的生活，实属来之不易，如果再不知足，于情于理都说不过去。记得一位伟人说过，忘记过去就意味着背叛。之所以饱尝了岁月的艰辛，我们才格外珍惜今天的一切。就拿卫平来说，大学期间就曾打工出过苦力。用平板车把一车一车的炉渣，从曲阜酒厂运向学校操场，为了获得尽可能多一点的劳动报酬，他拉板车都是超负荷运行，因为过分用力，拉在肩上的绳子深深陷进皮肉，疼痛难忍。没有一种毅力和精神，很难做到。所以现在卫平经常告诫我说：要懂得感恩生活。

这些年来，卫平始终没有失去诗人的情怀，骨子里还是个文人，而且随着阅历的丰富，职务的变迁，愈发有一种儒雅风度。尤其是他担当某师政委之后，提出打造“文化大师”的构想，“天涯”诗社就是叫得响的一个品牌，其麾下集聚了不少杰出诗人，作品在大江南北频频刊发，影响深远。不仅如此，在其组织下还在全疆范围内举办诗歌大赛，并为优秀诗人集中出版诗集，成为新疆文坛一件盛事，留作佳话。而这个“天涯”诗社的社长，不是别人，正是卫平。值得欣慰的是，二十多年后缪斯再一次青睐于他，让他擎起一面诗歌大旗，在西部边陲迎风招展。如今卫平已转任宣传部长，专事意识形态工作，诗社也由奎屯迁至乌鲁木齐。诗社举办了不同凡响的诗歌节，让不少诗歌爱好者和诗界名流零距离接触，而一场纯正高雅的专场诗歌朗诵会，则让人们真正感受一种久违的文学艺术熏陶。

这些年来，我断断续续写一些文字，多是信手涂鸦，没有几篇像样的东西，虽不时见诸报刊，却不曾引起多少反响。而卫平则不一样，新近发表的《兵团赋》，就以大漠红柳和胡杨为对象，通过拟人化的艺术手段，高度概括了兵团的光辉历史和杰出业绩。赋中妙语迭出，佳句不断，没有很高的古代汉语和古典文学造诣，难以成就此文。这篇文章既让人为那种勇往直前、高昂向上的兵团精神所感动，又能从中感受到强烈的文学魅力，是多年来难得一见的上乘之作。见报当天，我就发去短信表示祝贺：拜读大作让我拍案叫绝，犹如一阵强劲的西北风，荡涤孤芳自赏的当下诗坛，痛哉，快哉。不一会儿他就回了短信，态度谦和，作风依旧，像个大哥似的，说：贝保老弟过奖了，你要多提意见，下次力争写得好些。如果是别人，多少给人一些造作之嫌，对卫平兄来说，那就是情理之中的事情了。

感怀·感恩

2016 年的 7 月 1 日，中国共产党已走过整整 95 年的历程。将近一个世纪的奋斗岁月，从最初的星星之火，到后来的燎原之势，直至 1949 年 10 月 1 日，由毛泽东主席向全世界宣告中华人民共和国的诞生，压在中国人民头上的三座大山，从此被彻底推翻了。没有比真正翻身当家做主，更让中国老百姓感到喜悦和自豪的事情了。这一点，我从父亲那里感受最直接，也最深刻。维吾尔族谚语说：没有经过严冬的百灵鸟，不知道春天的温暖。如果不是中国共产党解放新疆，拯救了生活在水深火热中的各族群众，父亲或许依旧过着“夏天钻进麦草垛过夜，冬日躲在煤巷道避寒”的流浪生活。所以自打记事起，我就强烈体会到父亲对中国共产党怀有一种最朴素的感情。一个最突出的表现，就是几十年如一日，从骨子里养成了收听中央人民广播电台新闻的习惯。从早先挂在墙上的“话匣子”，到后来有了台式收音机，父亲都是雷打不动，百听不厌。尤其对于一些重要新闻，维吾尔语听一遍，汉语还要再听一遍，他生怕漏了哪一句话，或者觉得自己听岔了，成了一名最忠实的听众。再后来有了半导体收音机，小巧玲珑，携带方便，父亲出门就装在口袋里，走到哪听到哪，即便晚上睡觉，也把收音机放在枕边，经常都是人睡着了，收音机还响着，母亲也就习惯成自然，爬起来帮着把收音机关了。

父亲常说，这都是中央的声音，党的声音。每天听到党的声音，心里就踏实了，干工作就有方向了。正因为如此，父亲不但后来成了一名中共党员，而且走上村支部书记的工作岗位，一干就是十几年。我就想，一个连自己名字都不会写的“睁眼瞎”，缘何受到组织的信任、群众的拥护。况且我们那个村汉族和回族占大多数，维吾尔族比例很少，如果没有过人之处，父亲怎么可能连选连任。后来再一想，我觉得父亲有这样三件事情不同寻常：一是，一到冬天，不是到山里拉木头，就是到昌吉等地运草料，数九寒天，路远地滑，危险不说，时间也不确定，一个来回，人冻得脸都发紫，手上也都裂了口子。二是，村上集体积累少，于是就在煤窑上做文章，父亲早年下过煤井，眼力好，有经验，全身心扑在建煤矿这件事上。背着一个黄书包，包里装着一块馕，天刚一亮就出门，太阳落山才回家，灰头土脸，身心疲惫，看着让人心疼。三是，我们家一年四季就像个接待室，你走了，他又来了，或是生活困难寻求帮助，或是家庭纠纷，讨个说法。婆婆妈妈的事情，一个接着一个，父亲忙，母亲也忙，一个忙着解决问题，一个忙着端茶端饭。

父亲曾经给我们打过一个比方，说共产党就像一棵树，扎根在老百姓的土壤里，土壤肥厚了，树根就扎结实了。共产党能够把中国的天下打下来，就是因为心想着人民，为人民谋福祉，人民才打心眼里热爱共产党，让共产党茁壮成长为举世罕见的参天大树。所以哪怕再困难，父亲都是想尽一切办法供我们上学，用他的话说，朋友给你水时，你要给朋友樱桃。意思是谁给我们好日子，就要学会报答谁，而这些如果离开了文化知识，就像行走在黑夜一样，找不到方向。仅以我为例，不但从小学一直上到高中，1977 年国家恢复高考制度，我还破天荒成了村里唯一的大学生，18 岁第一次出远门，去到曲阜上了大学。同样在父亲的影响下，1986 年 7 月 1 日，我也终于举起右拳向党宣誓，继父亲之后，成了我们家第二个中共党员。记得那是乡政府一间低矮的小会议室，主席台就是一张平常的会议桌，会场摆着几排四方旧凳子。一面红色的党旗悬挂在墙上，黄颜色镰刀和铁锤分外耀眼。组织干事引领我们几个预备党员宣了誓，随后书记发表了热情洋溢的讲话，虽然会议很简短，却让我一生记忆犹新。即便过去了整整 30 年，现在想起来还是那么激动和骄傲。

我经受组织考验和锻炼是从 1989 年初开始的。先是参加乌鲁木齐县委的一个工作组到牧区，为期 3 个月。交给我的任务很明确，在深入调研的基础上，撰写好一份总结报告。这是我第一次接受这样的工作任务，从内心高度重视，后来这份总结报告在全县的大会上做了交流，并得到了高度认可。于当年的 7 月 21 日，我被派到近郊的一个乡，担任科级领导职务。其间，又被抽调到市委组织部的工作组，到达坂城开展工作，并被任命为驻一个村的工作组组长。同样是 3 个月时间，同样出色完成了任务，总结时我还被评为先进个人。我第一次上党校是 1990 年，在县党校，担任班上学习委员，作业受到老师好评。1992 年上了市党校中青班，这个时候我已担任县政协秘书长，中青班临近结业时，听到我是县政府换届选举副县长候选人的消息，很快就有一位副书记找我谈话，随后于1993年被选为政府副县长，走上了县级领导岗位。

我想说的是，我的成长是党的阳光照耀和组织培养的结果，是不断学习进步的结果。学无止境，知识就是力量，只有通过不断学习，才能提高服务的本领。到了1993年9月，我被派往天津大学，参加新疆干部培训班，学领导科学，学现代管理，开拓了眼界，增长了才干。2002年，我从县上调到了市上工作，再一次有了学习深造的机会，而且还是清华大学。一流的学习环境，一流的师资水平，我仿佛海绵吸水，如饥似渴，孜孜以求，深感机会难得，受益匪浅。一次又一次的学习机会，不仅让我的理论素养不断得到提升，进一步更新理念，学到行之有效的工作方法，而且从灵魂深处体会到父亲当初的深切希望，各级党组织的良苦用心和精心培养。目的只有一个，不忘党的恩情，心里装着百姓。

所以，我必须长怀一颗感恩的心，而且内化为信念，外化为行动，固化为传承。我不仅自己这样做，还让这种信念和决心，潜移默化延续到儿女身上，一要学好真本领，二要最终成为党的人。因而我们全家总动员，为实现共同的目标，齐心协力，勇往直前。教育孩子半桶水，自己先要有一桶水。于是妻子率先垂范，克服种种困难，以36岁的高龄走进新疆财经大学的校门，和一群小弟弟小妹妹们齐头并进，寒窗苦读，成了名副其实的“妈妈学生”。妻子的这种精神鼓舞了一双儿女，2003年儿子考入中央民族大学，紧接着2004年女儿被中国人民大学录取。两个孩子不但完成了大学学业，而且都成了硕士研究生，一个中央民族大学，一个北京大学。仔细一算，我们一家四口人，先后上了八所大学。一所在新疆，七所在其他省市。其中我三所，女儿三所（人民大学、北京邮电大学、北京大学），妻子一所，儿子一所。如果放在过去，我们想都不敢想。

令人欣慰的是我们的心血没有白费，两个孩子不仅顺利完成了学业，而且双双成为党的一分子，在各自的工作岗位上，默默无闻做着奉献。儿子走上工作岗位的第一天，我对儿子约法三章：第一，政治上一定要强。就像爷爷一样，一辈子跟着共产党，无怨无悔。第二，不贪财。不属于自己的东西，不眼红，不伸手，哪怕一生不富有，也不能滋生邪念。第三，不贪色。人虽有七情六欲，但必须戒色，找一个自己心仪的爱人，安安稳稳过日子，经营好婚姻，维持好幸福。儿子工作时间不长，先后两次下南疆，一次十个月，一次整整一年，没有辜负组织的希望。我对女儿的期望就是，积极上进，学以致用，早日成为德才兼备的优秀人才。女儿很出色，不怕吃苦，业精于勤，一门心思用在工作上，很有长进。

我几近耳顺之年，依旧忘不了父亲的教诲，组织的培育。父亲的教诲让我懂得了做人应该遵循的准则：不为名，不为利，多做好事，不做坏事。组织的培育使我坚定了为官的目的：自己的事再大也是小事，老百姓的事再小也是大事。而身为一名中共党员，我想说的是，时时刻刻不要忘了当初入党宣誓说过的话，点点滴滴的“微行动”汇集起来就是大事业，一生一世都要教育和影响后代。那就是：天大地大不如党的恩情大，没有共产党，就没有我们今天的一切。

画家梦

写下这个题目，心里多少有点遗憾。我从小迷恋绘画，却最终没有与画结缘，甚至连一幅自己的画作都不曾留存下来，总有一种虚度光阴的感觉。最早喜欢上绘画，还是从小人书开始的，尤其是一本叫《鸡毛信》的连环画，不但让我记住了海娃急中生智，危急时刻将一封重要信件藏在绵羊大尾巴下的英雄故事，也让我对画中生动形象的人物造型和场景构图，产生了浓厚的兴趣。我总觉得画这个故事的人了不得，就像动画片当中的神笔马良，有着妙手回春的大本事，就凭一个个简单的线条，让海娃活灵活现，跃然纸上，从此永远入心入脑，一辈子忘不了。

打这以后，我只要看到一本连环画，不但要看故事内容，还要看绘画技巧，人物如何走笔，房屋怎么构架，山要突出哪里，水的特点是什么，仔细琢磨，认真领会。一本小画书其他孩子哗啦哗啦就翻看完了，我却要从头扫到尾，再从尾回到头，车轱辘连轴转，仿佛着迷了一样，看不够，也捉摸不透。有孩子数落我说：别人看“小书”，你“吃”小书。这里的“小书”就是小人书，而“吃”的意思，就是想知道原委，要刨根问底，都是从大人那里听来的，用在我身上，倒也贴切适合。

后来上了初中，我就把很多心思用在了美术课上，上课认真听老师讲，放学一遍一遍完成作业。所谓作业，就是一些简单的绘画常识，分清颜色搭配，学会线条勾勒，画个鸡呀鸭呀猫呀狗呀什么的，从基础学起，从身边事物开始，由浅入深，循序渐进，不求都能成为画家，但求懂得真善美，从潜移默化中培养基本文化素质。印象比较深刻的一件事是画鸭子。不少同学不知从哪里听来一句画鸭子的口诀，而且紧密结合学习实际：语文得了个2，算数得了个0，妈妈打我3棒子，一画画了个大鸭子。这里2代表鸭子头，0是眼睛，3则是翅膀，随后从头勾到尾，一个鸭子的简笔画便完成了。可我不想敷衍了事，也没有用蜡笔涂抹交作业，而是回家趴在小饭桌上，借着昏暗的灯光，开始先认认真真打底稿：远处一座山，山上长满青草，山下一条小河，河边是绿树，一只洁白的鸭妈妈，带领一群小鸭子，欢快地游弋在河水清波里，看上去很温馨，也很美。随后我就开始上水彩，天是蓝的，几朵白云飘，水是多彩的，衬托着鸭妈妈和她的孩子，红红的眼睛、金色的鸭嘴、黄灿灿的鸭掌，把我自己都迷住了。这不是一首千古绝唱的古诗么，现如今，每当我从亲家母教育孙儿的视频中听到“鹅，鹅，鹅，曲项向天歌，白毛浮绿水，红掌拨清波”时，思绪不由要回到遥远的儿时情景，感慨万千。

到了初中三年级，我的绘画水平达到了可以临摹山水的程度，自然还是水粉和水彩画。那个时期资料稀缺，倒是有些宣传画随处可见。记得卡子湾皮革厂一带，当时都是一排一排的平房，房顶上立着一根根电视天线，一个高大的厂房墙壁上，有一幅赫然醒目的珍宝岛英雄宣传画：生命不息，冲锋不止。画面上一个英勇无畏的年轻战士，端着冲锋枪从树林里一跃而出，舍生忘死冲向凶恶的敌人。虽然战士额头包扎的伤口血迹未干，依旧不顾卫生员挥手竭力阻拦，毅然决然冲上去以死相拼。那种坚毅刚强的面部表情，那种临危不惧的英雄气概，给人留下刻骨铭心的记忆。

正好也是冬天，一幅巨大的英雄宣传画里，那个年轻勇敢的战士一身棉军装，帽徽领章鲜红夺目，一双瞪圆的眸子，显示着必胜的信念和坚强的决心。从这幅震撼力极强的宣传画中，我不知怎么突然联想到数九寒天、爬冰卧雪、风餐露宿、哈气成冰这些和严冬有关的词语来。我就想有机会一定要把这幅画临摹下来，贴在床头，或者拿到班上，给同学们展示，也算是对英雄的一种再宣传。很快我就从老师办公室的一个画册里，再次看到了这幅珍宝岛英雄宣传画，而且借回家不吃不喝下功夫进行描摹，一次不行，再来，两次失败，重画。一个是配色，那双眼睛总是不够理想，我的桌子上，手脸还有衣服上，糊得都是颜料，甚至吐一口唾沫，都带有色彩，晚上做梦都在一次一次进行修改。还好，一个星期以后，一幅浓缩版的英雄水粉画总算完成了，比例对称，色彩艳丽、关键是人物形象饱满、突出，无论拿给谁看都说非常好，算是我一生当中第一幅成功的人物肖像画，具有历史性纪念意义。

后来上了高中，恰好村队来了知青，其中就有一个热爱画画的，画板、纸张、绘画铅笔、颜料，一应俱全，我就近水楼台先得月，经常借来用。那段时间画了不少松鹤延年和岁寒三友图，画一幅别人拿走一幅，一传十、十传百，都知道二大队热书记的二儿子画画得好，登门求画的人也大有人在。这个时候，我已成为班里乃至全校画板报第一人，一些重要的学习园地和墙报刊头画，几乎都是我的杰作。或许正因为如此，一年冬天乡上派人找到我父亲，说有一个重要的政治任务要完成，我就答应父亲来到乡上，在一个专门的小会议室里，伏案开始工作。原来是关于孔子周游列国的故事连环画，一套 30 多幅，要用最短的时间全部画完，然后在乡上中心大商店山墙上贴出来，让全乡党员干部受教育。

因为第一次在乡食堂用餐，而且都是专人端上来的，我就有点受宠若惊，使出浑身解数马不停蹄，夜以继日来完成这一项光荣的政治任务。一张一张倾力画，一页一页细心描，后来乡上为了赶进度，索性只让我打好底稿，由两个乡干部来描画。不承想就是这给我打下手的一老一少两个人，一个后来成了县史志办的总编辑，一个则是堂堂区委书记，现在再想，我还觉得是一件引以为荣的往事。这一套特殊时期的孔子漫画，冥冥之中让我和 2000 多年前儒家思想的缔造者有了千丝万缕的联系，那就是做梦也没有想到，几年后国家恢复高考，我竟成了孔子故里曲阜师范大学的一名大学生，破天荒第一次出远门，在曲阜度过了难忘的四年大学生活。

直到去曲阜上了大学，我的画家梦依旧还在延续着。毕竟学习和生活环境发生了巨大变化，学习和掌握绘画知识的机会今非昔比，想看书去图书馆或者阅览室，关于美术的图书和画册，国内的、国外的，古代的、现代的，只有想不到的，没有看不到的。这个时候，我逐渐开始认识了齐白石、张大千、潘天寿、徐悲鸿等大家，对他们的生平和作品有了初步了解。也就在这个时候，我终于搞清楚了引领我热爱绘画的小人书《鸡毛信》是著名画家刘继卣的作品，先生不但画连环画，画虎也是一门绝技。还有吴作人的骆驼、黄永玉的猫头鹰、李可染的山水、黄胄的毛驴，刘文西的人物画，都独树一帜，属大家珍品，让我大开眼界。

当然我也对外国的绘画情有独钟，一本安格尔的《安格尔论艺术》让我爱不释手，对他的《帕格尼尼肖像》也是百看不厌，艳羡有加。还有达·芬奇，一幅神秘的《蒙娜丽莎的微笑》，怎么看怎么回味无穷。罗丹、米开朗琪罗、毕加索、马蒂斯、达利和列维坦等，都是绘画界大师级人物，了解了他们，才能了解世界绘画的过去和将来。

这个时候，我的主要精力都用在专业学习上，也就是汉语言文学的学习上。表面上看似乎内容单一，涵盖范围却很广，包括教育学、心理学、哲学、政治经济学、文艺理论、写作、文学史等，还有一些公共课和选修课，总感觉哪一门都很重要，都不想放下。因为自己本来就基础差，各方面都落后于其他省市同学，尤其那些老三届同学，他们知识储备扎实、学习劲头儿超强，恨不得不吃不喝，一天当作两天用，把世界上所有知识都一股脑装进肚子里。我如果过于分心，鱼和熊掌都想兼得，很有可能学习和绘画都想要，到头来却都是一瓶子不满，半瓶子晃荡，两样都是学无所成，无颜见江东父老。所以最终权衡利弊，我决定主攻专业是正道，兼顾绘画只求掌握知识和动态，不再做实际操练，也就是只动眼看、动耳听、动嘴言，不能再有意专心动手做，否则想吃后悔药都没有地方去找了。

然而我毕竟打心眼里热爱绘画，猛然间与此一刀两断，那也很不切合实际。就像烟瘾很大的人，突然一下子彻底把烟戒了，弄不好会戒出病来呢，要慢慢来才行。我也一样，时间容许的话，听听美术讲座，看看美术展览，对陶冶情操还是大有裨益的。有一日，听大家吴冠中先生讲座，就很受启发，想不到第二日去孔庙游览，无意中又看到吴冠中大师坐着一个小马扎在那里写生，一身蓝色工作服，一副淡然安详的神态，心无旁骛，不事浮华，聚精会神投入到绘画当中，其本身就是一幅生动的作品了。

虽说不再动手了，想不到却给别人当了模特。一次学美术的一个同学和我商量一件事，说他正在完成一幅毕业作品，需要几个人物形象，看中了我作为其中之一，不知能否愿意给他当一回模特。我和这个同学同在一个清真食堂吃饭，他人很谦和，画也画得好，第一次对我张口，我就不假思索，满口答应。实际上画画难，做模特同样难。大热天的，身上不时出汗，关键是一动不动长时间坐在那里，有点不好受。而这位同学一旦进入绘画状态，似乎就忘了你是一个实实在在的活体，他不动，你就不好意思动，头上的汗水流进眼里了，涩涩的、痒痒的，很不是滋味，也得继续忍受。

还有一次是我主动要求的，画像者虽不是美术班的，但人物素描却画得非常棒。是半侧身头像，铅笔素描，同学先观察，再动笔。随后再起身，给我正位，先近后远再观察一番，才坐下来，一边看我，一边在纸上画。这样大概经过两个多小时，一幅我的素描头像就彻底完成了。“贝保，知道不，给新疆同学画像很过瘾呢。”他说。“鼻子高，眼窝深，头发卷是吧！”我一边看着画，一边很是满意地回答。“关键是轮廓分明，特点突出，画着来劲儿！”同学画着来劲儿，而我看着攒劲儿，不由得伸出大拇指给他点赞。后来这幅珍贵的素描头像也不翼而飞了，自己画的画一张没有留下，别人给我画的画也不知道去哪儿了，我就像做了一场画家梦，等醒来的时候，一切都不复存在了。

家乡的味道

洋芋，百吃不厌的“国菜”

洋芋又名土豆，前者带个“洋”字，说明是从国外传入的，形状像芋头。后者加个“土”字，表示是种在地里的，果实累累。直到上学，我才知道洋芋还有一个学名——马铃薯。不过农村孩子，就像把火柴叫惯成了洋火一样，几乎没有人说马铃薯这个称呼，叫土豆的也很少，而是一律唤作洋芋。

我们每家都有自留地，家中人口多的人家，少则三五亩，多了七八亩。除了种小麦和玉米，就是洋芋。小麦和玉米，一个是细粮，一个是粗粮，而洋芋则兼有“粮”和“菜”的双重身份，尤其是粮食特别紧张的时期，洋芋甚至占据主导地位，填充着我们饥饿的肚子。

洋芋适合在沙壤土地生长，每年到了播种季节，我们先要下到菜窖，把头一年冬天吃剩的洋芋，一筐一筐吊上来，等着大人来选种。这个时候，洋芋已开始生芽，芽子像弯曲的虫子，一根根从洋芋的凹陷处长出来，下边粗，呈白色，上头尖，带点绿。大人手握菜刀，把洋芋放在砧板上，小心翼翼切成块，并确保每一块洋芋都有完好无损的芽子。等选好种了，这才到犁过的地里下种，而且保持间隔，随后一沟一沟用刨耙再把洋芋种子填埋了。这还不算完，到了洋芋秧子长成形了，看上去绿油油一片，再用刨耙打埂子一样，给洋芋壅土。为了让洋芋有一个好收成，勤快的人家，同时将苦豆子一起埋进去。土壅得高，沟则深，浇水就透，墒情保持时间就长，为秋后收获奠定基础。

到了秋季挖洋芋，一家老小齐出动，先割秧，一堆一堆集中起来，用毛驴车拉回家，摞在草棚上，冬天喂牲口。接着大人用铁锨挖，孩子跟在后面捡，如果洋芋成了，一铁锨挖下去，粗壮的洋芋根须上，大大小小带出不少白花花的洋芋蛋，圆的、扁的。大的比大人的拳头还大，小的也和鸡蛋一样，筐子盛不下，装进麻袋里，一袋子一袋子立在翻过的黑土地里，一家人的心中就有一种踏实的感觉。尤其父亲和母亲，虽说累得气喘吁吁，汗流浃背，脸上却始终挂着微笑，一个夏天的心血总算没有白费。

挖洋芋的时候，也是我们这些孩子最快乐的时候。我们最起码可以自力更生填饱肚子了，那就是烧洋芋吃。当然很少在自家的地里，而是眼盯着队里的洋芋地。队里的地块大，一大片一大片的，都用牛来犁地。两头牛拉一个犁铧，一组一男一女两个人，男的前面扶犁，女的跟在后面拾洋芋，犁过一遍，再犁二遍。即便如此，地还是犁不干净，或者说洋芋拾不干净，总还稀稀拉拉遗漏一些，半个埋在土里，半个露在外面。这就足够我们吃了，捡来洋芋，找来柴火，就地简单挖一圆坑，留出风门，将大小不一的土坷垃，呈金字塔状垒就一个土窑。等火将土坷垃烧得颜色发白，封死风门，从塔顶捣一豁口，将洋芋扔进去，最后打碎土坷垃，埋上土。等洋芋熟了再挖开，远远就能闻到一股香味。黑乎乎的外表，白沙的肉瓤，虽说很烫手，但心急要吃热洋芋，根本顾不上灰头土脸脏模样，肚子吃舒服了比啥都强。

在家里用炉子烧洋芋，也是别有一番情趣。就是那种铁炉子，过去也叫“洋炉”，圆形、齐腰来高。上面是一圈一圈由大到小的炉盖，炉子里有炉齿，炉子上下两个窗口，上面塞柴生火，下面盛炉灰，半截炉筒子连着火墙，火墙都是用砖坯子砌的，一生火，火墙就热，而且保温，家家户户必须有，否则冬天不好过。炉子不停添煤，炉下就堆积不少炉灰，温度很高，我们就打开盖子把洋芋放进去，过上个把小时，洋芋就熟了。用铁炉烧的洋芋不像土块坑子烧的那样，成了一个黑疙瘩，灰一吹，露出焦黄的外表，甚至不用剥皮就可以下肚，味道确实让人难忘。还有一种办法，把洋芋洗净切成片，直接放在炉盖子上烤，或者用铁丝编个四方架子来烤。前者炉火不能太旺，容易烤煳，还费事，要不停翻洋芋，不小心烫伤手，后者就轻松多了。后来有了烤炉，就用烤盘来烤，不但颜色漂亮，口感也很好。

说起来我们吃得最多的还是煮洋芋，而且经常把洋芋和糖萝卜（甜菜）放在一起煮。洋芋洗干净就行了，糖萝卜洗过后，切成巴掌大小片状，品种好的洋芋，熟之后一个个裂开口子，沙沙的，花朵一样。我不但喜欢在洋芋上撒一点盐，还迷恋就着一碟咸菜吃，特别是咸韭菜，搭配着洋芋吃，确实是一种享受。不承想，喜欢这样吃的还大有人在，就在前些日子我去一个农家乐，见女主人端上来一盘洋芋红薯，就有人自言自语说，如果再有一盘咸菜该多好，虽说是夏天，女主人还真找来一盘咸菜，有几个本不打算吃洋芋的朋友，也经不住诱惑，开始抢着吃洋芋就咸菜了。

洋芋沙，糖萝卜则甜，一人端着一盘子，少则两三片，多则五六片，软软的、绵绵的，塞进嘴里，几乎不用嚼就咽下去了。关键是那种诱人的甜丝丝的味道，最适合孩子胃口，片刻工夫狼吞虎咽就吃光了。这还意犹未尽，吃完盘子里的甜菜片，依旧不忘将手指伸进锅里，一遍一遍蘸锅底的糖稀，黑红黑红的，浓浓稀稀的，舌头一舔，一下甜到心里。当然也有洋芋歉收的时候，于是大人就到南山或奇台去拉，后来我到县上工作，才发现永丰乡、板房沟和水西沟大面积种洋芋，在一些河坝沿和山脚，修建了不少洋芋储存库，就像当年的防空洞似的。曾经一段时间，水西沟洋芋粉条和温室大棚蔬菜一样齐名，成了市民餐桌上不可或缺的副食品。

除了蒸着吃、煮着吃、烤着吃，洋芋还可以做出花样翻新的炒菜呢。譬如炒洋芋片和洋芋丝、炖洋芋汤、烩呼尔敦、做大盘鸡，洋芋都是主料。尤其是洋芋丝，家里做，大饭店也少不了，有人就戏称为“国菜”，聚餐必点。而我也一直偏爱洋芋丝，不管吃馕、吃米饭，还是吃拉条子，总喜欢搭配洋芋丝。除了一点红辣皮子和葱，最好什么都不放，而且一定要炒煳一点，这样吃着才过瘾。现在一些年轻人，特别是那些正在学校就读的中小学生们，对薯条这样的外来快餐爱之深切。公交车上，放学途中，纸袋子一打开，一撮一撮手抓着吃，都已成为一种习惯。我就想起20世纪90年代初，我曾带队赴中亚乌兹别克斯坦布哈拉考察，就是想通过劳务输出的办法，帮助其种植洋芋，后来因当地气候条件限制，洋芋长不大，产量也不高，最终只是停留在意向性协议上，没有付诸实施。

新疆不少地方盛产洋芋，甘肃和内蒙古等省区也是如此，洋芋开花时节，远远望去一片白色的花海。有一次我看电视，发现甘肃定西一带把洋芋制作的菜品发挥到了极致。就像全鱼宴、全羊宴或者全菇宴一样，一个土里土气的洋芋，竟然可以成就一桌全洋芋宴席，蒸的、炒的、炸的、焯的，有凉的、有热的，什么洋芋擦擦、洋芋豆腐方、洋芋搅团、洋芋丸子，应有尽有，简直集洋芋之大成，显智慧之美妙，传文化之精深，让人过目不忘，好想一品为快啊！

一只鸡的贡献有多大

小时候家在农村，农村家庭几乎没有不养鸡的，少则七八只，多则一大群。鸡群散养和圈养兼而有之，实际上很简单，天一放亮打开鸡窝放出去，黄昏拌一些饲料，一边用木棍敲着食盆子，一边扯着嗓子“咕咕咕”叫上几声，鸡群就会条件反射拍打着翅膀，争先恐后冲进院子，呼啦啦围成一圈，疯了一样低头迅速啄食。吃饱了，喝足了，这才懒洋洋一只跟着一只，钻进“鸡洞子”（乡下人都这么叫），跳上鸡架，并排蹴在一起，缩着脖子，闭着眼睛，慢慢进入睡眠状态。也有一些鸡，养成了在树上过夜的习惯，某种程度上，起到了很好的防范作用，贼够不上，狐狸逮不着。

我家起先住在杨家庄子，院子四周都是榆树，春天爬上树捋榆钱子，夏天折树秧子。那些细嫩的树秧子，是羊的最爱，有时候不想放羊了，就折给羊吃。院子外边是一条排洪渠，因为是用鹅卵石、沙子和水泥修成的，习惯上都叫“洋灰渠”。越过洋灰渠，鸡群可以到山上，山虽然不高，蚂蚱却不少，泛滥时节，鸡嗉子整天鼓鼓的。当然也得过一阵去巡视一下，山上毕竟还有狐狸和黄鼠狼，不小心鸡群就遭殃了。即便有时鸡在麦子地里觅食，也难免会被狐狸偷袭。一次我们正在地头玩耍，就见一只金黄色的大狐狸，拖着粗长尾巴，神不知鬼不觉从山沟里蹿出来，一头扎进麦子地，嘴叼着一只老母鸡，飞似的逃之夭夭，等我们的狗反应过来，狐狸早已不见踪影。

所以为了不受损失，鸡洞子都要修牢靠了。我父亲就专门请了匠人，用很厚重的土坯，建了一个很深的鸡洞子，而且门留得很小，只要晚上记得锁好门，狐狸和黄鼠狼无机可乘。然而贼却很难防，就是你把鸡洞子修建在窗户下面，贼该下手照样下手，而且毫无动静，甚至连狗都不知道跑到哪去了。我们家的一窝鸡，正当出栏卖钱之际，忽然一夜间被偷鸡贼连窝端，让一家人伤心了很长时间。后来听说偷鸡叫作“捏脖子”，就是把鸡的脖子一拧，夹在翅膀下，鸡就不会再吱声，而且在一定的时间内死不了，或者吃了，或者偷着卖了，两不耽搁。

那时候没有“禽流感”一说，鸡如果接二连三死了，就说遭“鸡瘟”了，于是大人们就在鸡洞子和院子里撒石灰，把死鸡在远远的地方挖个深坑埋严实了。鸡从鸡蛋孵化成小鸡仔，一个个毛茸茸、黄艳艳、娇嫩嫩、步履蹒跚，憨态可掬。我们都喜欢捧在掌心欣赏、逗玩，爱不释手。母鸡抱窝很辛苦，整天一动不动趴在窝里，不吃不喝的，而且掌握着时间，来回翻动鸡蛋，直到鸡仔破壳而出，这才带领着自己的孩子，四处走动。母鸡还必须时刻眼盯着天空，天上有老鹰，就在头顶盘旋，稍不留意，小鸡就会被叼走。所以老母鸡的担子很重，不只产蛋、抱窝，更重要的是要保护好小鸡，只要看见老鹰来了，急忙叫着、护着、跑着，第一时间把小鸡们带到最安全的地方，迅速藏身。也有跑不及的时候，只见老鹰俯冲下来，小鸡躲闪不及，母鸡只有挺身而出，豁出性命与老鹰做最后一搏。前些日子还看到这样一则消息，一只老鹰抓小鸡，不料想，最后反倒被老母鸡压在了身下，真是令人称奇。

生活的贫困，让我们从小练就了一些小本领，譬如摸鸡蛋（俗称摸鸡屁股）。只要把母鸡抱在怀里，用手在鸡屁股下面摸一下，立马就能判断这只鸡产蛋还是空肚子，从而计算一天的产蛋量。积攒一筐子鸡蛋，自己家一般舍不得吃，都是拿去卖钱，所以说，农户家那点零花钱，都是抠鸡屁股抠出来的。大人都喜欢买鸡蛋的找上门来，那样讨价还价的余地大，大都能卖个好价钱，而拿出去卖，主动权掌握在买家手里。我们家附近一带有工矿区，卖鸡蛋的任务一般由我来承担，我正在上学，脸皮又薄，最害怕遇到熟人，往往只要买家一张口，我就像捞到一根救命稻草一样，匆匆忙忙就把鸡蛋卖了，因而常常遭到大人的斥责。

卖鸡也是一样，鸡长大了，留下一两只公鸡，其余都要卖钱，就一只只先把鸡腿用绳子绑了，然后装进筐里，胳膊腕子挎着，拿到矿上去卖。如果有同伴，胆子还大一点，要是我一个人去了，最烦别人问这问那，低着头、红着脸，声音小得跟蚊子叫一样。一次，我走到半路就把一筐小公鸡以三块钱一只的价钱给卖了，回来被母亲骂了好几天。

一个院子住着四五户人家，因为各家都养着鸡，即使到了夏日炎炎三伏天，大人一个都不会因困乏而耽误了打早工，或扛着铁锨下地，或提着篮子下菜。这都是公鸡们的功劳，天麻麻亮就开始打鸣，一只一叫，其他的就跟上，此起彼伏，雷打不动，比闹钟还准时，而且不用操心。我们家先是一只黑公鸡，全身一素黑，没有杂毛，只有鸡冠子像血染的一样，红中透亮，耀眼得很。后来这只公鸡打架受了重伤，一直感染不好，只能宰了吃了。再后来是一只芦花公鸡，脖子粗，冠子大，尾巴更漂亮，看到哪里有食，自己先不吃，而是佯装成啄食的样子，不断“咕咕”叫着，吸引自己的“妻妾”、娃们一起享用。奇怪的是，别人家的母鸡跟在后面，它睁一只眼闭一只眼，显出一副不管不问的大度样子。然而不等其他公鸡靠近，芦花公鸡扇着翅膀就扑上去了。喙叨，爪子蹬，拼死拼活，不依不饶，不赶走入侵者决不罢休。

后来看了新闻才知道，外地不少地方让公鸡相互争斗，早已成为民间一种娱乐活动。所不同的是，人家那叫斗鸡，个子大，脖子细，毛却很少，几乎裸露着两条长腿，仔细一看，身上全是精瘦肉，没有多余的脂肪。斗鸡场是一个小圈子，用长红布围成一圈，围观的人很多，下注的也不少，钱不多，凑热闹。鸡主人把斗鸡刚一放进圈子，两只斗鸡就像仇人相见，分外眼红，立马冲过去厮打在一起，拉都拉不开。喙就像刀子一样，爪子则如铁钩子似的，不受伤是不可能的。据说这种斗鸡的肉很好吃，关键是运动量大，肉质筋道，人吃了浑身也有劲儿。

我们那时根本吃不到这样的斗鸡肉，能吃一口普通的公鸡肉，就已感天谢地了。我就盼着家里来亲戚，尤其是吐鲁番远方来的亲戚，那样我们就可以跟着沾光，一解嘴馋。父亲宰鸡，我们拔毛，母亲掌勺。夏天的话，锅头就在屋外廊檐下，油一倒，烟一冒，就听“刺啦”一声，剁好的鸡肉就下锅了。一阵翻炒之后，远远就能闻见鸡肉的香味，等鸡肉熟了，鲜绿的辣子又被母亲下到锅里。我们简直等不及了，趁母亲进屋取盘子的空隙，以迅雷不及掩耳般的速度，赶紧从锅里夹一块鸡肉塞进口中，几乎来不及咀嚼，就吞进肚里了，鸡肉就像炭火一样，烫得喉咙一阵阵难受。这就是当时我们最高档的菜品：公鸡炒辣子，吃了记住一辈子。还有一种情况，说起来很亏心，但也是我们当时最真实的愿望，那就是盼着谁有个病什么的，这样一来，我们又有机会吃鸡了，当然是炖鸡，尤其是一只老母鸡，用锅炖了，肉烂烂的，味道汆的，不光能吃到一点肉，还能喝到一点汤。热热的鸡汤，泡上一大块苞谷馕，味道也尝了，肚子也垫饱了，一举两得。最珍贵的还是那种乌骨鸡，我们家就养过几只，只有特殊病人才能享受，肉和骨头都呈黑色，算是稀缺资源，很珍贵，更是大补。

后来结婚生儿育女，加之生活条件开始逐步好转，我就有了新的口福。岳母饭菜做得好，特别是拿手好菜“凉拌鸡”，不但让一双儿女百吃不厌，似乎也成了我的一个嗜好。每每赶上岳母做“凉拌鸡”，我就哈喇子开始往下流。先把鸡煮好，等凉下来手撕成块，切一些葱花，配好花椒，然后撒一点盐，最后再浇上鸡汤，筷子一搅拌，就可以大快朵颐了。如今虽说岳母已经去世，妻子却继承了岳母的手艺，嘴馋的时候就做凉拌鸡，让一家人都享受生活的馈赠。

有一段时间时兴肉鸡养殖，短短几个月就出栏，大小餐馆都做炒肉鸡。毕竟是催生的，看上去肉墩墩的，一点都不皮实，手一使劲儿，翅膀都会裂开口子，不像那些外面跑动的散养鸡，浑身都是力，吃着也劲道，于是市场慢慢萧条，吃的人越来越少了。现在人们健康意识很强，都想吃原汁原味，尤其是土鸡，价格就很高。一次我路过近郊一个村子，听说有卖大个土鸡的，撵过去一瞧，着实让我开了眼界。一是分量很重，是一般鸡的一倍大，二是鸡腿就跟一根铁棒似的，爪子在地上一跺，“砰砰”作响，趾高气扬的，显得那么威风、强势。一问价钱，150 元一只，那还是看了朋友介绍的面子。买回家请人宰了，案板上堆了一大堆鸡肉，妻子说跟牛娃子一样，肉质鲜美，诱人得很。这只黑色大公鸡，我们吃了好几顿，味道确实好，不过煮也好，炒也好，费时要比一般的鸡长一些。

再后来沙湾大盘鸡风靡新疆，走向全国，成了人们新的选择。一大盘子端到你的面前，热气腾腾，色彩鲜明，提振你的食欲，冲击你的视觉。因为毕竟配有红椒或者青椒，要微辣，中辣还是爆辣，全凭你自己选择。我还是偏爱爆辣这个层次，尽管头上辣得直冒汗，鼻子吸溜吸溜的，喉咙像火在燃烧，胸中如“四海”在翻腾，依旧“辣”此不疲，情有独钟。新疆人口味重，大盘鸡正好集麻辣为一体，除了大块鸡肉，就是辣子、葱和土豆，还包括花椒、姜皮、大香等各种各样的调料，这些是提味的重要保证，尤其红辣皮子和花椒，缺一不可。等大盘鸡吃得差不多了，就要上皮带面了，这是主食，也是大盘鸡的“压轴戏”，一根根皮带一样长的宽带面，趁热倒入盘子里，用公筷一搅拌，味道融入其中，吃了才叫过瘾。如果不上皮带面，大盘鸡就缺项，不完整。所以我说：“口中刮着麻辣风，辣皮子如同火烧心，鸡肉吃进肚子里，皮带面留在记忆中。”

大地的馈赠

维吾尔族对苜蓿有着特殊的偏好。一到开春，苜蓿刚从地里露出新绿，那些勤快的主妇，便急不可待前去“掐尖”。苜蓿属于多年生草本植物，就像韭菜一样，割了一茬，还会长出新的一茬。只是韭菜生长频率快，一茬一茬照吃不误。苜蓿则慢得多，一年两茬，最多三茬，而且除了春天那一茬新芽外，稍一长老则不可食用。

苜蓿芽先是一簇一簇，随后则一片一片，齐拃长的黄秆子，是去年的老茬，新芽就从老茬里长出来。以前苜蓿地都是集体的，因为面积大，季节性又太强，根本不用担心“供不应求”，苜蓿芽不够吃。都是为了尝个鲜，春天青黄不接，菜窖里的菜基本吃完了，关键是也吃腻了，除了羊角葱，其他新菜又稀缺，只能寄希望于苜蓿芽了。

苜蓿芽刚长出来，翠绿翠绿，一根茎脉分出几个叉，叉再派生几片叶，就像采茶一样，轻轻一掐，苜蓿芽就下来了，一点不费事，也不需要任何辅助工具，全凭心灵手巧。到了掐苜蓿芽的季节，地里就充满欢声笑语，清一色女人和孩子，手不闲着，嘴巴更是忙活，仿佛一群鸟儿，叽叽喳喳，嘻嘻哈哈，享受着春天的馈赠。

掐回来的苜蓿芽，几乎不用拣，用水洗了，做凉菜和包饺子都好吃。那时候粮食紧张，肚子里油水也少，餐桌上有一盘苜蓿芽凉菜，饭就吃得有滋有味。做凉菜很简单，先用开水焯一下，再撒点盐，倒些醋就成了。苜蓿芽饺子最好掺和鸡蛋，我觉得味道比肉馅还要好。

小时候，母亲喜欢做苜蓿芽盒子，大大的平底铁锅，上面抹一层菜籽油，随后把苜蓿芽盒子放进锅里，捂上锅盖，过一会翻一下，等苜蓿芽盒子熟了再一瞧，船型的巴掌大的盒子，中间焦黄焦黄，还滋滋冒着油花，周边呈现一圈白色，仿佛事先描画好的，色泽非常鲜明。拿菜刀一分为二，盛在盘子里，一人一份，立刻感到清香扑鼻，回味绵长，把人吃得美滋滋的。

那种儿时妈妈的味道，到现在我也忘不掉。虽说住在城里几十年，可我一直怀念乡下的生活，尤其到了春天，估摸着苜蓿芽差不多长出来了，嘴就馋得难受。好在庄户人早已掌握透了城里人的喜好，什么季节供应什么新鲜土特产，包括苜蓿芽、黄花菜、榆钱子，甚至老鼠瓜等，只有你想不到的，没有你吃不到的，生活真是发生了翻天覆地的变化。现在可以这样说，随着城市绿化面积的不断扩大，一些原本生长在农村的植物，也已开始在城市安家落户了。一天路过一个三角地绿化带，就看到三三两两的女人，弓着腰，低着头，专心致志在地上采什么。我就问老婆："她们在干啥？"老婆摇头。我告诉她说："可能在掐苜蓿芽。"

野蒜苗比苜蓿芽稍晚一些，生长环境比较特殊，必须是在水多的地方。譬如水渠边上的草地里，同时还得遮蔽阳光，比方靠近大山的树林子。在我们芦草沟一带，似乎有一个明显的分界线，磨石嘴子往上生长蒜苗子，朝下则没有。

野蒜苗也属多年生草本植物，颜色银白，喜扎堆，一撮一撮，韭菜叶子一样长，呈三菱状，很容易辨认。之所以称之为蒜苗子，就是因为有大蒜的味道。一般喜欢凉拌，也有做成馅包包子，或者捏饺子，口味都比较特殊，说是蒜苗却又像韭菜，二者兼而有之，值得回味。

最早知道蒜苗，还是孩提时代，当时正在上初中，一天就听住在磨石嘴子附近一小队的同学说，一大队四队有一块“风水宝地”，那里的蒜苗子就像草一样，渠两边、树底下，长得到处都是，拔都拔不及。关键是那里还有我们最爱玩的“瓜瓜牛”，也就是蜗牛，干的湿的都有。我就心里痒痒，盼着春天快一点到来。到了第二年春天，我先是跟着一小队的同学一块去，后来就和我们队上的同学结伴而行。

对于我们这些孩子来说，那五六公里的路一点都不算长，中午放学吃口馕喝口水，连跑带跳一阵就到了。野蒜苗确实多，不一会就一人拔了一大堆，各自分别做了记号后，就开始寻找“瓜瓜牛”。遇上干的，就相互“抵牛”，看谁的坚持时间最长。好的“瓜瓜牛”呈紫红色，螺旋状，看着就结实，握在手里硬邦邦的，尖对尖和对家一抵，一下一个小窟窿。而那种泛白色的，由于时间久了，遭到侵蚀，有些干脆手一捏就碎了。找到那些鲜活的蜗牛，我们就放在一个显眼的地方，要么一块石头上，要么一根干木棍上，最好再有一些光线，把蜗牛放上去，然后一起趴在两边，敛声闭气，等着蜗牛慢慢从壳里爬出来。很快，头顶着两根细肉角的蜗牛就钻出来了，拖着外壳一步一步向前爬，留下黏糊糊的印迹。有些孩子就沉不住气，翻起身要看个究竟，可是眼睛还没有凑上去，蜗牛立马脖子一缩，就退回到壳里了，再也不出来。

实际上，大人们不支持我们跑那么远去拔野蒜苗，一是耽误做作业，二则也不安全，因为路上狗多，被狗咬了，头比身子重。再有就是蒜苗子毕竟生长在草丛里，一不小心遇到蛇呀什么的，后果难以预料。所以我们都是相约着偷着去，时间一长，大人们也默认了，还口口声声夸蒜苗子好吃。我们就又来劲儿了，缠着母亲这么做那么做，仿佛很有功劳似的，颐指气使，腰杆子硬得很。

时隔三十年以后，我们再一次来到了磨石嘴子，好像重又回到童年，身心一下子得到了放松。特别是一个叫玉坠的女同学，刚一下车，小鸟一样张开双臂就扑进了密林，而且口中不停地“哇哦，哇哦”叫着。一高兴就忘了注意脚下，一个跟头摔倒了，不管三七二十一，她笑着乐着又翻起身，精神头更大了，因为一大片蒜苗就出现在了眼前，我们就是冲着蒜苗来的呀。

笋子有两种，一种是苦笋子，一种是甜笋子。虽说都生在沟渠边上，却很混杂，乍看上去都一样，实际味道有着天壤之别。一般情况下，苦笋子长得高一些，细一些，颜色也白一些；而甜笋子从茎秆到叶子，大抵呈现浅绿色。两种笋子都带一些刺，一个折断会渗出奶汁一样的白液，所以又称“奶子草”。一个剥皮后，则是脆嫩的绿秆，一节一节撇了塞进嘴里，口若生津，味道甜美，小孩子都很喜欢。

我是放羊娃出身，有时候口渴了，懒得跑到干净的地方喝水，就随手拔几棵甜笋子，三下五除二扒了皮，“嘎嘣，嘎嘣”就嚼上了，还真管用，不但止渴，也能垫一下肚子。不但羊吃笋子，我也吃，回家的时候，还要拔一些带给兔子吃。狗好养，猫好养，甚至鸽子都好养，唯独兔子不好养，虽然喜爱，却是让我操了不少心。

当时各家都种一点菜，虽然扎有篱笆墙，但总归是柴梢子，或者葵花秆子，多少露出一些空隙，大一点的牲畜进不去，可是却挡不住兔子，爪子刨拉刨拉，头一用劲儿，身子一缩，蹄子一蹬，就神不知鬼不觉钻进去了，糟蹋了人家辛辛苦苦种的那么一点小菜，不要说别人，换作我也不乐意，于是只能圈养兔子。

其实很简单，先挖一个齐腰深的长方形深坑，一个角再掏一个洞的形状，兔子放进去，你就不用再管了，兔子会顺着这些洞口，继续往深处打洞，母兔子会在里面用自己身上的毛做窝，然后产子。关键是兔圈上面怎么封盖，我曾经用过筛沙子的筛子，但边沿总有一些缝隙，让一些机灵的兔子精有机可乘。一旦跑出去，就很难抓回来，有些差一点就变成了野兔子，让人大伤脑筋。

有一只黑公兔子，换了三次兔圈，都没有把它盯牢看死，一不留神就不见了。即便一天把兔圈打扫得干干净净，随时换的都是清洁水，而草料除了新鲜的野笋子、树叶子，还有苜蓿呀啥的，就是关不住这只兔子的心。一次我恰好发现黑兔子钻进了邻居的菜园子，于是发动全院的男女老少一起来围捕，眼看着胜券在握，就要生擒活捉了，不料想黑兔子“嗖”地一下，从一个人的裆下钻过去，然后纵身一跃，跨过篱笆墙飞也似的逃走了，这是一只种兔，繁殖了不少后代，从那以后再也没有看见过它的踪影。

后来慢慢我就不再养兔子了，不过野笋子我还是继续拔着，甜的自己吃，苦笋子继续带回家，因为家里还养着一群鸡呢，剁吧剁吧，拌上麸皮喂鸡，是上好的饲料。

巴哈利，民族糕点“金皇后”

不知道你是否在日常生活中注意到这样的场景：三五个打扮漂亮的维吾尔族妇女，一人在腰际双手托着一个长方形托盘，一边一路说笑着，一边走向同一个方向。托盘被五彩缤纷的塑料花纸包裹着，上面打着蝴蝶结。可以隐约看到托盘中摆放着一样东西，分量不太重，色泽有些深，不用说，这就是维吾尔族特色糕点巴哈利了。这几个女人，不是去参加一场婚礼，就是赶赴谁家孩子的一个割礼。维吾尔族礼俗多，男人一般不带礼，要带就让女人带，而巴哈利就是最普遍的一种随礼。

第一次品尝巴哈利，还是很久以前的事情了。当时弟弟得了急性胃炎，被连夜送到城里的医院。一日，一个据说是父亲的远房亲戚，带着两样东西来探望弟弟，一个是水果“安吉尔”，一个是糕点“巴哈利”。安吉尔就是无花果，用几片树叶覆盖着，亲戚一进门，就能闻到一股奇香，屁股还没落位，亲戚就给弟弟和我一人口中塞了一个无花果，软绵绵、香喷喷、甜丝丝，几乎不用嚼就咽进了肚子。而巴哈利随后被亲戚掰成好几块，包括父亲在内，我们每人得到一块。以前总觉得面包好吃，没想到巴哈利味道更醇厚，内容更丰富，好像把许多甜美的东西掺和在了一起，吃过了就一辈子都记住了。

后来生活水平稍好一些，家里才开始做馓子和油果子，也只是到了逢年过节的时候，其他就是水果糖、江米条、葵花子和桃酥饼干。在城里就有可能再丰富一些，客人来了或许能品尝到一些糕点，有口福的话还有巴哈利。巴哈利有的色泽深一些，呈咖啡色，有的颜色浅一点，是黄褐色，先用刀切成小长块，摆放在一个玻璃碟子里，看着十分诱人，吃了回味无穷。

直到改革开放以后，物质生活空前丰富，以前很少见的水果纷纷上了寻常百姓的餐桌。特别是到了维吾尔族的两大节日——“肉孜节”和“古尔邦节”，家家户户除了炖肉，炸馓子，早早就把各种各样的糕点买回家了。有些人家甚至自力更生，提前把各种模具准备好，圆形的、扁状的，还有带着花纹的，先是铝制品，后来发展到不锈钢，或捏或夹或压，都带着把儿，用起来很方便。等着女主人把配料都准备妥了，就开始和面、掺料、成形，最后盛入铁盘子放入烤箱，不一会儿各色糕点就全部烤熟上桌了。

尤其到了过节的时候，餐桌上起码有三样东西不能少，一个是炖好的鲜美羊肉，那是维吾尔族最高待客礼仪，哪怕只尝刀削的一小块，也算是主人家的一片深情厚谊。二是高高摞起的馓子，像金字塔一样，一把一把螺旋状摆放有序，简直就是艺术品，显示着女主人的高超手艺。三是巴哈利，在所有糕点当中，巴哈利力压群芳，独树一帜，被我称作糕点“皇后”。这三样东西齐备了，节日的氛围就有了，主人家就得以安心了，不然的话，餐桌就显得平淡无奇，没有了光彩。

我们家还有点特殊，因为妻子是回族，除了羊肉、馓子和巴哈利，还必须再添加两样：粉汤和回族点心。粉汤汤汤水水，有肉有菜有粉块，盛在碗里，紫红的羊肉、牛肉（有时也做鸡肉粉汤），白色的粉块，绿色的菜，要颜色有颜色，要味道有味道，如果汤里再泡点馕块，稀的稠的都有了，既享了口福，又饱了肚子，简直是美炸哩。回族糕点品种也不少，形状各异。我就喜欢马氏糕点，小小圆圆的那种，仿佛千层皮，手一动，一层一层往下掉皮，酥酥甜甜的，刚一入口就化了。

巴哈利的高贵就在于以前根本吃不起，关键是配料太丰富，营养价值高。其配料包括：第一是面粉，第二是植物油，第三是根据各人喜好添加各种配料，包括鸡蛋、蜂蜜、红砂糖、牛奶、核桃仁、葡萄干、黄油和一些自己喜好的果碎。不过还不能忘了泡打粉和小苏打，这是增加巴哈利酥度和口感的辅助品，多了不行，没有也不行。

具体操作如下：先把鸡蛋打好，并加入砂糖。等鸡蛋打到浓稠状态，掺和液态黄油和牛奶，搅拌均匀。随后再把核桃仁、葡萄干和果碎以及可可粉、泡打粉和小苏打混合过筛，并入鸡蛋糊，再次搅匀。最后取出烤盘，铺上油纸，把蛋糕面糊倒入烤盘，放进已经预热好的烤箱，就算大功告成。

不知怎么一回事，每到过节我发现来我家的女士们，大都对粉汤和巴哈利特感兴趣。粉汤端到面前，一边吃一边连声夸赞，有的能吃两三碗。巴哈利由一大整块，切成若干小块，整整齐齐摆在几个透明的器皿里，不一会儿就见底了，于是再切一大块，再分散插花放在各种盘子、碟子之间，劝客人喜欢就多品尝。反正每次过节我都要多买两三块巴哈利，因为客人喜欢，我们就高兴。

汤饭，爱吃没商量

在新疆，酒桌上似乎形成了这样一条不成文的规矩：酒过三巡，菜品五味之后，哪怕是前面已经上过主食，最后一定还要端一碗汤饭，否则，餐宴就不能算是真正意义上的结束。所以，汤饭也被酒友们称作“勾缝子的饭”，意思是这吃饭也和砌墙盖房子一样，石头根子扎牢靠了，墙裙子砌端直了，还必须要用水泥把所有墙缝子都抹严实了，不然看着不美观。因而不管谁请客吃饭，临了总不忘叮嘱大家一声：“别着急，汤饭还没有上呢，吃了再走！”

汤饭到底有没有护胃的功能，或者说能否帮着醒酒，老艾没有做过具体考证。但有一点必须承认，那就是头一天晚上酒喝多了，第二天早上起来胃里不舒服，我们一定会急着找一家餐馆，要么一碗酸揪片，要么一碗臊子面，吃面只是象征性的，碗里的汤，却是一口一口喝个不停。仿佛唯有如此，才觉得胃里有些舒服，头脑也有点清醒了。少了这一道程序，就蔫头耷脑，好像病怏怏的，一天都无精打采。回过头来想想，自己会一天天变老，酒喝多了身体肯定受不了。这些日子经常在央视看到一则公益广告，“没有身体，哪有感情！”就觉得说到了人们心坎上了。

实际上，汤饭并不是酒桌上的专利，特别是像我们这样一些上了岁数的人，对汤饭也是情有独钟。一两天不吃一顿汤饭，就觉得胃里缺了一样东西，没着没落的。不过汤饭是一个大概念，包括汤面片、炮仗子、臊子面、牛肉面，甚至挂面和方便面，只要是汤汤水水的，都应属于汤饭的范畴。新疆人，尤其喜爱手工面，家里来了客人，主妇必须亲手和面、擀面、切面或者下面，亲力亲为，是一种乐趣，更是对客人的一种尊重。

我想，人们之所以对汤饭乐此不疲，关键可能就在这“汤汤水水”四个字上。虽说我们身体每天都在补充水分，比方说喝开水、纯净水、苏打水、泡茶和咖啡，抑或吃各种水果、蔬菜，即便肉类也不乏水分，还有营养。这些都满足不了我们的另一种需要，那就是一定要现做的，而且是冒着热气的，并要集“汤、面、肉、菜、料”为一体，也就是老艾曾经归纳的“五大要素”同时必备，才就像人们所说的，吃饭吃到了地方。就以汤面片，或者揪面片为例，一种做法先炝锅，把鲜羊肉或者牛肉，先在锅里炒了，最好再配以葱花或皮芽子（洋葱），然后添水。还有一种不炝锅，直接先添水，等锅开了，再放肉菜，面片下好后，再根据需要配其他材料。老艾写了不少关于美食的文章，一日一位领导就曾开玩笑问我：“老艾，你把各种新疆美食写得头头是道，你自己厨艺如何啊？”我就笑着回答说：我从来都是眼高手低，看得多，做得少。

不过有两样我还是比较拿手的，一是蒸米饭，二是做汤饭。这一点，就连厨艺很高的妻子都常常夸我。蒸米饭从来不夹生，糊锅的概率也很小，不论是铁锅，还是电饭煲，用起来都驾轻就熟，这是年轻时候练出来的。尤其是做汤饭，一定要把面先和好了。以前只有“75”和“81”两种白面，“75”面属于精粉，“81”面相对粗一些，而且一律都是25公斤装的大袋子。现在凡事都讲精细化、专一化，做什么饭用什么面粉，都分得清清楚楚，而且全部袋装化，25公斤、10公斤，甚至5公斤包装都有，按需购买，连面剂子都给你准备妥当了，锅里添好水，下楼再去买都来得及，简直太方便了。

老艾的体验是：用小碗把面粉盛入面盆里，再用手将面粉堆成火山口形状。然后一手小心倒水（最好用温水，配少许盐），一手由里向外一圈一圈来和面。面和得差不多时，揉成一个小团，将面盆扣在上面。稍事片刻，揭开面盆，继续揉面，感觉时间差不多了，再擀成一个大一些的面饼状，案板和面上抹一层植物油，再次扣上面盆，或者用干净的湿布放在面上，等着饧面。这个当儿，就可以准备其他工序了，炝锅或者添水。我在炝锅的时候，肉都是切成指甲盖大小的，等肉炒到八成熟，接着放葱花、皮芽子，浇上酱油，撒上盐，再放入切好的恰玛古或者土豆，要么就是萝卜（青萝卜，胡萝卜都行）和山药，“萝卜白菜，各有所好”，全凭自己的口味。等面饧了之后，再擀一下面，随后切成面剂子，想吃炮仗子，就搓成棍状，想吃揪片子，则捏成长片状。甩一甩，抻一抻，然后绕在手腕上，再用拇指和食指，一上一下开始往锅里揪面。

刚开始学做汤饭，不是和面把握不了要领，就是下面不得法。面和硬了，容易皴，面剂子拉不长，还爱断；面和得太软了，要么粘手，要么揪不到锅里，灶台上到处都是面片，让人手忙脚乱的，一锅饭做下来，头上冒汗。这时候我就自然想起邻居老李哥，虽说是早年单身汉，饭却做得出奇得好，特别是揪面片，不是站在锅跟前，而是坐在床沿上，一边揪面片，一边还唱着秦腔，而且时不时回头和人搭话。面片一个紧跟着一个，非常听话地全部都飞进锅里，相互不粘，一圈一圈，平铺一层，还留有间隙。水滚开着，面片翻腾着，油花绽放着，好生让人羡慕。凡事都是熟能生巧，后来我就留心跟母亲学，并反复进行实操，最终虽说赶不上老李哥，却也得心应手，揪面片、炮仗子、二节子，想吃哪一种，洗手挽袖子，干净利索就做哪一种，一点都不费事。

早些年的一个冬天，我和村上的同学，结伴去了另外一个村的同学家，赶上中午吃饭，恰好就是揪面片。没有炝锅，随后跟着就放进不少肉片和各种配料的那种汤饭。就一些土豆块，最终连酱油和醋都不添加的白花花的汤饭，内容太简单，一点油花都看不到。后来饭桌上幸好上了一碟咸菜，韭菜和黄萝卜两样，还是没有泼油，几个人都低着头，默默无语吃着这种清汤寡水的揪面片，心里很不是滋味。后来生活一天比一天好了，好像每天都在过节一样，肚子里都是油水，再好吃的饭菜也觉得没有味道了。就说老艾去年住院吧，亲戚朋友送饭送菜的不少，到后来我还是想吃汤饭，精瘦的羊肉滚得烂烂的，沙沙的土豆熬得糊糊的，最要紧的是汤要味道浓浓的，最后再配上一些咸菜，韭菜也好，萝卜也好，白菜也好，搭配成五颜六色，浇上香油，我就觉得这是世界上最好吃的饭了。

记忆中的风味面食

老百姓餐桌上，饼子的种类非常多，传统的有烧饼、馅饼、烙饼等，外来的有印度飞饼、披萨等。不过我所说的却是另外一种饼子——多层饼。小的时候最渴望母亲做多层饼，不但外表看上去吸引人的眼球，味道也是令人难忘的。就见母亲和好面，抹上清油，随后就像绕麻花一样，把葱花和油渣子绕进面里，再揉一揉，揪成团，擀面杖迅速擀几下，一张张多层饼，就神奇般地从母亲手中诞生了。

油渣子是从羊脂油中提炼的，刚出锅时酥脆绵软，塞进嘴里余香满口。有些人家把羊脂油和油渣子，分开盛在不同容器里，羊脂油用途很广，可以单独挖一勺炒菜、做饭、烙饼子，也可以和清油并用。油渣子凝结后，很像七拧八歪的核桃仁，变得干硬，需要时用菜刀切碎，不管是做糖包子、烙多层饼还是熬米粥，都是上好的配料。

多层饼的吃法和油塔子不一样，纯正的油塔子白亮白亮的，仿佛有个帽盖子，轻轻一揪，呈螺旋状一层一层从下往上散开。多层饼则是焦黄中泛着白色边沿，翠绿的葱花点缀其中，就像涟漪，一圈一圈富有层次。多层饼兼有粮食的醇厚、葱花的清香和羊脂油的绵长，如同其名字一样，味道具有独特性和多样性。我最喜欢一边手撕着多层饼，一边感受饼子碎裂时，葱花和饼子渣，虫子一样从盘子里蹦出去，散落在达斯特汗（餐桌布）的场景。这时候大人就放下手中的饼子，不厌其烦地把这些碎渣，再一点一点捡拾起来，放进口里，而且絮絮叨叨提醒我们：世上最珍贵的食物，浪费了天理不容啊！

吃黄面配烤肉串，有多层饼的地方，也必须有哈勒瓦才行。哈勒瓦是维吾尔族的甜面酱，黄灿灿、甜丝丝，用软绵油脆的多层饼蘸着吃，看上去既高雅又生活化，算是艰苦岁月的一种难得享受。多少年过去了，我依旧忘不了多层饼的味道。先是妻子尝试着做，辛辛苦苦烙了好多张，不但颜色对不上号，味道也不一样，越看越像烫面饼子。小妹听说后，也专门到我家一显身手，和面、擀面、烙饼，到头来仍然不像妈妈的多层饼，倒是跟锅盔似的。我就感到纳闷，有了多层饼的样子，没有多层饼的味道，有了多层饼的颜色，没有多层饼的层次感，不知道是我变得嘴刁了，还是一直在思念去世的母亲。

和多层饼一样，锅盔也必须使用平底锅。这种平底锅，小的时候商店有售，生铁铸造的。刚开始是银灰色，圆形状，锅沿一般齐，还有两个锅耳朵。过不了多久，铁锅就变成黑色了，油亮油亮，泛着光泽。母亲把平底铁锅放在炉灶上，除了多层饼，极有可能做这两种面食：一个是菜盒子，韭菜馅的、白菜馅的，一锅两个，船的形状，诱人的味道，熟了用菜刀一分为二，吃着盘里的，盯着锅里的，肚子饱了，眼却饿着。第二个就是锅盔。先和一大盆面，然后揪成一个个面团，手揉一下，擀面杖再擀一阵，形成一个个饼子状。锅盔放进平底铁锅里，盖上锅盖，稍停，再掀开，用手翻转一下锅盔，几次三番，锅盔就熟了，外脆里暄，筋道弹牙，吃了扛饿。

锅盔和饼子的区别在于，前者不但有厚度，也有硬度，出锅后手一敲，“砰砰”作响，像鼓一样。而饼子一个是薄，另一个是软，既可以卷巴成筒状，又能叠成层状。锅盔一般都是掰成块吃，锅里抹少许油即可，看上去像“干货”。饼子则是撕成片儿送进口中，也比较费油，家里来了客人才做，俗称“油饼子”。以前，维吾尔族的主食以馕为主，早先我们家就有一个馕坑，仿佛一个倒扣的水缸，削去了底子，坑壁用砖块，外围用泥土，等火把馕坑烧红，就开始烤馕，满院子都弥漫着馕的香味，少不了送给左邻右舍，一个个赞不绝口。

因为村上维吾尔族少，母亲就兼收并蓄，学会了很多本领，比如炒菜、蒸馍馍、做花卷，甚至还会腌咸菜。尤其到了漫长的冬季，吃“乌麻什”（玉米面糊糊）的时间就比较多，有了一盘咸菜，上面泼点油，感觉上一下子就不一样了。母亲的锅盔就是跟一个回族大妈学的，起先什么都不放，原汁原味，白白圆圆的锅盔上面，布满了富有规律的焦黄色斑，一掀锅盖，犹如春风扑面，那种亲切而又熟悉的清香，吸入鼻腔，渗入肺腑，回味无穷。

后来母亲与时俱进，开始在锅盔中掺入香豆子和植物油，从而又呈现出别样的风味。先把香豆子从地里割回来，搓揉一番，晾晒起来，等青黄不接之时拿出来，融入锅盔中，改善生活。冒着热气的锅盔，就着一盘酸辣土豆丝，越吃越带劲儿，浑身都舒服。现如今锅盔越做越大，内容越来越丰富，价格也越来越贵，尤其在水西沟红房子，专门有一个销售锅盔的露天市场。到了双休日，旅游休闲的城里人，有不少人在此逗留，看着又大又暄又诱人的特色锅盔，买几个带回家留着自己吃，或者送给亲朋好友，都算是不虚此行了。

“刀巴子”是新疆庄户人的叫法，实际上刀巴子就是白面馍馍，也叫馒头。记得儿时我们村上家家户户都有笼屉，也称作“蒸巴子”，清一色竹子做的，上下两层，外加一个笼屉盖子，制作精美，严丝合缝，是生活必需品，也算是一件工艺摆设，擦得一尘不染，放在案板上，非常显眼。

那时候谁家劳力多，分得的生产粮就多，由此说明吃到白面“刀巴子”的概率就多。面粉袋子都放在齐腰的高度，以防老鼠糟践，或者打一个木头柜子，而且必须分成两个隔挡。一个隔挡存放金黄色的苞谷面，容积一般还要大一些，一个隔挡则是盛白花花的精粉。就像我们家，一般情况下，“刀巴子”都是混合粉，白面多一些，玉米面少一些，即便如此，色泽和口感都会发生变化，比起纯白面馒头，逊色不少。

蒸“刀巴子”，先要在案板上撒一层干面粉，而且和面少不了酵头。等面发好了，揉成形，一个个放入笼屉，将锅里的水烧开。要是笼屉用的时间久了，为了防止漏气，用湿抹布在笼屉的连接层围上一圈，接着再将一块沉重物压在笼盖上。“刀巴子”熟了，一层一层倒扣在案板上，于是顷刻间一片白色热气弥漫开来，有一种热浪扑面的感觉。

家庭的“刀巴子”稍小一些，就跟人的拳头一样大小，蒸一笼可以撑几天。公家食堂的“刀巴子”，个头就大得多。不过强壮劳力，吃一两个“刀巴子”还不解决问题。就见不少人，一手端着碗，一手还举着一根筷子，筷子上戳着两三个白花花的“刀巴子”。菜吃完了，筷子上的“刀巴子”也吃完了，拍拍鼓鼓的肚皮，美美打几个饱嗝儿，随后再点上一根莫合烟，用乡下人的话说，“饭后一根烟，赛过活神仙”。

我仔细留意了一下，如今有三样面食最受大众欢迎。一个是馕，上班的途中，买一个热馕，再配一罐热牛奶，一边走，一边就把肚子问题解决了。一个是牛肉面，不管是银丝的，还是韭叶面，“一清、二白、三红、四绿”（清汤、萝卜片、辣子酱、香菜），汤汤水水，独具特色。特别是头一天晚上酒喝多了，吃一碗牛肉面，不但养胃，还能醒酒呢。再一个就是“刀巴子”。几乎每个小区都有，户外支一个炉子，连接着一台鼓风机，火势猛，熟得快。笼屉一律从竹子做的变成了铝制品，而且一摞就是七八层，比人还高。热气腾腾的“刀巴子”买回家，随便拨拉几个小菜，一家人的一顿饭，就这样轻轻松松打发了。

甜丝丝的记忆

回族人家的餐桌上，从来不缺乏诱人的美食。最常见的是油香和粉汤，婚宴上的夹沙、丸子、黄焖肉，美名远扬的“九碗三行子”，看着眼馋，吃了叫绝。一个最大特点，就是回族人在饭菜上从来不凑合，一直下硬功夫。不但讲究饭菜精工细作，更注重颜色合理搭配，关键是确保饭菜的品位。因而不少人从家庭小厨房，走向餐馆大后堂，靠勤劳立业，凭厨艺赢得声誉。

实际上回族的甜食也是很有特色的，其中以甜盘子、糖包子和鸡蛋馓子名气最大，受到食客的青睐。甜盘子的主料为糯米，辅料除了白砂糖，还有羊尾巴油、红枣、葡萄干、核桃仁等。以前因为物质条件差，一般人家根本没有糯米，而白砂糖则是按需供给，凭借供应本才能买到。有一年冬天，父亲得了伤寒，卧床不起，急需白砂糖补身体，我带着供应本去公社商店购买，人家一翻本子，说我家当月的定量用完了，说啥也不给卖，急得我两眼泪汪汪，却一点办法都没有。所以说那样的年代，能吃上一次甜盘子，真的就像过年似的，一年半载遇上那么一两回，就算很不错了。

第一次吃甜盘子，是在岳母家的餐桌上。甜盘子有点黏，有点甜，还有点香，几种味道混合在一起，有一种回味无穷的感觉。当时我就搞不明白，那种下面大，上面平，类似塔状，却又像削去了塔尖，看上去严丝合缝，一点没有人工的痕迹，到底是怎么制作成的。后来到了后堂我才茅塞顿开，事先要将糯米淘好，泡够时间，再将清洗过的红枣切开，取出内核，和其他配料一起盛入碗中，放在笼里蒸，等着熟了，和蒸笼篦子同时端下来，撒上白砂糖，随后倒扣在一个个盘子里，一道传统美食甜盘子，就算大功告成了。

我就发现，甜盘子老少咸宜，别的菜剩下了，甜盘子常常一扫而空。尤其是那些满地跑的孩子，玩着玩着就好像回味到了其中的甘甜和香醇，于是又赶紧绕到桌子跟前，缠着父母再夹一筷子甜盘子。这或许就是甜盘子的魅力，夹着不散，吃着黏牙，香甜萦绕于唇齿间，美好的记忆存留在心中。如今甜盘子已经成了回族餐桌上的“保留节目”，不可或缺。特别是在喜庆的婚宴上，甜盘子端上来，寓意着所有人都一起分享了一对新人甜甜美美地幸福和快乐，极具象征意义。

漂亮的一个个盘子里，糯米白柔凝黏，砂糖晶莹甜脆，筷子轻轻一搅拌，红亮的大枣，翠绿的葡萄干，深褐色的核桃仁，星星点点的芝麻，与软绵油嫩的羊脂丁，完美融汇成一个集色泽、味道和营养为一体的混合体，你不迷醉都不行啊！

糖包子也是很有讲究的，从形态上讲，一种为扁形，一种为三角形。从内容而言，有素也有荤。回族人家最具特色的，就是三角糖包子。岳母的祭日，小舅子把兄弟姐妹和亲戚朋友聚到一起，满满摆了几桌，当中就有一大盘包子，而且是回族和维吾尔族的两种包子。因为特色明显，虽然两种包子混杂在一起，明眼人一下子就能区分开来。扁圆薄软的是薄皮包子，瓷实三角的就是糖包子。

说实话，一开始我也纳闷，圆圆的包子皮，成形后怎么成了三角形，我甚至偷偷剪了一张纸反复叠着比画，虽说最终勉勉强强有了三角形，但比例还是不对，三个角间距过大，看上去不美观。后来经妻子做了示范，才明白原来其实非常简单。一张包子皮擀成小的圆形，摊在手掌心，再用勺将馅放入包子皮的正中。先用手捏出一个角，随后把面皮向上一拉，再一折，自然就成了一个对称的三角。最后依次捏巴捏巴，三条棱道也出来了，三角糖包子就成形了。

正宗的三角糖包子，要掰着吃，这是一个享受美食的必要过程。先瞧外观，白而透亮，冒着热气，甜美的褐红色汁液顺着棱道渗出，拿在手上黏指头。如果狼吞虎咽，就那么囫囵个儿吃了，只感觉到的是味道攒劲儿，却看不见馅子的丰富和实质性内容，怎么说都有点不甚完美。所以别忘了，先将三角糖包子掰开，少一半送进口中，多一半留在手上。一边品尝个中滋味，一边欣赏馅子的配料和色泽。切成小丁状的白色绵羊尾巴油，晶莹剔透，爽而不腻。葡萄干、核桃仁和花生粒，鲜绿、深褐、红亮三种颜色。黑芝麻、白芝麻、白糖、黑糖，黑白相间，颜色迥异。内容如此多样，味道才别处难寻，单凭“香、甜、酥、爽”这四个字，难以完整概括三角糖包子的全部内涵。

既然说到包子，就不得不提回族人结婚一件很有趣的事情。那就是结婚第二天早晨，女方家人做好包子端到新郎新娘面前，俗称“睁眼包子”。就是说娘家人有意在包子当中，搭配一两个特别咸，或者特别辣的包子，其用意既有戏耍的成分，也有考验女婿是否灵敏的因素。如果是个愣头青，三下五除二急急忙忙吃了，或许真的碰上其中一个，随之大呼小叫起来，一来显得不成熟，二来还成了笑话。如果早有思想准备，即使不小心吃到了，也一定会在不动声色中吞进肚里，寓意生活的酸甜苦辣，从此时起已经真正开始了。

而鸡蛋馓子，实际就是糖馓子。就是说和面时掺入了鸡蛋，当然还有清油，这样炸出来的馓子就特别酥脆。鸡蛋面和好以后，拉成长长的片状，两根签上一绕，再一拉转，油锅中来回翻一下，馓子就捞好了。一层一层摆摞在高脚透明的蓝色玻璃盘子里，一个金黄，一个深蓝，颜色对比强烈，视觉效果就很好，仿佛一件艺术品，深深印在我们的脑海里。既然称作糖馓子，刚从锅中捞出来，就要撒上白砂糖，看上去熠熠生辉，提振人的食欲，刺激人的味蕾，很受大家的欢迎。

回族主妇平时也捞鸡蛋馓子，到了肉孜节和古尔邦节，除了羊肉与粉汤，最显眼的就是油香和糖馓子了。油香是主食，和粉汤搭配在一起，一个暄软充实，撑肚子，一个汤汤水水，味道汆，从来都是不可分割的一个整体。鸡蛋馓子薄而酥脆，还带一点甜甜的回甘，是茶余饭后的最佳零嘴。

我就觉得生活在乌鲁木齐这座美丽的城市，人们始终在享受着各种特色美食给予的极大馈赠。不同的民族相融相聚，同呼吸共命运，体现在餐饮美食上，也是彼此影响，互相借鉴。维吾尔族的抓饭，几乎家家都会做。哈萨克族的熏马肠，到了冬天，一直是市场上的抢手货。回族人家的传统美味，有的到寻常百姓家就能品尝到，有的则是婚宴上的主角。特别是甜盘子、三角糖包子和鸡蛋馓子，已不再感到陌生，成了人们心目中一道甜美的风景。

亲亲稻谷

前些日子，我在手机朋友圈晒了一组米泉稻谷的图片。那是我们从东道海子返归途中，看到蒋家湾金灿灿一片稻田波浪起伏，动人心魄，急忙停车掏出手机拍照留念。从沉甸甸的稻穗，到排列齐整的稻捆，从一根根草绳，到踩在脚下“咔嚓、咔嚓”作响的稻茬，尤其是铺陈在黑色柏油路上，那一抹泛着金光的稻粒，远远望去，就像是一束太阳色的纱巾，飘扬在秋日丰收的大地之上，让人不免有一种诗意的冲动。

微信图片九宫格，我以“亲亲稻谷”为主题，突出粮食的贵重和收获的喜悦。图片一经晒出，立刻引起一片叫好声，甚至有一位远方的朋友竟然发出这样的惊叹：“想不到新疆出产大米，而且看这阵势，规模不小，产量不低呢！”不要说外乡人这样感慨，即便就是近在咫尺的城里人，也很少有人近距离接触稻谷从育苗、插秧、收割、到脱粒的全过程。

小麦、稻谷和玉米，是我们最寻常，也最不可或缺的粮食，前两者属“精粮”，也就是平常所说的细粮，玉米则是“粗粮”的范畴。早先我们芦草沟和米泉隔一条乌奇公路（乌鲁木齐—奇台），分属乌鲁木齐和昌吉两地管辖。芦草沟是一条狭长的沟谷，适宜生产小麦和玉米，米泉多平地，一听这个名字，就知道是出大米的地方。那些年生活困难，然而再困难家里没有一点儿大米，生活就难以维持下去。逢年过节，那都是喜庆和欢乐的日子，不做一顿香喷喷的抓饭，主人的脸上是挂不住的。吃五谷得百病，谁家没有个头疼脑热的人，坐月子和上了岁数的人，不熬一点儿大米粥，谁能忍心啊。解决的办法只有去买，或者去换。买的途径有两个，一个是直接掏现钱去米泉市场上买；一个是想办法找个吃公家粮的熟人，借人家的粮本去粮店购买，虽便宜一些，却欠一个人情，要找机会补上才行。所谓换的意思，就是到附近的矿上，或者还是去米泉，走村串户，以面换米，互通有无，两相情愿。反正活人不能让尿憋着，各家有各家的门道，各人有各人的活路。

我母亲抓饭做得好，红黄萝卜搭配好，放一点儿洋葱，先炒肉，等八成熟，再下胡萝卜，最后才是米。用盘子而不是用锅盖盖好锅，一圈用卷好的湿毛巾将锅边围严实，而且不时转动锅，让锅受火均匀。等抓饭出锅，要颜色有颜色，要味道有味道，特别是锅底焦黄精美的一块块羊肉，怎么吃也吃不够。父亲喜欢做的是大米干饭，用他自己的小锅，一次做不多，切一点儿葱花，放一点儿炒好的小肉块，等水一点点熬干了，饭也就差不多熟了。一揭小锅盖，一股诱人的浓香味扑鼻而来，我想起关键作用的还是那一勺羊脂油，父亲享受着他的劳动成果，我们看着直咽口水，父亲就让我们一人尝一口，不够塞牙缝的，越发觉得嘴馋了。

父亲在米泉有两个朋友，一个叫老吕，大个子甘肃武威人，无论春夏秋冬都头戴一顶蓝帽子，穿一件中山装，一说话露一口整齐的白牙，眼睛却眯着一条缝，口音很重，略带一点儿嘶哑。一个是库尔班，小个子，大眼睛，喜欢戴鸭舌帽，扎领带，只是领带一直系不紧实，松松垮垮吊拉着，显着很随意的样子。我们盼着这两个人经常来我家，因为他们来从不空手，每次都是肩扛着一袋白花花的大米。当时我们住在杨家庄子，离公安厅煤矿还有三四公里路，而这一段路只能步行，20几公斤的大米扛在肩上，夏天热得直淌汗，冬天冷得耳朵通红，实在是让父母过意不去。为了回报，母亲就施展另一个拿手绝活，做一顿美味的拉条子。这也成了他俩来的一个惯例，就像我们吃惯了面食，就想来一顿可口的米饭，而来自米泉的老吕和库尔班，几乎一日三餐都是大米，用新疆人的话说，最渴望实实在在吃两盘子拌面，那才叫过瘾呢。

老吕偏爱鸡蛋韭菜和土豆丝拌面，库尔班则迷醉于大杂烩，也就是萝卜西红柿和莲花白一起炒，而且要汤汤水水，现在一想就是家常拌面。吃饭的时候是我父亲和他俩最高兴的时候，要么回忆过去在一起的煤矿生活，哪个矿槽口宽，煤质好，一个矿就像一个大家庭，谁家有个难事，都会伸出手帮一把；要么相互打听各自的现状，老人还健在与否，孩子的情况咋样，粮食收成好不好，啥时候要盖新房子，手头紧不紧等，就像是亲弟兄，想得自然，说得随便，听着亲切。

说实话，因了老吕和库尔班的关系，我们家的大米饭才吃得相对多一些，无论抓饭、干饭还是稀饭，端起饭碗就能想起那两张熟悉而又可爱的面孔。一个在三道坝，一个在黑水，一个喜欢讲甘肃老家的奇闻逸事，讲到关键处还要卖关子，说一声“今天先讲到这”，并做出要喝水的样子，我们赶紧去把茶壶端过来，给他碗里续上茶，老吕吸溜吸溜喝一口茶，才会接着讲下去；一个虽瘦小，饭量却很大，一盘子拌面吃下去，似乎才吃个半饱，还不等他抬起头，准备喊一声“热娜汗嫂子，看样子我还得来一盘子面”，母亲已经把下好的一盘子热面端到他的面前，并一再叮嘱他吃饱吃好。库尔班吃完面，还一定要喝面汤，而且喝面汤老是发出“咕嘟、咕嘟”的声响，招得我们“扑哧、扑哧”偷笑，他就有点不好意思，鸭舌帽往下一压，领带向上一拉，鼻子一缩，嘴一噘，眼睛再一眯，学着卓别林嘴一咧一咧笑了，我们止不住又笑得喷饭了。

我们从没有到过米泉的田间地头，更不知道大米是如何种到地里，怎样生长，靠什么从一株苗变成一袋粮的。直到几十年后的今天，当我们变成所谓的城里人，为了记住乡愁，回归田野，才第一次走近稻田，看插秧的老人，在烈日炎炎下，卷着袖子，挽着裤腿，两脚踩进泥水里，弓着腰，低着头，一溜一溜插着秧苗。而田埂边，放着茶壶，茶已经凉了，还有馒头，也已经干了。除了几个老头，还有几个上了岁数的女人，一边干着活，一边拉着家常，这么大的稻田，满满一农用车的秧苗，就听一位同行者自言自语：换成我的话，不要说干了，愁都把人愁死了。

实际上，新疆不仅米泉出大米，与此毗邻的安宁渠青格达湖也出产大米。一样的地势，一样的土质，更重要的是水位也很低，难怪乡的名称带有一个“湖”字，足以说明有丰沛的水资源。20 世纪 90 年代中期，青格达湖乡建学校，挖掘机一挖，水先咕咕冒上来了，果真名副其实。所以，青格达湖乡的农业生产以种植水稻和蔬菜为主，所产稻米形美、味香、产量高。当时水稻“旱育稀植”“盘育机插”技术已推广。记得那些年单位工会发福利，都要派车到青格达湖排队拉大米，一粒粒晶莹剔透的白色大米，还未打开米袋子，一股清香就弥漫开来，无论做抓饭，还是蒸干饭，味道都很醇厚，吃了都说好。

丰饶绮丽的伊犁河谷，也有一片生产稻谷的美好地方，那就是察布查尔。察布查尔是我国唯一一个锡伯自治县，地处天山以西，伊犁河之南，气候湿润，土地肥沃，水源丰沛，是种植水稻的理想之地。1996 年秋天，我去过一次察布查尔县，一下子就被其广袤丰收的稻田吸引住了：齐腰高的稻谷向远方伸展，一马平川，黄绿色的稻秆和叶子，金黄色的稻穗，一些齐刷刷向上升，一些颗粒饱满朝下垂首，风一吹过，窸窸窣窣响成一片。翘首一看，山之巍峨挺拔，峰之皑皑白雪，山之上、云之下，一只鹰在盘旋，一行雁在南归。稻田深处，丛林边缘，一条大河蜿蜒迂回，寂静无声流向地平线，像白色的哈达，给远方游子送上一段割舍不下的情谊。人世间最宝贵的我们心爱的粮食，就应该生长在如此充满诗情画意的苍茫辽阔的大地之上，亲亲稻谷，亲亲我们赖以生存的粮食吧，珍惜眼下我们脚下每一寸生长粮食和作物的土地吧，因为我们深深懂得一个最简单、最朴素的道理：没有了土地，就没有了粮食，没有了粮食，就没有了我们生存的最根本的保证。

当然，以前总以为南疆和塔克拉玛干沙漠连在一起，也就意味着和干旱荒芜连在一起，就如同“皮之不存，毛将焉附”，没有了水这个最基本的要素，种植水稻就是异想天开、绝对不可能实现的事情。可是，南疆就还真有一个很好听的地名，而且就与水有关——阿克苏。阿克苏，维吾尔语意为白色之水，引申为平安、顺达。坐飞机从天上俯瞰，一块块整齐划一的田地，镜子一样，泛着白光，走近再一瞧，却是插满秧的稻田，这是我10年前在阿克苏看到的场景。阿克苏和水有关，而温宿县还叫绝，直译过来就是“十个水”，或者“多水”的意思。水多不种稻谷是天大的浪费，从温宿县前往托木尔峰的方向，沿途看到不少的稻田，从车窗望过去，看不到田埂，走下车朝路边去，一条条逼仄泥泞的田埂，隐藏在稠密的稻谷之中，与其交相辉映的是苹果挂满枝头的果园，核桃落了一地的核桃园，间或石榴像灯笼一样闪烁的石榴树，凡此种种，就有了和北疆明显不同的地域特色。这是最近再去阿克苏的一个深刻印象，然而不管怎么说，我还是钟情于那一片金黄的色彩，就因为那是稻谷，是我们时刻不能忘记的最亲切的粮食。

盘中餐

写下盘中餐这个题目，让人自然想起“锄禾日当午，汗滴禾下土，谁知盘中餐，粒粒皆辛苦”这首古诗。五言四句，简单明了，把天下农民一辈子面朝黄土背朝天，日出而作、日落而息的艰辛和无奈，把粮食的稀缺如金子般的珍贵，就那么逼真，那么生动地展现在我们面前，仿佛一幅绝世画面，看过一次，就永远印刻在脑海里。

常言道：春种一粒粟，秋收万颗粮。而这一种一收，又包含着多少农民鲜为人知的辛酸泪。土地贫瘠，粮食歉收，水跟不上趟，庄稼不成，有了病虫害，造成减产，误了农时，耽搁一年，凡此种种，都是农户家经常遇到，也必须要面对的现实问题。一个问题刚解决，下一个困难又接着来了，让种地人一年四季忙得团团转。有些问题靠劳力解决，有些困难靠票子解决，有些事情一个人不行，要靠集体的力量，不然粮食种不到地里，即便种上了，也不一定有好收成。

就以麦子为例，在新疆有春麦和冬麦之分，春麦适合于山区，开春播种，晚秋收割。冬麦头一年秋季下种，翻过年夏天开镰，所以农民盼着冬天多下雪，大雪像一床白棉被，覆盖在冬麦之上，才能确保粮食丰收。“雪，雪，大大地下，蒸哈

（下）的馍馍车轱辘大，柜柜箱箱盛不下”，这是我们从小就会的歌谣，足见大雪对粮食的重要。

粮食从一粒种子，到我们碗中心爱的美味，走过的是一条漫长曲折的道路，如何种下去，怎么收上来，现在很多人哪怕是农村的孩子，也很难一样一样说清楚、弄明白。就像许多城里人不知道车床什么样子，螺丝钉如何生产出来，有些农村孩子甚至连麦子和韭菜都分不清了。四体不勤五谷不分，是很多孩子的通病，不知道粮食是咋来的，就不知道疼爱劳作在土地上的父母。更有甚者，害怕暴露自己农村人的身份，听不惯乡音，睡不惯土炕，一进城“一年土，二年洋，三年忘了爹和娘”。当然这样的人是少数，不能以偏概全，但每个人不能忘了自己是从哪里来的，根在何处。不忘初心，方得始终，当下这句话很新潮，也很发人深省。土地是我们的命根子，粮食是我们的生存之本，父母对于我们至高无上，道理就这么简单。用列宁的话说：忘记过去，就意味着背叛。一个忘记了乡愁，对土地没有情怀，不知道感恩的人，说到底不能算是一个纯粹的人。

老百姓对一块田地的感情，不亚于对自己养育的骨肉，从犁地开始到收获庄稼，心思和精力都在庄稼上。还说种麦子，撒种就是一项含金量很高的农事，有些人当了一辈子农民，却不一定会撒种，必须是行家里手，一手抱着桶子，一手挥洒籽种，手脚配合默契，种子抛撒均匀，考验的是人的眼力和耐力，收获的是自信和赞誉。我曾经在一首诗里这样描绘撒种：“把手伸进怀中的盆钵，目光所到之处，种子就像从天而降的春雨，淅淅沥沥投入土地张开的怀抱，一种温暖油然而生。”

绿油油的麦苗长出来，就像是希望在农户的心中生长，时不时蹲在地头，手捋着麦苗，如同抚摸着自己的孩子，脸上绽放着灿烂的笑容。来过一场雨，或者浇了水，戴上草帽，穿上雨衣，脚蹬雨靴，提一桶化肥，顺着垄沟一趟一趟撒化肥，雪花一样的化肥，雨点般撒落在翠绿的麦田里，在农民的心中又掀起一层幸福的涟漪。

庄稼一枝花，全靠肥当家，要想好收成，水还要跟紧。麦子长到齐腰深，正是灌浆、抽穗的紧要关头，千万不能缺了水。特别是地处下水口的麦田，看着上面来了水，赶到地头，一渠水则成了半渠水，因而就得有人扛着铁锨来回巡水，不然不是这里渗漏了，就是那里被人截了，派水时间虽到，地还没有浇完，时常闹矛盾，起纠纷。好多地方人少地多，土地不平整，不是细流沟灌，而是大水漫灌，吃上水的地方，淹成了涝坝，地势高的地方，依旧是雨过地皮湿，浇不透，墒情差，一片绿地中，间或一处一处泛黄的麦子，就是因为缺水的缘故。我浇过这样的麦地，大太阳头上炙烤着，胳膊被晒得脱一层皮，但麦子地浇得一塌糊涂。水大了，流速急，口子一打开，浑浊的流水像饿疯的野狗，拼命向前冲，顾了这一头，顾不了那一头，脚底下一会工夫冲出一条水沟，不及时填补，一块地就被毁了。水流小了，太耗费时间，却不见得能将地全部浇透。我就像个灭火队员，扛着一把铁锨，哪里告急，就火速冲向哪里，两脚都是泥，浑身全湿透，汗水泪水混在一起，一个上午就像漫长的一年，人累得几乎散了架。

浇麦子又苦又累，割麦子则有过之而无不及，弄不好还会被镰刀割伤，留下疤痕。水浇地麦子长势好，又高又稠，技术高超，一镰刀下去，齐刷刷一片麦子倒地，反之抓一把割一把，进度慢，成效低，不大工夫，就被人远远撂在身后。以前割麦子都是在 7 月 15 日左右，各单位都下乡帮助麦收，这些人被称之为“夏收人”，穿着白衬衣，脖子上搭一条白毛巾，干活不多，喝水不少，和当地农民比起来，差得远了，就有不少人打下手，抱个麦铺子，扎个麦捆子，或者送个水什么的。还是天最热的时候，要抓紧时间抢收，否则天下雨了，麦子就遭殃了。就见有的人挥舞着镰刀，弓着腰往前赶，“唰唰唰”一阵响，麦子像战场上的敌人，一堆一堆倒在割麦人的脚底下，然后脚一抬，镰刀一收，麦子整整齐齐平摊在一边，动作麻利，速度极快，一个来回，收获一大片麦子。尤其妇女组的那些婆婆妈妈们，一边张家长李家短地说笑着，一边头也不抬地汗流浃背割着麦子，韧劲足，耐力强，从天亮到天黑，一个比一个能吃苦，一个比一个割得多，灰头土脸，口干舌燥，体力透支，身心疲惫，看着让人心痛。这还没完，回家还要烧火做饭，看管孩子，照顾老人，就像铁打的人，的确撑起了乡村半边天。

割了麦子捆起来，再一车一车拉到麦场、紧场、阴场，摊场，把麦子摊成偌大一个圆场，套上马，或者开着拖拉机，拉着石碾子，一圈一圈，周而复始，碾压麦穗，打下麦糠，然后堆成山状，借助风力开始扬场。打场的日子，许多人吃住都在麦场上，白天人声鼎沸，夜晚灯火通明，不但要防火，一口一口水缸盛满水，并排放置在麦垛边上，以防万一。同时还有戴着红袖标的安全员全天守候，要保证颗粒归仓。扬完场，将麦子一麻袋、一麻袋装上马车，运到仓库，一年的收成才算定局。所以有一位诗人这样写道：“扬场，还要靠那些‘好把式’，随手抓一把黄土撒向空中，确定风向，然后此起彼伏挥动一把把木锨，糟糠和杂质，粉尘一样随风而去，金灿灿的麦粒堆积如山，这是乡下人最开心的日子，用沉甸甸的收获，分享节日般盛大欢庆，自古就说民以食为天，看看麦场挥汗如雨幸福场景，你才懂得庄户人对粮食割舍不断的特殊感情。”

种玉米也是如此。从一株小绿苗长到高过人头，再结三五个玉米棒子，或煮了尝鲜，或等磨成棒子面，蒸发糕或者窝窝头，要么打成糊糊，都是当今不可或缺的富含营养的杂粮。但不要忘了，玉米的生长过程同样凝聚着劳动者的汗水和心血。间苗、除草、壅土、浇水，一个环节都不能疏忽，尤其是除草，一遍不行，两遍，两遍不行，再来一次，直到松了土且无杂草，玉米也就长到半腰高了。这是一个枯燥、繁重、熬人的活，也是一个分寸掌握不好，就会伤毁秧苗的非常细致的技术活。密密麻麻的一棵棵玉米，锄头刨下去，留下苗，除去草，不是一件容易做到的事情，需千锤百炼，长期积累。技术好的人，一个动作兼有三种功能，也就是说，锄头刨下去，同时把松土、除草和间苗的活都干了，一举三得，事半功倍。像我们这种一瓶子不满，半瓶子晃荡的半拉子庄稼汉，除了草忘了去间苗，松了土又把杂草落下了，总觉得活越干越多，人越干越累，干一天歇三天，老牛上套，稀屎不断，没完没了，不要再说干了，看也把人看乏了。到了掰玉米棒子，要用力一拧再一拽，一袋子一袋子背回家，剥开皮两个一组皮对皮绑在一起，然后一排排吊挂在屋檐下的木杆子上，黄灿灿，光亮亮，自然晾干晒透，需要时取下来，磨成面粉食用，或者当饲料喂牲畜。我们最爱吃母亲做的“乌麻什”（玉米面糊糊），用羊脂油炝锅，放上肉蛋子和葱花，还有洋芋疙瘩，一手端着盆子，一手拿双筷子，面糊顺着盆沿往下淌，筷子顺势在锅中搅，不一会锅中开始咕嘟咕嘟冒白泡，一股香气弥漫开来，诱发着我们的食欲。

最近到了南疆温宿县，一路都是核桃园，一棵棵核桃树，根深叶茂，硕果累累。以前总觉得核桃好吃，有营养，要么用石头砸，要么用门缝挤，要么一手一个核桃，用力来压，总之想办法要吃到核桃仁，说是对大脑有好处。可没想到，核桃结在树上，功夫下在农户的心上。原本核桃仁包裹在硬壳内，硬壳外还有一层青皮，光滑、僵硬，干砸太费事，利器撬，也是一种收效甚微的笨办法，要么埋在土里，发酵后再除去青皮，要么堆放在阴凉处自然风干、脱壳。反正都不容易，关键是产出多，数量大，人少了不出活，赶不上好价钱，雇人成本又高，弄不好就成了给别人打工，得不偿失。

我们就看到一个路过处，一堆类似黑煤堆的东西，脏兮兮堆放在路边，不时还有黑水从底下渗出。再看水井旁，一架机器在那里转动，原先乌黑的核桃，转眼间变得清亮黄白了，一个辛劳的农民老乡，正在一辆农用车上忙碌着，脸上堆着笑，往他身后瞧，几十条白花花的尿素袋子，盛满了清一色漂亮丰收的核桃，干干净净，整齐划一，一看就是薄皮核桃，放到掌心一挤压，“咔嚓嚓”脆裂，肉质新鲜、口感好，不买一两箱子，有一种对不起核桃的感觉。

一棵核桃树，从育苗到生长，再到挂果，果农不知要操多少心，受多少罪，修枝、打杈、授粉，消灭病虫害，好不容易等着结果了，自己舍不得吃，就想卖一个好价钱，一个个从树上打下来，再想办法除去青皮，洗晒干净，一个个再装进袋子里，等着人来收购，有的时候价格好，有的时候不值钱，不值钱也要出手，不然一年的辛苦都白费了，所有的预算都落空了。今年不行盼明年，明年不成后年一定行的，人就靠理想活着，有了理想生活就有奔头。

粮食也好，果蔬也罢，没有一样盘中餐，不费吹灰之力就到手的。即便是当今社会，集约化程度高，耕作化水平先进，温饱问题已不再是燃眉之急，就有人数落说：用不着杞人忧天，再拿土地和粮食来做文章，那都是过去式，不能代替现在式。然而不管什么式，民以食为天是不变式，是硬道理，不管你吃的是美味珍馐，还是粗茶淡饭，一日三餐是铁定了的，那你就要珍惜盘中餐，起码知道都是怎么来的，这是对自己的尊重，也是对粮食的尊重，更是对大自然的尊重。

悠悠我心

四个人，八所大学

我所说的这四个人，就是我们一家四口人，除了一男一女两个大人，还有一男一女两个孩子。四个人一生和八所大学结下不解之缘，其中一所在新疆，七所在其他省市。不管是全日制国民教育，还是阶段性脱产进修，都是我们人生中重要的转折点，感慨万千，难以忘怀。

对我们这些过来人而言，1977 年是一个特殊的年份，就在这一年国家恢复高考制度，让我和成千上万的青年，梦幻般跨入大学门槛，一下子从一个乡村放羊娃，一夜间成为轰动一时的“新科状元”。

我曾在拙作《高考纪事》一文中，描述过听到高考喜讯的激动心情。当时我正在一个乡煤矿教学点代课，每日往返于山梁和沟谷之间，对自己的前途一片迷茫。有一天放学爬上山梁，隐约听到高音喇叭反复播报一个“重要通知”，屏声静气侧耳倾听，才知道那就是招生简章，而且最为关键的是不分户籍不说，少数民族考生还享有特殊政策照顾，我的迷茫之心重又豁然开朗，把所有希望都寄托在高考那一天。

为了考试不迟到，我们一律提前一天到城里，熟悉路线、确认考场。到了第二天考试，才发现人山人海，戒备森严，甚至连救护车都出动了。考试之后度日如年，焦急等待，当欢欣鼓舞接到入学通知书时，心里却是忐忑不安和犹豫。说真的，我是应届毕业生，十八岁之前从未出过远门，更不要说离开家乡远赴山东，举目无亲、孤苦伶仃，那将是何等难以想象的一个陌生世界。

然而我最终还是将被褥装进麻袋，扛在肩上，手提一个红色破木箱，登上列车，迎着一轮红日奔向东方。从兰新线再到陇海线，其间还要在徐州中转，然后北上走京沪线，到山东兖州下车，最后换乘班车到达曲阜城郊，这才到我的母校——曲阜师范学院。

曲阜是古代伟大哲学家、思想家和教育家孔子的故里，是儒家思想教育发祥地，在这样充满圣贤灵气的风水宝地，秉承先师古训，寒窗四年，“学而时习之，不亦说乎”，切身感受到是我人生中最大的一笔精神财富。

当时学院大门离马路不远，四周都是村落、良田。大门口校名是舒同先生题字，古朴，拙雅，尽显深厚国学功底。进了大门，赫然耸立一幢办公大楼，那是学校最高的建筑，有几棵苍翠松树挺立在楼前，给学院增添了一种庄严感。我们中文系教室是一排平房，和政教系小楼连在一起。隔着窗户，可以看见化学系和外语系教学楼，中间一条马路，马路两旁绿树成荫。

给我留下深刻印象的，除了学院浓厚的学习氛围，就是绿化。最突出的是宿舍前那两排梧桐，高大、茂盛，树冠若伞，让一条大道完全处于浓荫遮蔽之中。夏天有时学校开大会，干脆就安排在林荫道上，身上凉爽了，没有人打瞌睡。还有就是苹果树和梨树，春暖花开时节，满校园都是花香，尤其是教室后面的梨树，隔着窗户看得一清二楚，白花花一片，像下了一层霜雪似的。有个同学触景生情，写了一篇散文《梨花情思》，刊发在大名鼎鼎的《当代》杂志上，赢得一片喝彩。

学校图书馆门前，有一小片竹林，混杂在其他林木当中，清秀挺拔，超凡脱俗，常常吸引一些年轻“骚人墨客”，徘徊于此。或吟诗作画，或探讨交流，俨然古时“竹林七贤”，好生让人羡慕嫉妒恨呢。再就是我们宿舍后面的石榴，像沙棘一样，一丛丛生长在窗台下，开花的时候，一朵朵红花，怒放在绿叶之中，仿佛一个个红灯笼，耀眼得很。

还有争奇斗艳的樱花、冰清玉洁的玉兰、黄灿灿的迎春花以及许多叫不上名字的花卉，陪伴着我们度过了人生最美好的学生时代。我不但学到了不可或缺的学问和知识，而且结交了一批才华出众的同学，无论他们是来新疆，还是我去山东造访，说起难忘的大学生活，无不青春焕发，心存感激。

这不，前两天就有同学发来邮件，打开一看，原来是一则征文启事，包括纪念文字和老照片，最终结集出版。于是，我就回想起当年油印诗刊的情景，一本小小的校刊，却凝结着一帮中文系才子才女的一腔热血，从组稿、买纸张、设计封面到刻钢板，无不亲自动手，感受快乐。特别是当我们提着小马扎，坐在操场上，空气中时隐时现曲阜酒厂酒糟的清香，你一言，我一语，畅想着有朝一日一举成名，那将是最大的骄傲和幸福。

1993 年初，我到县政府工作，到了 9 月份，就到天津大学管理工程学院进行经济管理专业培训。实际上这是一个新疆少数民族干部培训班，学员来自新疆各地州，包括维吾尔族、哈萨克族、蒙古族、回族和柯尔克孜族。我是第一个到校的，和当年第一次到大学报到完全不同的是，早上从乌鲁木齐出发，下午就到了天津大学，朝发夕至，方便快捷。

倒是到了天津大学校园内，我却一时找不到学员宿舍，也就是一个叫作“七斋”的公寓楼。因为是在假期，校园内走动的人又少，四处打听都说不知道。随身带着大包小包，加之秋老虎发作，天气炎热，一时让我有些适应不了，就干脆先找了个看大门师傅，帮我看着东西，自己再继续寻找。天将黑时，终于找到“七斋”，原来是一个二层小楼，因为提前到达，门还锁着，好在楼后就有一个招待所，于是原路返回拿了东西，开票住宿，一个痛快淋漓的热水澡，让我在天津大学度过了第一个闷热的夜晚。

天津大学和南开大学一墙之隔，很多时候我们从天津大学校门出去，很有可能就从南开大学校门回来。授课的都是学校名流，视野开阔，纵横捭阖，让我们这些来自偏远省份的学员，大受裨益。除去紧张学习，还有很多参观和考察活动，像天津拖拉机制造厂和夏利汽车厂，在我们眼里就规模很大了，特别是夏利汽车厂，几乎全部机械化流水作业，而且员工少、噪音小，充分显示现代化工业发达和文明。同样到了河北白沟，置身于一片箱包世界，我才发觉专业化带动城镇化，人流带动物流，在这里已真正得以实现和证明。学员们大都买了箱包，虽说档次不算太高，但比较便宜，关键是可以讨价还价，掏有限的钞票，买实惠的物品，最起码心里舒服。

同学当中头脑精明，善于经商的大有人在。一个来自南疆的同学，亲戚家中开有商铺，课余就常去大胡同转悠，那里有不少物美价廉的商品，他货比三家，择其实惠，一买就是一大摞，然后打包从邮局发走。到了家乡这些衣帽鞋袜，或许就成了时髦货，为他赚得一笔收入。

全班几乎就他一人买了一辆旧自行车，穿行于天津洪流一样的自行车大军中，远远就能辨别出他的身影，一是独一无二黄色泰国礼帽，二是鲜艳民族式花衬衫。有一次，这位同学非要驮着我上街，名曰考察市场，实则来到一家帕米尔餐厅，一边喝酒一边聊天，喝得头大舌头都硬了，还硬撑着带我回学校，没骑多远，他和我连人带车“哐噹”一声，栽倒在马路上。我倒没什么，他的脸上却划了一道口子，他摇摇晃晃来到一家门诊部，买了创可贴贴在脸上，说了声“朋友，恰塔克要克！（不要紧）”，非要驮着我再走，我说什么都没有再答应。

在天津大学学习期间，我们还有两次自由活动，一次是去北戴河游览，还有一次是去大连考察。去北戴河利用一个周末，几个人合租一辆小面包车，北戴河、山海关转了两天，一个是曹操、毛泽东等历史伟人写下不朽诗篇的名胜之地，一个则是万里长城最东端，饱览祖国山河，这也是学习的一个重要组成部分。

去大连则是适逢国庆节，我们先来到新疆驻北京办事处，真是无巧不成书，想不到县政府县长一行，也正好在此下榻。而且县长还说，正打算去天津给我送东西，却在北京和我不期而遇。原来听说县长带队赴北京考察，妻子就炒了羊肉，买了馕，烦请县长带给我。这一下可好了，我们一路上有了吃的东西，或许吃食堂吃得有点腻烦，一上火车同学们就催我快点打开炒肉瓶盖，然后吃一块馕，舀一勺肉，一个个吃得津津有味，赞不绝口，直说我的妻子是雪中送炭，让大家一下子找到了家的感觉。

结业典礼那一天，我代表全班上台发言，言辞中充满感怀之情和真诚邀请，尤其是对我们辅导员邵大姐给予特别鸣谢，让这位四个半月以来，和我们同甘共苦的老师激动不已，热泪盈眶。后来这个发言稿，被阿克苏同学硬性要走留作纪念，而且每每同学再见面，闲聊中不约而同提及结业典礼，都说我给大家长足了面子。

就在 1993 年这一年，我的妻子也在乌鲁木齐走进了大学课堂，也就是当时的新疆财经大学，整整两年时间，会计专业，一边照顾两个上学的孩子，一边早出晚归完成学业，所承受的压力和困难，不是亲身经历难以体会个中滋味。一方面我们家住在乌鲁木齐东后街，地处天山区，到达学校所在的新市区，中间要穿越其他两个行政区，一趟车根本无法直接到达，加之冬天天寒路滑，一个来回折腾好长时间不说，随时还有摔倒的危险，搞得人担惊受怕、身心疲惫；另一方面，妻子扔掉书本多年，一门心思扑在工作和相夫教子上，突然间和一帮少男少女坐在一间教室，看上去有点不伦不类，用同学的话说：一个典型的“妈妈学生”。

妻子告诉我说，一天一个年轻老师，走进教室正好看见妻子坐在最前排，误以为她也是老师，而自己走错了教室，连忙说：“原来是你的课，对不起，对不起！”说着就要转身离去，弄得全班哄堂大笑。妻子毕竟上了岁数，加之又动过两次手术，学习起来非常吃力，本来财会专业就比较复杂，数字逻辑关系绕来绕去，非常麻烦，而且还有那么多计算公式要死记硬背，就总觉得脑子不够用，思维也跟不上趟，导致她分析问题和判断问题往往出现偏差，一度成绩落在全班最后。

不过妻子向来争强好胜，心里就是不服输，因为不管怎么说，理科在高中阶段都是她的强项，只是长时间没有接触，有好多东西生疏了，甚至于忘记了，只要狠下一条心从头再来，就没有翻不过去的火焰山，走不出去的戈壁滩。一般情况下，没有哪个学生不喜欢课间休息的，踢踢腿、伸伸腰、换换脑子，或者借机去“WC”一下，方便方便。妻子可倒好，不是追着老师讨教一个又一个疑难问题，就是坐在那里纹丝不动，又是补笔记，又是做练习，忙得简直不亦乐乎。

或许因为压力太大，那一段时间妻子明显消瘦，颧骨高高的，眼睛也深深陷了下去，看上去人好像老了许多。然而功夫不负有心人，妻子最终还是凭借顽强的毅力、锲而不舍的精神，以一个中年妇女少有的韧性，重新找回了当年的感觉。后来她不止一次对我说，人一旦进入状态，就好像如鱼得水，变得轻松自如，游刃有余，课上课下妻子都成了活跃分子，从刚开始似懂非懂、模棱两可，一下转变到各门成绩直线上升，成了许多老师正面教育的典型范例，从而在学院引起了一场不大不小的轰动。

事实上妻子以 36 岁高龄重归课堂，具有很强的前瞻性和针对性。想想看，一双儿女眼看着就要升入中学，而中学课程远不是我们当年的概念，学问深不说，作业量也很大，只要手提一下书包，就知道孩子的负担有多重。关键是学校各门课程都齐全，仅靠课堂四十分钟，难以接受和消化，所以很多家长都聘请了家教，除去书本知识，外加诸多特长教学，一天忙得团团转。

我们当时一是经济条件有限，二是也没有时间，两个孩子间隔一岁，凡事都要同时进行，再说我远在千里之外，事实上即便就在身边，也根本无暇照顾孩子的学习，所以几乎全部的课业辅导，都让妻子一人承担了。那些日子妻子白天忙自己，晚上回家忙孩子，一会儿是不耻下问好学生，一会儿又是诲人不倦好老师，关怀备至好妈妈，身兼数职，各司其职，不但出色完成了自己学业，也让一对孩子身心健康成长。如果说后来孩子顺利升入高中，继而考上全国名牌大学，先是大学生，后来又是研究生，妻子功不可没。学生的养成教育，不但要靠学校和社会，更要靠家庭，而这个家庭教育，最主要的两条：一是潜移默化影响，二是言传身教培养。

到了2002年9月，我再一次迎来学习机会，竟然是在首都北京的清华大学。我们这个班级全称“清华大学公共管理高级研修班”，也就是通常所说的“MPA”，为期三个月，学员来自新疆乌鲁木齐、四川成都、湖南长沙和江西九江等地。

以前总是在电视上看到清华大学，尤其是二校门，“清华园”三个大字早已深入人心。到了校园才发现，整个清华园占地六千余亩，以南北主干道为线，分为东、西两个校区，西区历史悠久，多为砖石结构，大礼堂为中心景观，重要大型活动和外国首脑演讲，大都在这里进行。分布于其间的还有图书馆、水木清华等著名建筑，尤其是朱自清笔下的荷塘，不知让多少文学青年心驰神往。东校区则以现代风格为主，各院系系馆以及游泳馆、紫荆公寓都建于此，宏伟大气，舒适安静，天地间做学问的绝好去处。

在清华大学学习期间，一个最突出的印象，就是校园面积太大，从我们住宿的服务楼，到学校清真食堂，再到课堂，要绕一个大圈，刚开始还没觉得什么，然而坚持不到半个月，就一人买了一辆自行车，那么大的校园，光靠脚走显然吃不消。所以满校园到处都是卖自行车的铺子，上学和放学的时候，四处一片铃声，好似一曲交响乐，在校园回荡。

授课老师不都是清华大学一家的，也有从北京大学和中国科学院聘请的。清华大学教授中，我最佩服的是胡鞍钢教授，一位儒雅的国情专家和经济学家，说话抑扬顿挫，授课逻辑严密，尤其一些新观点和理论成果，我们都是第一次听说，因而引起极大兴趣。北京大学有个教授，两鬓斑白，精神矍铄，讲课从来不用多媒体，板书龙飞凤舞，洒脱不羁，一堂课下来，身上手上都是粉笔灰，拿书拍打拍打，用嘴吹一吹，咧嘴一笑继续上课。还有一位外聘老师，浓厚的南方口音，说话最喜欢自问自答，而且声情并茂，跌宕起伏，似乎一下子站在珠穆朗玛峰上，一下子又跌入到吐鲁番盆地，最关键是还要大家一起互动，一问一答，一声高一声低，教学方法别出心裁，让我们开了眼。

因为只有三个月学习时间，课程安排就很紧，除了星期日，其余时间全有课。刚开始还觉得没什么，经过几周之后，就开始有人叫累了。毕竟不再青春年少，连续高强度学习，真的有点吃不消。文武之道一张一弛，最好的办法就是劳逸结合，加之同学们又来自五湖四海，为了相互了解、联络感情，我们便在课余时间自发举行联谊活动。

既然是联谊活动，就少不了唱歌跳舞，如此一来，我便成了重点对象。虽说其他省市同学当时大都没到过新疆，但对新疆歌舞向往已久，如今见我来自新疆，又是高鼻梁、深眼睛的维吾尔族，自然都不想放过，非要我露一手才行。虽说我们维吾尔族男子会走路就会跳舞，但由于我多年不活动，胳膊和腿都有些僵硬，加之身体发福，生怕影响了新疆歌舞的名声，可是不跳又实在说不过去，因为大家已经按捺不住，齐声唱起了《达坂城的姑娘》。说也怪，歌声一起，我仿佛一下子就找到了感觉，不但舞姿舒展大方，而且不乏风趣幽默，尽管我气喘吁吁累得不轻，却是越跳越有劲儿，越跳越精彩，最后甚至感染众人纷纷效仿，简直就像一场麦西来甫，将联谊活动推至高潮。

有趣的是，有了这次成功亮相之后，许多叫不上名字的学员见了我都竖大拇指，有几个南方女学员还要拜我为师，学跳新疆舞，可见魅力所在。接下来每逢联谊活动，我都成了香饽饽，应邀参加，我不仅不负众望，倾力助兴，还对节目稍加改进，由早先的单是跳舞，进而发展到载歌载舞，多是即兴发挥，烘托气氛，所选曲调以《新疆亚克西》为主，着实为联谊活动增色不少，成为保留节目。

因为我们是在暑假赶到清华大学的，学习期间不断看到来清华游览的游客，一波一波的，络绎不绝。不同于其他风景区的是，跟在打着旗子导游后面的，不是清一色的成人，而是大人小孩对半分。到这里也不完全是看风景，更重要的是感受中国最高学府的氛围和环境，说穿了就是把清华大学当作高考最终目标，希望有朝一日也像眼前来来往往的大学生一样，成为一名光宗耀祖的清华学子。看到如此盛况，我也平生攀附心理，寄希望于一对儿女也能如我所愿，即便不能考上清华，起码也是首都北京的一所大学，“我就算是先行者，到北京给你俩探路来了，剩下的就全靠你们自己了，”我不止一次通过电话对孩子们说。

还真像我期望的一样，2003 年儿子参加高考，不但金榜题名，跨进了大学校门，而且还是坐落于北京中关村的中央民族大学。这可是中国少数民族教育的最高学府，也是全国唯一一所拥有五十六个民族师生员工的重点民族院校。说实话，早在三十年前高考时，我填报的志愿就是中央民族大学。记得当时最吸引我的，就是“干训班”这个名称，心想只要考上这个“干训班”，将来一定前程似锦，一片光明，不曾想最后与之失之交臂，如今看到儿子圆我梦，真比自己到北京还高兴。

以前总以为儿子天生聪慧，学习上不会有问题，实际上从小学到初三，儿子在班级成绩排名一直靠前，就是进入高中阶段，也顺利考进了尖子班。但儿子有一个致命弱点，就是太痴迷于足球，而且爱屋及乌，大凡和足球有关的内容都不放过。即便离高考没有几天，还约同学踢足球，妻子批评他不懂得惜时如金，他却说这是最后告别比赛，比金子还贵重，差一点把人的鼻子气歪。

儿子的学习成绩就像他的脾气一样，时好时坏，飘忽不定，虽说分数一直都徘徊在五百分左右，但我们还是很担心，因为要想考一个好学校，就必须有一个好的分数做保证。所以说，考大学、考大学，其实真正就是在考家长。就拿填报志愿来说，就让人左右为难，报高了有可能撞车，报低了，确实有点不甘心。虽说还有第二第三和好几个平行志愿可以报，但因为都不是第一志愿，回旋的余地就小了。如果是理科，由于学校招生数量相对较多，专业也多，只要成绩理想，一批次考不上，考个二批次的其他省市普通大学，应该是不会有什么问题的。

然而文科就不一样，尤其是像儿子这样的民考汉学生，一批次重点大学选择不多，名额也很少，如果硬报，一旦撞车，第二、第三志愿也都可能会落空，所以风险太大。为了儿子的未来，我和妻子一遍遍查资料，来回对照拟报学校前三年录取分数线，反复研究会产生什么结果。那些日子，不知道妻子比我焦急多少倍，饭吃不好，觉也睡不踏实，突然间人就上了火，嘴两边起了一层泡，说话都有些影响。而越是着急越是没有任何音信，眼看着报纸上接二连三公布别人录取考号，个中滋味局外人确实很难体会。你不停地拨打查询电话，不是答非所问，就是没个准信，甚至有一天竟然说“本批次已经录取完毕，请下一批次录取时再查询”，不但让我和妻子大吃一惊，更要命的是把儿子也吓了个半死。好在这只是虚惊一场，原来按录取顺序规定，应该是先理科后文科，先汉语再民语，最后才轮到儿子他们民考汉文科，当我们在招生办看到儿子最终被第一志愿录取，妻子就控制不住喜极而泣起来，搞得我也鼻子发酸，只好假借抽烟躲到一边去了。

儿子入了大学的门，心思还是在足球上，有时候和妻子QQ聊天，不知不觉间话题就转到足球上了，津津乐道，神气得很。一问才知道，儿子已经加入了学校足球队，打比赛已经成了家常便饭。后来我就看到儿子在网上发回的照片，全是他在绿茵场上的英姿，有带球过人的，有跃起争头球的，有临门一脚射门的，好像一个专业足球队员，满面春光、威风凛凛。好在后来要过英语四六级，为考研打基础，他就一门心思放在学习上了。而且功夫不负有心人，儿子的四六级都是一次性通过，接着报考中央民族大学研究生，也是一举成功，成了著名学者和教授杨圣敏先生的得意门生。

按理说有过一次赶考经历，一定会积累不少成功经验，到了第二年，也就是2004年高考，应该轻松自如一些。上哪一所大学、读什么专业早已锁定目标，心中有数。其实事情就根本不是这么简单，不是常说瞎子算得再好，到后来还是要碰到木桩子吗，这考大学也是一样，人算不如天算。说实话，头一年儿子考大学，我们最早看准另一所大学，但后来忍痛割爱，就是因为名额太少。想想看那是北京的中国人民大学，和北京大学、清华大学并称中国大学三驾马车，牌子多硬啊。就是这样一所名牌大学，民考汉文科在新疆招3名学生，再怎么说都没有把握，所以除了放弃别无选择。虽说儿子后来所报学校同样是重点一批次，而且也是百里挑一才录取，但心里总觉得有点遗憾，因为不管怎么说，中国人民大学在全国大学排行榜上，都处于领跑地位。

和儿子相比，女儿绝对各方面都要强，尽管也是文科，但学习成绩一直很稳定，三模成绩下来都在五百五六以上，这么一来，我和妻子就有了要弥补遗憾的想法。一个充足理由就是：人民大学名额今年肯定会有所增加，最保守估计也会保持不变。不曾想录取计划一公布，我们一下子就傻了眼，名额不但没有增加，反而减少了一个，就是说这一年中国人民大学在新疆只招收2名学生，而不是事先估计的至少3名。妻子开始坐不住了，一趟一趟往学校跑，看看女儿的老师们有什么高见，回到家便开始一套又一套填报志愿模拟方案。一会儿用红笔画一画，一会儿又用蓝笔描一描，一坐就是几个小时，那么热的天，一天下来饥肠辘辘、汗流浃背，人就像散了骨头架子，动都不想动弹一下。

女儿最终考了658分，应该说已经非常不错了，可是让人举棋不定的是，这一年恰巧大家普遍考得都比较好，显而易见分数线要提高。能否跨进中国人民大学门槛，最终仍然取决于填报志愿成功与否，的确让人不好决断。偌大的新疆民考汉才两个名额，怎么就能保证偏偏是女儿考上呢，这种概率看起来实在是太小了。

我和单位同事谈起女儿要考人民大学的想法，十有八九都摇头，说风险太大，最好不要轻举妄动，以免留下天大遗憾，到头来后悔莫及。回来告诉妻子，妻子一脸严肃，但看不出来有改变想法的意思，我就不再言语。心想也许她有道理，说不定女儿还真能考上。后来我就看到妻子问女儿说，如果万一考试撞了车，后不后悔，难不难受，到了一般大学，能不能适应？女儿却回答说："没什么，虽说是一般大学，但我的成绩却不是一般的，与其在一流大学当个三流学生，还不如在一般大学做个一流学生。"不知道女儿是真想得通，还是随便说说，妻子的表情有些复杂，好像酸甜苦辣都在其中。过了几天，妻子似乎真正下定了决心，说女儿一定要考人民大学，不然就太亏了。"我已经认真分析过了，女儿有把握考上。第一，女儿心理素质好，越是大考发挥就越出色；第二，女儿所在班级是全市重点班级，几次模拟考试，成绩都很好；第三，女儿在所有的文科考生中，排名都比较靠前，而在民考汉的考生里，就应当处在一个更好的位置；第四，高考考的就是心理，一般人都有从众心理，名气太大的学校不一定敢报，明知山有虎，偏向虎山行，一是靠胆量，二是靠本事。这些条件我们都已经具备了，不试一试还不让人后悔死？”

经妻子这么一分析，我仿佛茅塞顿开，觉得确实应该是这么回事，再加上女儿有过那么一个态度，认为让她考中国人民大学是水到渠成。你还别说，这步棋果然又走对了，前面不是说人民大学在新疆只招 2 名学生吗，你说巧不巧，女儿就恰好考了个第二。接到通知书那一天，不仅妻子高兴得合不拢嘴，全家人甚至包括亲朋好友都纷纷祝贺，说我们神机妙算，一年送走一个大学生，而且想上哪个大学，就上哪个大学，简直有点夸大其词。以至于后来不少人家孩子考大学，便要来我家登门拜访，以期求得一星半点高考秘方。

两个孩子都在首都北京上大学，而且还在中关村一条街上，不但可以相互照应，还能在学习上相互促进。同样也是四六级一次过关，同样也是顺利考上研究生，儿子是本校中央民族大学，女儿志向则更高，是全国首屈一指的北京大学。

说真的，女儿考北京大学的研究生，一开始我们坚决反对，一是，北京大学名气太大，分数太高，一般人不要说考，想都不敢想；二是，名额也太少，还要面向全国，没有百分之百把握，根本不要指望。当年考人民大学就让我们虚惊一场，今日考北京大学的硕士，还不知道要承受多大压力呢。可是女儿还是毅然决然报考了北京大学，而且最终如愿以偿，获得了录取资格。

需要说明的是，女儿考的是国家少数民族高层次骨干人才计划，因为有一年预科，所以先收到“北京大学保留研究生录取资格证明”，随后去北京邮电大学昌平宏福校区报到。这时已经到了2009年，女儿突然由中关村去昌平，我们心里多少有些担忧，但是女儿适应能力很强，很快便和来自祖国五湖四海的同学们打成一片，军训、学习、课外活动样样不落，全面完成所有基础培训课程，获取结业证书，为真正跨入北京大学校门打下了坚实的基础。

原先女儿离哥哥咫尺之遥，中央民族大学和中国人民大学中间，只隔一所北京理工大学，走动十分方便。到了昌平以后，见面的机会就相对少了，多以QQ聊天的方式和发短信联系，我们也隔三岔五打电话打听女儿的情况，无外乎住宿环境如何，伙食好不好，课程紧不紧张，附近有没有超市等，女儿就不厌其烦逐一解惑，让我和妻子最终把心放进肚子里。其实一年预科时间弹指一挥间，很快就过去了，女儿巩固和提高了原有的英语能力、计算机水平不说，还参加了许多大型活动，其中还亲自上台主持过几次专题节目，让女儿的思辨能力和口才大有长进，受益不浅。

真正收到北京大学研究生录取通知书，到了2010年的8月。一张女儿的彩照，和未名湖畔博雅塔、毛泽东主席题写的“北京大学”龙飞凤舞四个大字以及专业名称同一枚校方大红印章，就这样突然间一起扑入眼帘，让我和妻子欢欣鼓舞、激动不已。

北京大学，在这里涌现了一大批治学精英和社会名流，包括李大钊、陈独秀和毛泽东等历史伟人，都是从这里影响到全国乃至全世界；而数以百计的学部委员和院士，遥遥领先的众多国家一级重点学科和教学科研成果，连续多年在高校排行榜上名列第一，成为真正意义上的中国最高高等学府。以前常听人说：“学好数理化，走遍天下都不怕。”如今社会上又流传这样一句时髦话：“北大清华，缺啥有啥！”足见其深远影响。

2011 年 10 月，我和妻子路过北京，在女儿的陪同下，专门抽出一个上午，去了和我们结缘的北京的四所大学。第一站自然是北京大学，不但在古色古香的西校门留影纪念，还特意去了未名湖畔和学校清真餐厅，女儿一日三餐都在这里，地方虽不大，却很温馨。之后就是清华大学，除了女儿，又增加了一男一女两个新疆小博士，先看东校门，再看二校门，最后停留在服务楼前，这是我当年住宿的地方，物是人非，触景生情，用儿子的话说：时间带走一切。

当年儿子考上中央民族大学，是他自己一人去学校报到的，到了女儿报到时，是妻子陪着一起来的。随后我曾先后来北京几次，都有机会和儿女一起吃饭、逛街、交流。而我和妻子一起来北京看孩子，这还是第一次。到了中国人民大学，我们反复在大门前合影仍不满足，还要走进校园再拍几张，尤其是镌刻着“实事求是”那块巨石，仿佛磁铁一样吸引着我们。毛泽东主席曾在《改造我们的学习》中作过这样的论述：“‘实事’，就是客观存在的一些事物，‘是’，就是客观事物的内部联系，即规律性，‘求’，就是我们去研究。”把一句精辟言论，镌刻在一块万古不朽的巨石上，具有很强的象征意义。

最后一站就是中央民族大学，先是看到大门变了，一面褐红色大理石墙上，由江泽民同志题写的“中央民族大学”六个大字赫然醒目，上面是中文，下面是英文。接着看到学校增添了新的建筑。中央民族大学紧挨国家图书馆，规模宏大，气势不凡，我就经常听到儿子谈及国家图书馆，说他撰写毕业论文时，多次去那里查阅资料，对他帮助不小。还有就是中央民族大学的清真餐厅，比女儿就餐的北京大学清真餐厅大得多，而且随时可以吃到新疆风味的可口饭菜，所以才有“北大的景、民大的饭……”这样的顺口溜呢。

一家四口人，一生和八所大学结缘，说到底是一件不同寻常的事情，因而还有许多趣闻逸事，时常萦绕在我的脑海，只是限于篇幅，不能一一展开描述，那就留在下一次吧，我还是相信那一句话：没有最好，只有更好。

活着就是幸福

一个人的一生，在漫漫历史长河中，只不过是弹指一挥间的事，短暂得很。到了我们这个年龄，不知不觉双鬓已落满霜雪，靠染发和焗油已无法掩饰逝去的韶光。仿佛昨天还在咿呀学语的孩子，一晃就像电线杆子一样，人高马大地戳在眼前，才觉得黄土埋过大半身子，自己突然老了。人活一世，草木一秋，真是岁月不饶人啊。

记得高中刚毕业那几年，大家见面的时候，都喜欢打听干什么工作，结婚了没有。没过几年，就听说同学当中已经有人成家立业，儿女绕膝。做了父亲母亲，就意味着肩上挑起了家庭的担子，在享受天伦之乐的同时，更多的是要承受生活的艰辛和不测。上有老、下有小的日子，是人到中年的一个坎，没有思想准备难以逾越。到了这个阶段，最为期盼的是子女早日成人，父母延年益寿。可自然法则不可抗拒，不以人的意志而转移。让你的孩子长大成人的同时，也让你的双亲相继成为故人。我们今天去参加一个新人的婚礼，或许明天就会赶赴另一个老人的葬礼。早些年，如果哪个同学家老人去世，都会觉得非常吃惊，如今聚在一起，掐指一算的话，已有相当一部分同学，不是失去了父亲，就是失去了母亲，甚至有些父母双双离开了人世。尤其有些女同学说到彼此故去的老人，难免伤心、唏嘘。然后就感慨：父母健在是儿女最大的幸福，儿女孝敬是父母最大的欣慰。

如果说给老人送葬是情理之中的事情，面对同龄人的死亡，就实在让人有些接受不了了。不到三十年时间，先后就有多位同学离我们而去。大的刚过不惑之年，小的还三十岁不到，英年早逝，不能不让人扼腕叹息。

最先走的是一个男生，因为一次意外事故死于非命。和我们有所不同的是，他家原先是城里的，吃商品粮，有固定的薪酬，后来投亲靠友迁至乡下。毕竟城里学习环境优于乡下，一到班上他就成了学习上的佼佼者，无论数学语文都超出我们一大截，让人嫉妒。他个子不高，脸圆圆的，而且白白净净，一看就像个白面书生，有人就私下称他是“尕稀罕”。虽说他是城里人，学习又出类拔萃，却丝毫不端架子，和我们都合得来，互相打闹，一起做游戏，一起学习，不分你我。在他没来之前，我在许多方面都算是班里比较优秀的，学习成绩好，字也写得漂亮，是同学们羡慕的对象。可是随着他的到来，这种局面就被打破了。他不仅代数好，解方程也不在话下，尤其是上黑板做那些讨厌的应用题，当别人抓耳挠腮，丈二和尚摸不着头脑时，他却庖丁解牛似的，三下五除二就解决了问题。如果仅此而已也就罢了，偏偏他的字也在我之上，跟字帖一般，美观大方。当时没有开英语课，因为语文老师是维吾尔族，就间或教我们维吾尔文新文字。这时他的书写功力愈发显现出来，几乎和印刷体一样，达到了以假乱真的程度。一次老师拿着改好的一本作业问我们：“大家猜猜，我们班上谁的维吾尔文写得最好？”不等老师话音落下，有同学不由分说就喊出了我的名字。在他们看来，维吾尔族学生写维吾尔文，肯定要优于汉族学生，然而老师笑着说错了，不是我而是“尕稀罕”。我本来就非常害羞，如此一来脸更红了，简直有点无地自容的感觉。后来初中一毕业，他家就重又搬回了城里，从此很少见面，等上了高中，甚至连见面的机会都没有了。只是听说他被招到一家建筑公司，从事高空作业。听到他去世的消息，是20世纪80年代初期的事情。那一年夏天，我们弟兄三个和父亲一道去山上拉羊粪，因为开车的师傅正好是那位同学的远房亲戚，闲聊中自然问到他的情况，这才听说他已经去世。“他是从脚手架一脚踩空掉下来的”，这位远房亲戚说。当时正是暑热天气，没装几铁锨羊粪，人就汗流浃背的，而我突然感到浑身发冷，心情特别复杂，为他感到痛惜。

随他之后的也是一位男生，因突发疾病而亡，时间相隔近二十年。当得到消息之时，人已被推入医院太平间。或许太突然，没有一点思想准备，我们眼含着热泪，目送他的遗体从太平间抬出来，缓缓搬上灵车，一句话都说不出来。

前些日子我们还在南山相聚。在西白杨沟那顶宽敞的白色毡房里，餐桌上丰盛的民族风味，散发着诱人的清香，一阵推杯换盏之后，高潮就掀起来了。大家又说又笑，又跳又闹，开心极了。特别是他格外活跃，一听到冬不拉琴声响起，蹭地蹿到地中间，也不管人家乐不乐意，拉上女主人就要跳民族舞。虽说舞姿欠佳，熊一样笨手笨脚，脸上却跟个孩子似的，笑成了一朵花，招得同学“嗷嗷”乱叫。这还意犹未尽，后来索性穿上民族服装，左一张右一张和女主人照起相来，让同行的女同学好一顿挖苦。他这才如梦方醒，一边拍着脑袋，一边咧着大嘴笑着说："都怪我这该死的脑子，咋就把你们这些美女给忘了，补照，赶快补照！"后来提起这次聚会，那个曾经让他心仪已久的女同学就记忆犹新。也就是在那一次，他借着和这位女同学照相之际，说出了一个永远无法考证的秘密："其实你老爹在老早以前就把你许配给我了。"他对她说，脸上憨憨的，眼睛一眨不眨地，就跟真的一样。

就这样，那次聚会成了永久的记忆。

如今一想，他是我们同学当中经历最丰富，也是最仗义的一个。虽说他和我们只是小学到初中的同学，但一直相互走动，关系比较密切。20 世纪 70 年代初期，社会上总有一些好事者，隔三岔五去学校滋事。一次附近煤矿几个小伙子，借着酒劲儿，跑到学校来耍酒疯，别人早吓得躲了起来，他却径直迎上前去好言相劝。那几个小伙子，不但不听劝，反而挥着拳头就打了过来。因为是冬天，他事先在袖筒里藏了一截木棍，当即抽出木棍劈头盖脸一顿乱打，吓得那几个滋事者，抱头鼠窜，从此不敢再来学校骚扰。

许是他年龄稍大，工作也早，又是个商业系统汽车司机，走南闯北的，知道很多事情，也认识不少人，到处都有他的朋友。只要找上门去，能办不能办，他都要应承下来，所以经常请客吃饭，练就了一身好酒量，也搭进去了不少冤枉钱。我一直不明白，搞交际跑公关，要有三寸不烂之舌才行。可这偏偏不是他的强项，平时也还凑合，一到正式场合就不行了，词不达意的，让人不明就里。记得有一次他请客，客人都到齐了，却不见他的人影。等人来了把客人让上桌子，又迟迟不讲开场白，大家就催他说话，他才憨憨一笑说："吃吧，吃吧！"让人哭笑不得。同学们都非常理解和喜欢他，多日不见就相互打听。我想，还是他的热情和他的实诚，赢得了大家的心。那些年，谁家有个大事小事，都是他第一个知道的，自然牵头和张罗者也是他了，跑前跑后的，就像自己家的事情一样。如果仔细留意一下的话，同学当中得到过他帮助的还真为数不少。

只要一提及去年刚去世的那位女同学，妻子的眼泪就止不住往下流。我和妻子以及那位女同学都是一个村上的，从小一起玩到大，又同在一个班上，关系比别人更亲近一些。她们家兄弟姊妹多，开销就不少，生活一直很拮据。为了替父母分忧，她很早就离开了学校，参加生产队的劳动，割麦子、平整地、修水库，脏活累活都不怕，真正的铁姑娘一个。

后来我们上了高中，接着我又去曲阜读大学，一直没有见过她的面。只是听说她已经嫁人，始终和婆家住在一起，因为依旧没有离开农村，生活状况也不曾改善。

因为听说她身体不好，妻子曾专门去看望过她，这个时候她已是两个孩子的母亲了。见到妻子就像见到久违的亲人，她又激动又高兴，间或一点自卑，心情甚是复杂。她急忙打发丈夫去镇上买肉买菜，自己和面做拉条子。可就是这个新疆农家妇女最拿手的家常便饭，却让她费了很大劲儿，不是面抻不开，就是面从中间断了。于是她就自嘲："看把我激动的，连面都下不到锅里了。"

听她的女儿讲，她一直想见同学，尤其想见我们一个村上的几个，可这个愿望直到她去世之后才得以实现。她家的院子里，挤满了送行的人，奔丧的同学们心里非常难受，看着妻子泪流满面的样子，我也鼻子酸酸的。

自从那次见面后，妻子和我商量，一定要抽空再去看看她，但一直没能遂愿。后来决定去年肉孜节的时候，约几个同学去她家。为了把这个好消息早一点儿告诉她，妻子四处打听她家的电话号码。让人做梦都想不到的是，当肉孜节前一天晚上得到电话号码，等不及天亮，就接到了她已去世的噩耗，连和她通话的机会都没有，真是抱憾终生啊！

在她的葬礼上，她的女儿泣不成声地告诉妻子，自从那次见面后，她一直沉浸在美好的回忆当中，不停地念叨儿时的情景，时常眼里含着泪花。和妻子一样，她也四处打听我家的电话号码。尤其是在住院期间，渴望见到同学的心情极为急迫，只要来个探视者，就要问知不知道我家的电话号码，后来听说有个患者是我过去的同事，她满心欢喜地撵过去讨要，人家说过几天再给她。可等她挨过两天迫不及待再去问时，同室病友告诉她，人家已经出院了，让她失望到了极点。她女儿说：当时母亲的病情相当严重，已不能靠双脚走路，而是坐在轮椅上，让她推着过去的。

人生犹如一颗流星，转瞬即逝在苍茫宇宙。生老病死的确是一种客观规律。科技再发达，截至目前无法让人长生不老。即使腰缠万贯，一旦死神降临，也得乖乖束手就擒。腿一蹬，眼一闭，一命呜呼。所以对人而言，活着应该是一件非常美好、非常值得珍惜的事情。都说雁过留声，人过留名，认真过好每一天，善待生命，活着就是幸福。

远方来信

对于我来说，书信来往已是非常遥远的事情了。作为恢复高考的第一届大学生，我第一次出远门，到山东曲阜师范学院进行深造，与家乡亲朋联系的唯一方式，就是书信。尤其是刚入校那段时间，写信的频率很高，给父母兄妹，给老师同学，满怀喜悦的心情，表达跨入大学门槛的所见所闻。后来，学习任务日渐繁重，要看的书又特别多，书信自然有所减少。除了一月一次给家里写信，成为规定动作，其他人则一拖再拖，一年半载写上一封，就算是很不错了。

后来，我大学毕业，走上工作岗位，又是一轮新的书信来往。主要是和其他省市的大学同学之间，相互交流工作感受，彼此打听婚姻状况，那种好奇心就像刚上大学，满脑子都是新鲜事物。接着办公室安装了电话，书信逐渐被电话所代替，再后来有了手机，联系就更方便了。有了互联网以后，一个“E-mail”联系着你我双方，写信、留言，鼠标一点，再远的距离瞬间即到，确实像电打的一样，速度太快了。再之后就是QQ了，“叽叽叽”一响，就提示来了信息。不但可以留下文字，还能传图片，更绝的是随时可以视频聊天，相互看着面孔沟通，说话，神奇得很。从此写信的人似乎越来越稀少，到了当今盛行微信的时代，联系方式更方便、更快捷、更普遍。如果想写信息，拇指一动不但可以拼音组字，手机上还能直接用手写。再想省事，嘴一动语音传播就行，这就更懒得再纸上写信了。

可是，令我不曾想到的是现如今写信的人不仅大有人在，而且一写就洋洋洒洒好几页，言辞切切，笔迹潇洒，功夫了得，不去认真回复则于心不忍。就在今年春天，我先后接到三封这样的来信，一封来自吉林，一封来自塔城，一封来自沙湾。三个人我都不认识，却都与我的书有关，仔细阅读三封来信，才得知三人都热爱文学，其中前二者喜欢收藏作家的图书文本，而后一位勤于写作，且年事已高。

先看第一封东北来信，一开头对我就以“维吾尔族大才子”和“阁下”相称，让我诚惶诚恐，无地自容。接着单刀直入提及我的散文集《拌面传奇》，谬赞其为“一部成功之作，精彩之作，以散文笔法，书写新疆特色美食的一部自成一家之作”。随后话锋一转，“书缘难得，人缘难得，在下酷爱收藏品鉴作家题赠本，并视其为生命的一部分，宁可居无室，也要把题赠本当作座上宾”。最终意思是让我一定要满足他的心愿，题赠书于他。并一连用了“乐于助人，有求必应，兰心蕙质，修德立人”这样的词语。很执着，也很动情，如果再推辞，有点不忍心，也有点不近人情。所以我也就打开书柜，取出拙著《拌面传奇》，在扉页上工工整整写上题词，并留下姓名，按照对方提供的详细地址，到邮局包装好，以快递的方式把书寄走了。

塔城来信者将我称之为老师，并告诉我他对我的了解，完全是通过我的博客。我这才想起曾经有个博友，名曰“伟人山下”，主编着一份内部交流小报《大漠邮藏》，刊发一些收藏的故事和知识，挺有趣味。他说干一行爱一行，迷上了收藏，并在来信中一再诚恳地告诉我，一直想得到一册我的签名图书，却又一直犹豫不决。一是，怕我公务忙，顾不上他这个无名小卒；二是，怕邮寄过程中丢失了（这样的经历不但他有，我也多次遇到）。我再一看信封，不但有明信片，还有好几张邮票，原来他已经把邮资都装在信封里了，你再不照办，说得过去吗。我就想：聪明的“伟人山下”。不过，这一次除了认真填写好他寄来的那几张明信片，还有他信中多次提到的我的处女作《家园或一个春天的童话》。

说实话，最让我感慨的还是那封沙湾来信。一是，来信者是一位八旬老人，一直在偏远乡村务农。二是，如此这把年纪，竟然完成了一部 30 万字的回忆录《苦难人生》，没有一种顽强的毅力，没有一种对文学刻骨铭心的热爱，谈何容易。

老人对我的称呼有别于前两位，没有叫“才子、阁下”，也不称“老师”，而是用了“同志”二字，有一种久违的亲切感。他在信中开宗明义：“您的著作《瓜棚纪事》，我读了真是爱不释手，百看不厌。你把生活日常中芝麻小事写得那样逼真，那样细致入微，那样生动，让我万分感谢和敬佩。”接着详细介绍了老人自己的情况，从小到大，从四川乡下（现已划归重庆）到边疆；从当年生活饥肠辘辘，到眼下日子过得很滋润；从原先自己没上几年学，到如今几个孩子大学毕业；从以前想方设法为生计奔波，到晚年平稳安详，用文字书写一生，如数家珍，娓娓道来，密密麻麻写了几页纸。

一个耄耋老人，字写得漂亮，思维也很清晰，而且字里行间，不经意冒出一些繁体字，说明其受教育那个时代，打下了深深的烙印。

我就想，一个素不相识的远方老人，如何想到给我这样一个后生晚辈写信，而且说是要在写作方法上求教于我，看过信后方才得知其中缘由。就是说从 2007 年开始，新疆维吾尔自治区党委、人民政府决定向基层文化站（室）赠阅包括报刊、图书和音像制品的各类优秀出版物，为基层和农牧区群众送去新鲜健康的精神食粮。这其中就包括“新疆民族文学原创和民汉互译”作品，而我的小说集《瓜棚纪事》就名列其中，被送到了老人所在村的农家书屋，又恰好被爱好写作的老人看到，于是就给我提笔写信，因而才有了一段忘年之交。

我被老人的毅力和执着所感动，立刻把这个信息发到微信朋友圈，引起一片热议。第二天就有一家本土纸质媒体《新疆都市报》的记者，向我打听老人的情况，打算写一篇通讯报道。得知这个好消息，我赶紧和老人联系，可是手机一直处于无人接听状态。直到第二天早晨，我都不知打了多少个电话，奇怪的是始终联系不上老人。我就有点纳闷儿，甚至猜测是不是老人突发疾病，已经住在医院，家人把手机关了。那边记者催我，这边却一直没有老人的任何信息，我着急得就像热锅上的蚂蚁，有点坐卧不安。

快到中午时，我抱着再试一试的想法，随手再次拨打老人的电话，突然就有人接了，而且就是老人本人，我的心一下子放了下来。“老爷子怎么一直不接电话呀，”我在手机这头问。“这里是山区，信号不好，我没有听到手机响！”手机那一头，老人用浓重的重庆口音回答。我就把报社记者要采访他的消息告诉老人，为了防止电话再次出现状况，我干脆把老人在南疆油田工作儿子的手机号码，存留在手机上。过了两天之后，记者就告诉我采访很顺利，稿子也已见报，我上网一看，稿子果真发出来了，还配了一张老人的照片。

这期间，《新疆经济报》也获得了老人著书立说的消息，于是派记者燕子和我联系。很快接到燕子的电话，她大概了解了老人的基本情况和地址，并要了老人和儿子的手机号码。最后燕子说，忙过这两天就去沙湾，做一次深入采访，让更多的人了解老人励志的事迹。燕子到达沙湾和老人见面的那天，立即又和我联系，我们彼此之间嘘寒问暖，高高兴兴拉了一阵家常。老人情绪很好，声音爽朗，燕子刨根问底，信心满满，而我如释重负，感到轻松愉快。

采访稿要发在《新疆经济报》的特稿版面上，发稿前燕子给我传来了电子版，征求意见。我先睹为快，注目标题：八旬农民写书回忆传奇人生。一看内容：则以年龄为界限，分别从“心惊胆战的童年”“颠沛流离的青年”“勤勉持家的中年”和“幸福乐呵的晚年”，讲述了老人不平凡的一生。等报纸刊发再瞧，满满当当一个整版，而且配有三幅彩色图片，一张是老人和老伴外出旅游，一张老人手指着曾经住过的邻居家的老房子，一张是老人家附近的大榆树。一夜间，老人成了名人，事迹传遍四面八方。

其间，还有一个小插曲，那就是老人通过儿子，把他费尽心血的回忆录寄给了我。这是一本在北京自费承印的书籍，总共二十几本。是老人的三儿子偶尔在小房子里发现，后来又当作珍贵的礼物，在老人八十大寿时送给他的。图书印刷质量不错，彩色封面，是重庆老家的房屋建筑图片，“苦难人生”四个杏黄色大字赫然醒目，封二也有两张老人和老伴的照片。回忆录不但有题为“俺爹俺娘”的序，还有前言和后记，特别是写后记采用了打油诗笔法，不妨引用几句：“改革开放好事多，三天三夜说不完，嫦娥月宫游个遍，科学技术捷报传。”

既然老人托儿子把书寄给我，随后又多次打电话，向我征求修改意见，我就想到了出版社的编辑朋友，打电话说了此事，并把老人的手机号留给编辑朋友，以便二人更深入地交流、沟通。过了两天，编辑朋友笑呵呵地对我说，联系上了，就是话听不大懂。老人是重庆人，而朋友是陕西人，彼此通话有了障碍。而我就作为中间人，不断向两边传递信息。最终的目的，就是想让老人的心血不要白费，有朝一日回忆录能够得以正式出版发行。

灿然绽放的音符

贾平凹说：西安土门是一个值得炫耀的地名

“我于1953年4月22日，出生在哈密市幸福巷，属蛇。”这是马成翔提及自己的故乡和出生地，如数家珍，感情真挚，仿佛重又回到童年，两眼炯炯有神，脸上绽放着灿烂光芒。

哈密早先三城合一。一个是老城，集衙门、粮仓、中山堂和警察局为一体；一个是新城，位于西北，与老城间隔1公里左右，中间形成一条商业街，油坊、醋酱坊、澡堂、车马店、旅店一字排开，居民绝大多数为回族。“穿心巷”，也就是幸福巷的前身，就位于此。或许像一条纽带连接新、老二城，才起了“穿心”这个名字。往南还有一个城，叫回城，属哈密回王王府所在地，气势不凡，历史悠久，在新疆影响深远。

马成翔的曾祖父叫马宝善，陕西西安西门外土门出生。土门即开远门，是唐长安城12座城门之一。因为关注文学的我马上想起贾平凹长篇小说《土门》。后记中有这样一句话，印象特别深刻：“我给人炫耀：只有西安城里才有这样的地名，这地名多好！但我却说不清土是什么，门是什么，这如我本身就是人，又生活在人群中，却从来解释不清人是什么一样。”

我就开玩笑说，马家原来出身名门。

“武将后代，2.4米身高，白彦虎18营盘将领之一，奋勇当先，舍生忘死，1861年殉难于陕西榆林。”马成翔如此描述他的曾祖父马宝善，表情由灿烂变得庄重和严肃，但语气依旧充满自豪感。

曾祖父去世时只有30多岁，留下三个不谙世事的儿子，从此一帮老弱病残，开始颠沛流离的生活。最早到了甘肃平凉大沙河，随后老大马振全远走新疆，老二和老三则继续留在平凉。后来老二马振海娶了当地王氏闺女为妻，老三则孑然一身。迫于生计，马振海带领妻儿和三弟，到新疆投奔大哥马振全。千里迢迢、跋山涉水，最终到哈密伊吾，与大哥相会，可是时间不长，老三却病故于此。

伤心的兄弟俩，含泪接着继续往西走，到了巴里坤，依旧不能解决温饱，就再往北到木垒，没过多长时间，又去了奇台，相对而言，奇台待的时间最长。再后来辗转到了乌鲁木齐，扛活，做小买卖。不知咋的，没过多久还得绕圈向东走，先是落脚吐鲁番，继而又去焉耆。然而焉耆也待不长，重又回到吐鲁番，再到鄯善，最终于1905年左右定居哈密。从东疆到北疆，从南疆再到东疆，绕了几乎大半个新疆，几多艰辛，几多悲愁，几多泪水，只有他们自己知道。

老二马振海先后生了四个孩子，老大马尚福，老二马尚禄，老三马金花，老四马白花，两儿两女，福禄双至，金银齐聚，预示着幸福和美满从此与之相伴，再不离分。

“我是老二马尚禄的儿子。”马成翔说。

父亲马尚禄在“穿心巷”一家皮坊学手艺，从泡、熟、铲几道工序逐一学起，活脏、活累、活臭，两手粗又糙，一身皮子味。学了 7 年才算出徒，收皮、熟皮手艺娴熟，皮帽子、手套和皮大衣等皮货做得精致上乘，于是自立门户，开了一家名为“振兴”的皮社。考虑到多种经营，振兴门庭，另外还兼做一些生意，甚至还当起了骆驼客，跑奇台、去兰州、走西安，最远到了包头。三十出头的年纪，杀回故地西安开了商贸行、古董行，不但经营玉器、古董，还兼做字画、茶叶。

父亲马尚禄于 1947 年回到哈密，花了 1000 个坨子（坨子即银圆，据说一个坨子，当时可以买到一只大羯羊），在穿心巷买了李家一亩地，大兴土木，建造庄园，不但门楼高大有气势，还分前院中院和后院。前院清一色商铺，招揽生意，中院居住，会客厅、卧室、厨房一应俱全，窗明几净，宽敞舒适。后院则是马厩、磨坊和仓储等，一看就是富户人家，令人艳羡。

1949 年解放军进疆到哈密派人到他家借石磙子，并打下借条。想不到时隔 30 年之后的 1979 年，因家境衰败捉襟见肘的马成翔要结婚，抱着试一试心态，竟拿着那张借条找到已由部队转为地方的农垦管理局。不承想就是这张借据，最终换来了嘎巴嘎巴响的 600 元人民币，成全了一对新人婚姻大事，用马成翔的话说：“一个磙子成就了一门亲事！”

音乐启蒙源自于秦腔，歌唱从宣传队开始

一个人从降生就要接受来自家庭、学校和社会的教育，曾有人说活到老、学到老。其中家庭教育是最关键环节，家长言

传身教是启蒙，更是引领，就像一颗种子，不但根植于心，还要开花结果。马成翔的父亲，就扮演了这样的角色，潜移默化中，让他对音乐产生了特殊的感情。

最初的音乐来自秦腔。只要有戏看，父亲就让他骑在肩上赶场子，而且还经常花钱买票去戏园子听戏。听得多了，马成翔就灌了耳音，高兴时哼唱一段曲调，不但精准，还很流畅，从来没有唱偏跑调的情况。很快这一点让音乐老师发现了，那是三年级的时候，学校教音乐的田老师，有一天突然叫马成翔到办公室，她用脚踏风琴伴奏，让马成翔唱歌，一听果然不错，乐感好，吐字也清楚，就决定让马成翔担任学校宣传队独唱和领唱。

学校的副校长，学生都叫他颜校长，小提琴拉得非常出色，特别是他那把在南门马市巷子花了十几个坨子才得到的，以意大利小提琴匠师斯特拉迪瓦里名字命名的小提琴，品相好，音质更好。常常演奏一曲罗马尼亚《云雀》，旋律欢快，曲调优美，尤其颤音技法，娴熟精到，仿佛让人置身阳光明丽的山野，聆听那如痴如醉的天籁之音。

就是这个拉小提琴的颜校长，指导马成翔学音乐。最先学笛子，后来拉二胡，因条件所限，二胡琴筒是他自己用罐头盒子做的，虽说影响音色，也只能将就着拉了。小提琴最后才学，他一门心思扑在学琴上，技艺日渐娴熟。

1969 年升入哈密地区第二中学，其间哈密地区文工团上演《白毛女》，因为小有名气，马成翔作为一名中学生，被文工团请去拉板胡，尤其是杨白劳给喜儿扎红头绳那一段，中间有长长一段过门，就是板胡演奏，早已深入人心，成为经典。

同时兼奏二胡和小提琴，一拉就是一个冬天。

很快，马成翔成了学校宣传队队长，从刻谱子、编脚本，到排练演出，事无大小，亲力亲为，让马成翔的组织才能得到提升。实际上当时宣传队以演样板戏片段为主，包括《红灯记》《沙家浜》《智取威虎山》等，观众看了义愤填膺，马成翔的琴技却收益不小。

毕业后，马成翔被分配到伊吾县东方红公社甘沟生产队，接受贫下中农再教育。生产队多为维吾尔族，却无一例外对他很好，从生活起居到分配劳动，能照顾尽量照顾。赶马车好比今天开汽车，是生产队争着抢着想干的活，他干过，上播种机到地里播种，他也干过，甚至骑着马和队长一起上山巡查。

在伊吾县待了 8 个月，1971 年马成翔又调入哈密革委会宣传队，因为之前结识哈密地区评剧团黄文林，又是武汉音乐学院科班出身，马成翔就跟他学习拉琴，随后自然成了一名专职小提琴演奏员。此时，宣传队也有所发展，不光演样板戏片段，也排练一些小歌舞剧，还有合唱和快板书之类，上山下乡，进厂入校，演出活动多，反响也不错。

然而好景不长，宣传队解散了。马成翔就被安排到哈密的修造厂上班。恰巧此时哈密地区评剧团缺人，同时被推荐到评剧团，衣兜里装了两份介绍信，马成翔就先骑车去修造厂一探究竟，转一圈觉得不理想。原路返回时路过西河坝一座桥，他停下自行车，两脚支在地上，靠着桥护栏，把修造厂介绍信给撕了，扔到了水里。

音乐生涯中，两个影响深远的重要人物

哈密地区评剧团，是成建制从辽宁沈阳搬过来的，而且当时新疆军区评剧团也已经解散，主要名角及大部分演职人员也并入哈密评剧团。团里有个指挥叫吴继善，北京人，天桥民间艺人出身，一如他的名字，长得慈眉善目，和蔼可亲，一脸福相。吴继善集作曲、演奏、指挥于一身，多才多艺，是团里不可或缺的一个人才。就是他对马成翔关怀备至，厚爱有加，一门心思教他学京剧，拉京二胡，时间一长，演员们都找他吊嗓子，咿咿呀呀的，好不热闹。后他又教马成翔学打击乐，从此马成翔文武场都学会了。

每每提及“吴继善”这个名字，马成翔总是不忘竖起大拇指，进而放缓语速，言语中充满着敬佩。马成翔回忆说：京剧文场和武场，是几百年来形成的一个独具中国特色的、继承了南北各种戏剧流派及民间艺术精华的、科学精细的舞台戏剧艺术系统。尤其是武场锣鼓经，技术含量极高、演奏要求特严，没有恒心和毅力往往半途而废，成不了大器。说得再具体一点，一般是先练三年小锣，继而三年铙钹，再到大锣时，还须三年苦练。平常都说台上一分钟，台下十年功，就是学习打击乐最真实的写照。

学习的目的就在于应用，这也是吴继善“吴式”教学法的一个突出特点，先循序渐进，再逼迫推进，其根本所在：就是要赶马成翔这只“鸭子”上架。

“因为喜爱，才如此严厉教育我，看着是一个苗子，才逼

我挑大梁。”回想起吴继善的良苦用心，马成翔依旧为此感动不已，那种手把手传授的师徒情谊，那种心贴心交流的难忘场景，体现的是亘古不变的严师出高徒，落脚在知遇之恩的涌泉相报。

这就是从学习文武场再到担纲作曲，人生历练的开始。“逼我作曲的就是吴继善老师！”马成翔在叙述中反复重复着这句话。马成翔回忆，刚开始吴继善拿来要创作的剧本，让他试着写写间奏、过门，或者开场和闭幕曲子，马成翔大姑娘上轿头一回，根本不敢应承，怕砸锅，不愿意。吴继善却说一不二，写也得写，不写也得写，而且带有强制性地下了死命令：“要求明天完成的曲子，决不能拖到后天！”

丑小鸭变成白天鹅，最终要有一个必不可少的历练过程，马成翔也只有硬着头皮，像一只小公鸡，扯着脖子上了。起先马成翔写好曲子，经吴继善稍加修改，就排练演出了，发展到后来，唱腔也让马成翔完成，依旧吴继善修改后再排练演出。有一出独幕剧，名叫《开锁记》，创作排练后，舞台演出时间为 40 分钟。

十几场演出后，一日团里召开大会，领导讲完话，吴继善向全团宣布说：“《开锁记》这部戏作曲是马成翔，指挥是我！”当时马成翔只是一个名不见经传的小字辈，在名角荟萃的评剧团，顿时一石激起千层浪，产生了前所未有的轰动效应，从此一发不可收。马成翔相继又写了不少独幕剧，有评剧、也有歌剧，还为其他演出团体创作了几部迷糊剧。迷糊剧要写好，难度是很大的，尤其是《背宫》曲牌最难写，但他都获得了成功，当然作为秦人后裔，对秦音也是情有独钟了。

艺无止境，兼收并蓄，这样才能让音乐插上理想翅膀，影响更宽广的世界，打动更多听众的心。马成翔不愿留在原地打转的水平上，一直是向上再向上，他的艺术人生就像芝麻开花，节节攀高，一路奔向心中那个终极目标。

肖华惠是当时新疆歌剧团首席小提琴家，毕业于中央音乐学院“匈牙利大师班”，典型的俄罗斯学院派。师出名门，技艺精湛，不拜他为师，岂不是人生一大损失。马成翔坐不住了，听到肖华惠这个名字，毅然决定登门拜师学艺。整整 5 年时间，每个星期奔波于哈密与乌鲁木齐之间，就这样他从人生的小天地，走向音乐的大舞台。

还有一个人叫赵龙韬，同样对马成翔的成长产生过终生难忘的影响。马成翔这样总结说：如果说吴继善引领他由一个普通操琴手，成为自由放牧音符的作曲家，那么赵龙韬则让他真正找到了音乐感觉，这一点可遇不可求，是一个音乐人不可或缺的首要因素。

赵先生祖上属清朝皇族，从小在沈阳故宫长大，因受白俄罗斯家庭教师影响，对音乐有着超乎寻常的感觉和体验。不仅如此，赵龙韬还是一个精通多国语言的语言天才，包括日语、德语、意大利语和英语，这对开阔他的视野，信息的掌握提供了不可多得的广阔平台，起点很高，阅历很深，学识很博。加之有着扎实的文学功底，早在东北四野文工团时，赵先生就集编剧、作曲、导演和指挥于一身，典型的全能型人才。

他也是随沈阳那个评剧团，一起来到哈密的，身份是艺术指导。马成翔第一次见到赵龙韬时，赵先生正处在人生低谷。马成翔经常骑着自行车去看望他，提高专业技术水平，演好样板戏。

跟赵龙韬学习音乐感觉，就像画家对于色彩，作家对于形象，找不到音乐感觉，就不能称其为严格意义上的音乐家。而这一点，在赵龙韬的身上体现得那么充分，那么完美，那么让人不可思议，活生生一部远在天边，又近在眼前的活教材、真范本。百闻不如一见，一见非同寻常，听君一席话，胜读十年书，好像突然让马成翔从一个地窝子，攀升到高耸的峰顶，那种一览众山小的辽阔心境，一时间难以用语言表达。

后来赵龙韬重返剧团，他既是艺术指导，又身兼编剧、导演和指挥，从此马成翔与赵指导朝夕相处，获益匪浅。马成翔学习钢琴演奏，提升小提琴水平，尤其是学习各种音乐理论和试唱练耳，他像海绵吸水一样，如饥似渴，废寝忘食，痴迷到无以复加的程度。说得通俗一点，从“下里巴人”到“阳春白雪”，音乐理论是一道门槛，没有相当造诣，难以逾越。就像唱歌的人很多，写歌的人却很少，尤其能写出好歌的人，更是凤毛麟角。其中因素很多，包括天赋、勤奋，但最最主要的还是音乐感觉，而这个音乐感觉，最终不但靠理论支撑，更要靠实践检验，在赵龙韬身上，马成翔最大的收获，就是让艺术感觉宛若花儿灿然开放。

马成翔告诉笔者，赵龙韬生性孤傲、清高，看不上眼的人，不屑一顾。可对谁好了，恨不得倾其所有，和盘托出。特别是他对马成翔的音乐指导上，那可真是循循善诱，不厌其烦，没有一点保留。马成翔受他影响，最主要还是艺术认识和音乐感觉。巴赫、勃拉姆斯和贝多芬，号称德国“三 B”，都是影响世界的作曲家，尤其贝多芬的《命运交响曲》，声势浩大，影响深远，感人肺腑，每当侧耳聆听，都能身临其境，感同身受，感受一种命运之神震撼心灵的门楣，这就是艺术的功能，同样也是音乐才能创造的奇迹。

然而音乐的感觉却很难把握，师父领进门，修行在个人，这个“修行”，一言以蔽之，就是长期磨炼和锻造的过程。就像其他门类的艺术，譬如绘画，或山水，或花鸟，最终是一种形象化的展示。即便是舞蹈，也是通过肢体语言和服装道具，表现生活场景。可是音乐却不同，看不见，摸不着，抽象得很，全凭感觉。好比一枚落叶，我们平常人，或许只看到一个简单的飘落过程，然而在作曲家那里，却很快让这一枚落叶，变为千变万幻的音乐，或舒缓深沉，或婉转低鸣，或悠扬明丽，或高亢奔放，不同的人因感觉不同，所营造的氛围就大相径庭。

实际上马成翔和赵龙韬交往那么多年，彼此感情深厚，相互牵挂，是一种胜似亲人的忘年交关系。尤其赵龙韬对马成翔，不单单是音乐道路上的引路人，还是生活上的好长辈。

出于双重感激之情，赵龙韬离休返回东北老家之际，马成翔特意前去帮忙搬家，印象最深的是 15 箱笔记，全是学生作业本，密密麻麻写满了文字，有创作手记，有编导计划，有学习感想，也有生活琐碎，一页一页文字中，间或一些外文、曲目和五线谱，记录了一个大师级音乐家的真实写照。

根植于生活土壤，吸收民族音乐丰富营养

马成翔的故乡哈密是新疆门户，自古以来就是“丝绸之

路”重镇。不但瓜果举世闻名，维吾尔族民间歌舞也独一无二。尤其是哈密木卡姆，在歌词、风格和结构等方面，体现了文化多元性的特点，成为维吾尔族木卡姆艺术的一朵奇葩，被列入国家第一批非物质文化遗产名录。

从小生活在这样的环境，所从事的又是与之相关的音乐行当，潜移默化中，马成翔自然要受到哈密木卡姆深刻影响，这一点，从他作为学者的第一篇学术论文《哈密木卡姆音乐研究》上得到了最有力的印证。

凡事都有一个契机，1962 年到 1963 年期间，新疆歌舞团有一批艺术家来到哈密，这些艺术家的到来，无疑让哈密文艺舞台大放异彩，同时也让马成翔对维吾尔族歌舞和音乐，由认知到痴迷，进而再到亲自创作，奠定了坚实的基础。

新疆歌舞团的艺术家精通维吾尔族十二木卡姆、伊犁木卡姆和哈密木卡姆，马成翔在哈密文工团的演出中不断受到民族音乐熏陶，为他后来的音乐创作打下了很好的基础。

一个回族作曲家，全身心投入维吾尔族音乐创作，而且出手不凡，成绩斐然，倾注了马成翔对故乡的感情和热爱，也是他对生他养他这片热土的真诚回馈。哈密历史悠久、文化灿烂，哈密物产丰富、地杰人灵，哈密的父老乡亲朴实无华，勤劳忠厚，作为一个哈密的儿子，马成翔像一粒种子，扎根于丰饶的生活土壤，谱写着飘香的动人乐章。我就听马成翔讲了这样一个故事，1986 年他在上海音乐学院学习期间，一天学院文艺联欢，让新疆籍学生出节目，他们几个紧急一商量，选定了曲目，其中马成翔担任维吾尔民间风格浓郁的小提琴领奏，匆匆排练两遍就登台，结果演出非常成功，反响特别热烈。马成翔说秘诀只有一个：热爱音乐，就要爱音乐的灵魂。浮光掠影，蜻蜓点水，到头来只能走进死胡同，一事无成。

音乐无止境，学海也无涯，就是两个字：“学习”

在和马成翔交流过程中，几乎所有话题都离不开“学习”这两个字。在学校学习、向生活学习、去艺人那里学习，一个是基础，一个是源泉，一个是阶梯，一步一个脚印，直到到达辉煌峰顶。

马成翔完整上完了小学，中学却基本是在参加演出。作为过来人，父亲马尚禄坚决反对他学手艺，做生意。父亲一再忠告马成翔，要好好学习，“万般皆下品，唯有读书高”。所以对马成翔学习盯住不放，最极致的手段，就是考试必须得满分，差一分都要遭毒打。马成翔说当时家里后墙上，挂了不少“刑具”，有皮鞭也有树条子，尤其是大冬天的，让马成翔跪在雪地里，头上还要顶一块砖，又饿又冻，遭了大罪。

1981 年进行文化摸底考试，按规定不及格要强行补考，过关后才能转入正式编制。马成翔考试得了 78 分，却一反常态，找人求情改成 58 分。当时他充其量小学毕业，改分的最终目的，是要补课，进而达到初中文化程度，弥补先前的损失。

最后“不及格”的马成翔，两年业余时间都用在干部培训班学习上，到了结业考试，得了 84 分。而这时及格的学生，可以免试进入全日制职工学校。两年制学习，马成翔又相当于上完了高中，而且学习成绩也很好。不曾想职工学校一毕业，又有机会进电大学习，所学专业是文学写作，难怪马成翔文学功底扎实，理论文章频发，和这一次电大学习不无关系。

机遇总是给有所准备的人，这一点在马成翔身上再一次得到验证。1986 年 9 月，他接到了通知去上海音乐学院深造，所学专业是作曲和指挥。在上海音乐学院两年学习时间里，马成翔四处打听最好的老师然后登门拜师。马成翔时刻牢记，好的老师才能带出好的学生，很多实力派老师如陈铭志、林华、杨立青、夏飞云、邓尔博、胡延仲、范明双等在学校都很有影响，马成翔就得到了他们的培养，学到货真价实的宝贵知识。

“只有多请教、多学习，最终才能多收益，”这是马成翔总结的经验体会。基础理论、专业技术，入木三分之后自然触类旁通。譬如“复调”，多重旋律，变幻复杂，当时林华老师授课，因为也是权威，马成翔就在林华老师身上下苦功夫。其窍门就是，每当老师课堂作业将程度定格为“3”，他却非要完成到“7”和“8”。老师说他不听话，要循序渐进，他却说我要看老师怎么批改，实际上是在挖老师的潜力。后来林华老师专门找马成翔谈话，说他学得好，但不宜太复杂，复杂了音乐不好听。马成翔却自有一套理论：知识要从最复杂学起，掌握了最复杂的，再简单化处理就容易了，反过来，将最简单的东西复杂化，就要花费很多很多的心血。

还有就是陈铭志老师，教“十二音序列音乐与写作”课，马成翔从陈老师那里，学到了不少从来没有学过的东西，让他全方位得到提升。同样是出于感激，毕业后，马成翔每年坚持给陈铭志老师邮寄明信片，直到有一天，老师的女儿打来电话，他才知道陈铭志老师已经去世，止不住声音哽咽，悲痛难忍。

从《请你尝块哈密瓜》到《阿妈的盖碗茶》

1971 年 12 月，在哈密乡下。当时在哈密宣传队，有个队友叫郭二全，人称“二全子”，一天，带马成翔到乡下村里，说他们村上搞演出，请他帮忙编个曲子。马成翔就应承下来，写了一个表演唱《公社社员运肥忙》，而且又带了几个人，吹拉弹奏帮助排练，贴近实际、贴近生活，也贴近了群众，得到了全体村民热烈欢迎，这也算是马成翔的处女作在最基层的一次演出。

马成翔多年来为新疆歌舞团主创人员之一，参加了本团及新疆维吾尔自治区二十余年来一系列重大文艺活动的策划与创作。历年来，他创作、发表了各种形式、题材的音乐作品千余部（首）。其中舞蹈音乐 160 余部、器乐作品 320 余部、声乐作品 680 余首、电影、电视、戏剧、话剧等配乐 30 余部。记录整理各种民歌 350 余首。并为国内外知名作曲家的 400 余首歌曲创作管弦乐队、民族乐队和电声乐队配器。65 部（首）作品在全国和省、部级比赛中获奖。

如此卓越的音乐成就，当之无愧为他赢得中国音乐家协会会员、中国回族学会常务理事、新疆文联委员、新疆音乐家协会理事、音协创作委员会主任、上海音乐学院校友会理事、乌鲁木齐市音乐舞蹈家协会副主席、新疆对外文化交流协会理事等头衔，这让他成为新疆乃至全国都久负盛名的音乐大家。

每个名人都有自己的代表作，我让马成翔选两首最具代表性，影响也最深远的作品，他不假思索说出了两首歌的名字：

《请你尝块哈密瓜》和《阿妈的盖碗茶》。

1981年，霍城县宣传队到哈密文工团观摩学习，随队带了词作家田文俊，当时他在兵团农四师。因为马成翔负责接待，就带田文俊四处转悠，第二天回来，田文俊说要写一首歌词，请马成翔作曲。然后就看到《请你尝块哈密瓜》歌词："远方的客人快下马，请你尝块哈密瓜，这里的人们最好客，引你走进这绿色的家……"马成翔当时就感到，歌词抓住了哈密的突出特点，富有人情味，且语句朴素感人，马成翔答应3天交稿，实则只用了40分钟，一气呵成。词曲用的是哈密木卡姆"商调"，带有明显的地域特色。

就在这一年，新疆歌舞团的歌唱家马玉梅首唱了这首歌曲，受到高度赞赏，后来唱片公司出了盒带。当年第一届西北音乐周在西安举行，马玉梅演唱这首歌，反响非常热烈。1983年第二届音乐周在宁夏银川举行，高金英同样演唱了《请你尝块哈密瓜》，依旧轰动全场。到了1984年，新疆歌舞团参加全国少数民族青年演员调演，荣获了二等奖。

到了1991年，新疆军区文工团青年歌唱家巴哈尔古丽开始演唱这首歌曲，悠扬的旋律，甜美的嗓音，从此让《请你尝块哈密瓜》不胫而走，影响大江南北。

而《阿妈的盖碗茶》，则是由马成翔和诗人师歌共同商量确定的，一开始定名为《盖碗茶》，后来修改过程中，感到《阿妈的盖碗茶》更能表现主题。歌词几易其稿，反复琢磨，诗是读的，歌是听的，不但内涵丰富，还要讲究押韵，易于传唱。"喝一口盖碗茶，难忘呀回回家，离开了回回家，难忘盖碗茶……红枣、桂圆散着清香，茶叶、枸杞泡出了花，冰糖、葡萄透着晶亮，热气腾腾请你喝吧……”，就这样，旋律随着眼前不时呈现的外祖母的影子，行云流水一样，从笔端自然流出，成为马成翔一生中，最为重要的一首歌曲。

马成翔说他自己演唱《阿妈的盖碗茶》，是在宁夏回族自治区的一个会议期间。先是在沙湖游船上演唱，远处是茫茫黄沙，近处是绿幽幽芦苇荡，不时有鸥鹭，从湛蓝的湖面上飞过，马成翔饱含深情，放开喉咙，一曲唱罢让所有人感动不已。于是，接着就有了第二次演唱，当时宁夏回族自治区举行文艺晚会，马成翔作为特邀代表，再一次真情演绎这首歌，一炮打响。现在《阿妈的盖碗茶》，在伊犁、焉耆、乌鲁木齐和昌吉等地广为传唱。

实际上，马成翔还是一个非常成功的学者，很早就开始著书立说，代表作有《哈密木卡姆》《新疆回族民间歌曲精选》《中国民歌集成·新疆卷》《歌曲创作之审美》等，逻辑严密，说理充分，文字精准，常常洋洋洒洒大篇幅，却从不显冗赘。

从 1998 年开始，马成翔还分别担任了新疆师范大学、新疆教育学院、新疆艺术学院和昌吉州职工技术学院的客座教授。主要承担本科生和研究生的课程教育，以基础音乐理论为主，有作曲、复调、和声、配器等专业。马成翔阅历丰富，成绩突出，又是全国独一无二的回族一级作曲家，曾获文化部“1996 年度优秀专家”和新疆文联“德艺双馨中青年会员”称号，理论和实践都硕果累累。

桥比路长

桥，即桥梁，《辞海》中这样解释：桥梁。架在水上或空中以便通行的建筑物。如石桥；铁桥；立交桥。我们最早接触“桥”这个概念，还是在孩提时代，是担在水渠上那种最原始、也最简易的木桥。那时我们住在芦草沟村杨家庄子，出了院子就是一条排洪渠，从一大队到三大队，七八公里长，全用鹅卵石和水泥修砌而成。排洪渠呈“U”形，上边宽，下边窄，年轻人纵身一跳就能越过去，年老体弱者只能绕弯路过桥涵，费心巴力走到渠对面。否则只能望“渠”兴叹，干着急，使不上劲儿。后来就有人提议找几根木头，担在水渠上面，于是就有了记忆中最早看到的木桥。

后来公社搬到二大队，每每遇到山洪暴发，芦草沟河浊浪翻腾，轰隆隆的河水，雷声一样，振聋发聩。早先的桥梁禁不住洪水冲击，成了危桥，人们出行极为麻烦，只得重新设计改造，再建一座结实牢固的新桥。从此道路畅通，车来人往，不但有了桥头商店，还通了班车，早晚各一趟，从乌鲁木齐中桥到芦草沟三小队，人们进城方便了很多，再也不用为找个便宜旅社来回跑趟子，或者为去亲戚家借宿不自在而发愁，心情自然变得舒畅了。

这都是路桥带来的实惠。不然换作以前，我们要进城先要到附近煤矿搭乘拉煤的汽车，认识矿上的人还好一些，经人介绍，司机答应捎上一程，运气好了，直接带进城里。如果仅凭自己跟司机求爷爷告奶奶，最多也就到地磅，煤过磅，人下车，另想办法。要么等石化到乌鲁木齐的 19 路公交车，要么去往米泉，再坐 13 路。终点站都是医学院，去南门坐 1 路车，到大西门倒 7 路，赶火车则乘 2 路车了。如果是石人沟的人到米泉，或者去乌鲁木齐，就要步行很长的路，才能到达煤矿，然后再磨破嘴皮子，给司机说好话捎上一程。尤其到了冬天，天冷时间又短，总觉得天刚亮一会儿，太阳就急着要落山了，工夫都花在了路上。父亲有个干沟的哈萨克族朋友，儿子在城里畜牧局工作，每次回家，先要在我们家住上一宿，第二天再往家里赶，来回一趟，费时不说，人也累得够呛。

当班车通到一大队三队时，就给附近的农牧民也带来了便利。进一回城不再变得遥远和疲惫了，特别是遭遇突发重大疾病，班车一来，拉上病人就走了，了却了往常担惊受怕的煎熬。所以说，要想富，先修路，只要路修好了，距离也就不成问题了。有两个例子，一个是 1977 年我到山东上大学，就有一个西藏阿里的工农兵藏族学员告诉我们，他回一趟阿里，大概需要半个月时间，从山东到新疆吐鲁番大河沿，再到喀什叶城，最后回到阿里。先是火车，再换汽车，经过好几个省份，从鲁西南平原到青藏高原，一路颠簸，车马劳顿，还有重新换水土的诸多不适应，回一次家散一回身架骨，吃尽了苦头。另一个是儿时邻居艾尼大哥，他是和田民丰人，在我们村里娶妻生子，后来又回到民丰工作，从此家人天各一方，两地分居，当时因为没有沙漠公路，也没有铁路，探一次亲，也要费很大的周折。从民丰到和田，再到喀什，还要跨越阿克苏、库尔勒，走干沟、进后沟，过达坂城，等到了乌鲁木齐，人就像剥了一层皮一样，憔悴得不成样子。如今有了沙漠公路，距离一下子缩短了500多公里，省多少心。坐上火车，人从此不再受罪，火车好比一座长长游动的房子，夏天不热，冬季不冷，吃喝拉撒睡都在车上，一路看着风景，也放松了身心，值得。更惊奇的是，坐飞机已不再是什么奢望和稀罕事，像是一只硕大无比的大鸟，总感觉飞机刚从乌鲁木齐机场起飞，不用多一会儿就已在和田降落了，速度快得不可想象，前后两重天，生活大变样，不比不知道，一比感慨万千啊。

再说乌鲁木齐，我当年还曾经有过一次坐上马车回到芦草沟的经历。当时上小学，一次暑假到红山姑妈家做客，一住就是十天半月，急着就想回家，一个人却找不到回家的路，只能心急火燎等待机会。突然有一天，说是涝坝沟的大伯他们到了乌鲁木齐，而且是坐着马车来的，住在中桥车马店，因为要办的事很多，不能再到姑妈家，只能托人问候一声。听到这个消息，归心似箭的我欣喜若狂，缠着姑妈大儿子木塔尔哥，赶快将我送到中桥，搭乘涝坝沟的马车回家。马车上午出城，经红雁池、榆树沟、葛家沟，到了石人沟红土湾，等到了三队喀瑞庄子，我的记忆逐渐变得清晰起来，并且及时认准了那条回家的路。于是乘着大人们打盹儿不注意，我急忙悄无声息溜下马车，撒开脚丫子，一路跳着唱着就跑回家去。

后来公社路修好了，汽车也逐渐多了起来，再到姑妈家，就走河滩路。既然叫作河滩路，顾名思义，就是由早先的泄洪道改造而成的道路。起初破破烂烂，全是石子，路两边有很多沙场，拖拉机、翻斗车出出进进，尘土飞扬。道路坑坑洼洼，凹凸不平，坐在车上面，人一颠一颠的，就像跳皮筋，必须牢牢抓住车厢板，不然容易摔跟头。不过既然是河道，就建有桥梁，所以西大桥成了乌鲁木齐市的标志性建筑。东西走向，一头连着天山区，一头连着沙依巴克区，站在桥上向北望，一座红山赫然耸立，见证着这座边城的过去和现在。

第一次接触立交桥这个名字，是作家刘心武的中篇小说《立体交叉桥》，就觉得新奇无比，心想桥梁怎么可能像楼房一样建成多层，而且相互交叉、绕圈，汽车如何开上去，又咋样转下来啊。后来到了北京一瞧，果真如此，桥梁如螺旋一样，这头绕上去，那头开下来，而且上面一层，下面一层，中间还有一层，汽车各有各的道，来去自如，井然有序，仿佛自然流淌的溪流，又像妙手弹奏的琴弦，那么和谐，那么让人赏心悦目。

很快乌鲁木齐也出现了这样的立交桥，也就是城北的地窝堡立交桥。从此车辆不仅在地上跑，还从人们头上过。从木材厂下来，可以通过立交桥到飞机场，从迎宾路过来，又能上立交桥到达火车北站、西站和八钢，速度快了，效率高了，人气自然就旺了。地窝堡从此成为人们最关注的风水宝地，建成了国家级经济开发区。先是以大地窝堡村为核心的开发区一期工程，短短十几年，一座现代化新区悄然兴起，吸引着四面八方的企业和商户入驻；后来又跨过乌昌大道，向丰田村和九家湾一带拓展，维泰大厦、万达广场，火车新客站，大小绿谷，都成了人们街头巷尾的新话题。不过让人印象最深刻的，还是四通八达的一条条道路，还有高耸的桥梁。因为新城区，道路都是新修的，不但宽阔、气派，而且标识清晰，指代清楚，路两边无一例外都是整齐的绿化带，郁郁葱葱，高低错落。关键是道路都相互连接，四通八达，视野开阔，不会迷路，也不会走回头路。一座座桥梁，像一道道彩虹，从楼宇之间穿过，将一个个小区连成一片，方便行人的同时，又形成了新的亮丽风景线。

说到动车，以往想都不敢想。早年在山东曲阜上学，要么乘 54 次列车到徐州换车，要么坐 69 次列车到北京倒车，每次都是硬座，三天三夜下来，腿都肿了。如果遇到洪水冲毁铁路，还要绕道河北、山西、内蒙古和宁夏，而且经常晚点，回一趟家，受一路罪。现在有了动车，风驰电掣，平稳安全，过去一天的路程，几个小时就到了，借道西宁去西藏，路过兰州到北京，朝发夕至，指日可待。我们新疆，乌鲁木齐到喀什、和田有了铁路，去往伊犁也有了火车，通过阿拉山口还有到哈萨克斯坦的国际铁路线，从南疆到其他省市，人们再也用不着绕一个大圈子了。现如今从天上的飞机，到地上的火车，再到乌鲁木齐的地铁，一张稠密、通达而又繁忙的交通运输网络已经形成，让人引以为荣。

乌鲁木齐现在不但路修得长，桥修得更长。先是东西外环，像是伸出的两只巨大的臂膀，将一座充满现代气息的城市环抱其中。一条从天山区开始，经过沙区和火车站，穿越雅玛里克山隧道，与西山、北郊连成一片；一条由水磨沟区开始，经过高新区穿过蜘蛛山隧道，和经开区相互衔接。不管通向何处，都有上下接口和辅道，对于连接中心城区和城郊区，提供了极大的方便，同时对于缓解交通压力，起到了不可替代的积极作用。最为自豪的，还是克拉玛依东西路，一座高架桥从雪莲山直通骑马山，让以往的郊区变成了最适合人居住的一个个新的小区。六道湾检查站高架桥，成了名副其实的立体交叉桥，上下共五层，堪比楼房高，尤其到了早晚上下班高峰时，南来北往的车流，熠熠生辉的车灯，时而像悬挂在空中的一道道彩虹，绚丽斑斓，迷醉双眼；时而又似通向天际的一条条五色河流，缓缓流淌，动人心弦。

如果说以前我的家芦草沟交通闭塞，经济落后，到如今路多了，车多了，进城再也不用愁了，也正因为如此，人们的生活方式跟以往大不一样了。最突出的还是农牧民的房子，从过去的土木结构塌塌房，变成现在漂亮牢固的安居富民房，不少人家还建造了独特别致的小别墅。从前无人问津的穷山沟，因为度假旅游的兴盛，如百泉沟、蝴蝶沟、石人沟，摇身一变都成了城里人趋之若鹜的好去处，尤其是现在欣赏红豆草，观览薰衣草成为时髦，一到节假日人们纷至沓来，流连忘返。

最为令人交口称赞的东绕城高速公路，就从我们芦草沟经过。这条道路从吐乌大高速公路乌拉泊起始，经过葛家沟、石人沟、铁厂沟等直达甘泉堡经济园区，全长七十多公里。又将米东、石化、准东和阜康连成一片，乘车从乌拉泊或者观园路出发，不到半小时，就到甘泉堡了，沿途都是风景区，到石人沟、峡门子或者更远的天池、江布拉克，车油门一踩，不知不觉就到了，方便快捷，身心愉悦。其中石人沟四队那一段，是一座架在空中的赫然耸立的高架桥，一排排高大结实的水泥桥墩子，高过十几层楼房，站在桥底下，必须抬头仰望才行，雄伟、壮观，让人叹为观止。蓝天下，一座顶天立地的博格达雪峰，仿佛一位饱经沧桑的白发老人，看上去庄严肃穆。山脚下，一座横空出世的崭新高架大桥，犹如一条腾云驾雾的现代长龙，最终会带给人们吉祥和福音，功不可没。

所以有一位长者这样说：“世上最难得的事情是修桥和补路。”乌鲁木齐这些年路修得好，桥建得长，人过得滋润，这是千真万确的大实话，我们都是亲历者、见证者，看着这座城市一天天发展、变化、壮大，从过去的偏远、落后、陈旧，到如今的繁荣、现代、美好。不容易，更不简单，“吃水不忘挖井人，幸福感谢共产党”，这是我们每一个人的肺腑之言。

而我由乌鲁木齐的路桥建设，联想到了更远的地方，先说通往南北疆的高速公路，几乎都通了，不但距离缩短了，而且都见成效了，最突出的还是房子，整齐划一，美观实用，既然安居了，乐业就有希望了。说到桥，最引人注目的就是果子沟大桥，它就像一把巨大的冬不拉琴，架在大美伊犁无限风光中，山岭、树木、白云和牛羊，都有了美妙音乐的律动，单用一句“风景这边独好”，不足以表达人们的赞美和憧憬的心情。

如果抬头往上瞧，其实还有一座桥梁，那就是从伊犁输送到南疆的高压线路。那么长远的距离，那么连绵起伏的崇山峻岭，如何建起一座座高压电线塔，如何把一条条又粗又长的电缆线从高空连接在一起，没有敢于担当的勇气，没有不怕牺牲的精神，没有坚持不懈的恒心，永远也做不到。而我们的架线英雄们做到了，他们矫健的身影，来回穿梭在高压线路上，仿佛一个个英勇善战的现代版“蜘蛛侠”，在雪山松林之上，蓝天白云之下，行动自如，身手不凡，用不懈的辛勤劳动，春蚕吐丝一样，在天空架起一道道闪光的银线，让南疆大地焕发蓬勃生机。这条高空线路，某种意义上来说，也算是一条“天路”，它连通人心，带来新声，也带来发展和变化，不但感动了我，也感动了懂得感恩的一颗颗善良的心。

最后由新疆再联想到全国，路桥的奇迹天天都在发生着。过去的武汉长江大桥、南京长江大桥，让长江不再成为天堑。杭州湾跨海大桥，是一座横跨大海的桥梁，北起浙江省嘉兴市海盐郑家埭，南至宁波市慈溪水路湾，是继上海浦东南浦大桥之后，中国改革开放后第二座跨海跨江大桥。另外，联通珠海到澳门、香港的跨海大桥港珠澳大桥，全长 55 千米，是世界第一跨海大桥，不能不说是由中国人创造的又一个人间奇迹。

水西沟来了一群滑冰的人

水西沟地处乌鲁木齐市南郊，是乌鲁木齐县的一个镇，地势自西南向东北倾斜，平均海拔 1641 米，蕴藏丰富的水利、森林和草场资源。由于特殊的气候条件（属于逆温带，冬暖夏凉），从 20 世纪 90 年代初开始这里发展冬季蔬菜生产，逐渐开始北菜南移（即冬季温室由安宁渠地区向南郊发展），从而实现“春提前、夏排开、秋延晚、冬生产”的蔬菜供应目标。

如此一来，水西沟的人气开始兴旺，一些有眼光的企业家便把关注的目光投向水西沟。随着著名风景区庙尔沟的旅游开发，引资或联营建成了银都、皇朝、新水等多个度假村，年接待避暑度假游客逐年增长，为水西沟及整个乌鲁木齐县南郊的发展奠定了基础。

以前我们常说，新疆旅游的黄金季节是 7、8、9 三个月，而冬季则比较清淡，最主要的原因除了路途遥远，就是我们得天独厚的冰雪资源没有得到很好的开发和有效利用。因此，水西沟高山冰场的顺利建成，并成功承办的自治区第八届运动会速度滑冰比赛，尤其是全国速滑冠军赛落户水西沟，为乌鲁木齐乃至新疆赢得了声誉。

中国冰雪运动项目有一句口号：东北西北，两翼齐飞。实际情况则是一条腿长，一条腿短，虽说新疆冬季项目也曾创造过一些佳绩，但整体上起伏不定，甚至停滞不前，不及东三省和解放军等代表队的水平。所以从这个角度来讲，水西沟高山冰场的建成，具有深远的现实意义。因为地处首府乌鲁木齐，交通、住宿和后勤保障条件，相对要比当时的天池和三塘湖优越，新疆维吾尔自治区体委把水西沟冰场确定为自治区速度滑冰的训练和竞赛基地，并且多次将比赛承办权交给乌鲁木齐县，确实是一种新的挑战和考验。

水西沟冰场坐落于水西沟中学校园内，夏天是学校田径运动场，冬季浇上冰，就成了速度滑冰场。到了比赛的那些日子，水西沟乡政府所在地（当时还是乡）彩旗招展，欢声笑语，步行的、骑马的、开着摩托车的，乘坐着公交车和小轿车的，人们好奇地从四面八方纷至沓来，仿佛过节一样，都想一睹速滑健儿的别样风采。

水西沟的确是一个适宜开展冬季运动项目的好地方，头顶一片蓝天，晴空万里，太阳高照，人们如同沐浴在暖洋洋的春日里，心中充满温情和惬意。站在冰场边向南望，巍峨的天山像波浪澎湃起伏，冲击着视野，皑皑白雪、葱郁松林，与蓝天相互映衬，分外妖娆，真如毛泽东主席《沁园春·雪》所感慨的那般：江山如此多娇，引无数英雄竞折腰。

因为空气没有污染，冰雪质量就特别优质，浇冰车冰上转几圈之后再看，中间是被平整得就像一张白纸的空白区，闲人不得入内，而一圈 400 米赛道，则好比镜子似的，干净光洁，白中透着绿，绿中泛着亮。

先是自治区的比赛，运动员来自全疆各地州，少年组和成人组都有。也就在这个时候，当年作为组委会副主任之一的我，才第一次听说检查“骨龄”一说。原来我们每个人都有两个年龄：一个是生活年龄（日历年龄），一个是生物年龄（骨龄）。骨龄检查就是借助于骨骼在X光摄像中的特定图像来确定年龄。其目的是为了防止运动员隐瞒真实年龄，确保比赛严肃、公平。别看少年组那些小选手看上去乳臭未干，脸上充满幼稚表情，一上冰场，一个个生龙活虎，你追我赶，即便有人偶尔在转弯处不慎摔倒，滑出赛道，随着观众一片惊讶的叫喊声，急速闪向两侧，就见倒在地上的小家伙电打得一般，一骨碌跃起身，“咔嚓、咔嚓”一溜小跑，来回甩动着双臂，燕子似的交叉着两腿又冲上去了。

到了成人组，比赛更为激烈、好看。男运动员肌肉发达，四肢有力，从观众身边滑过去，就像一阵急速的风刮过，耳边都能听到一阵“嗖、嗖”的响声。女运动员巾帼不让须眉，仿佛都是美人鱼，清一色流线型“魔鬼”身材，鱼贯而行，争先恐后，特别是那些中长距离项目，由起先的一个个大幅度摆臂，到中间的倒背着双手，再到接近尾声的或挥动着拳头为自己喝彩，或脱去头盔亮出飘散的秀发，那才叫洒脱，颜值高了去了。

看着运动员们在冰上如履平地，身轻如燕，不时表演着一些高难度动作，我就自然而然地想起小时候滑脚马子的往事。脚马子有双板和单板两种，双板宽一些，下面固定有两根钢筋，踩着稳当、滑着放心；单板则高且窄，下面仅有一根钢筋，没有相当功夫，脚是踩不上去的，即使勉强踩上去了，也是一滑一个跟头，摔得鼻青脸肿成了家常便饭。眼前的这些选手，踩着的皮鞋和冰刀连为一体，看似比穿高跟鞋还笨拙，实际上出神入化，健步如飞，没有相当意志和坚忍不拔的精神，也不会达到如此高超的水平。比如我们新疆本土的名将刘粪飞，真像他的名字一样，似乎就是在冰上飞翔，给我们留下了深刻的印象，场下很腼腆，始终面带微笑，场上如飞奔的骏马，一马当先，不给别人任何机会，创造了多项纪录。正因为如此，刘粪飞分别在 1988 年、1992 年和 1994 年，3 次代表国家参加冬奥会，并在 1994 年挪威利勒哈默尔冬奥会上，光荣成为中国代表团的旗手，为新疆争了光、添了彩，是我们的骄傲。

自治区的年度比赛尚且如此精彩，承办全国速滑冠军赛，就更加引人注目了。看到那些带着大包小包，且不少人操着特色鲜明的东北口音，水西沟就再一次掀起了欢乐的高潮。因为毕竟是第一次承接全国性比赛，各路速滑高手云集于此，除了东北三省，还有解放军和行业体协代表队，水平绝对高，速度肯定快，角逐不用说更激烈。不少观众自发组成啦啦队，为运动员鼓劲儿加油，尤其是每每有新疆选手参赛的项目，热心的观众简直喊破了嗓子，跺痛了脚。观众越是上心，运动员就深受感染，越是充满激情，超水平发挥。当时就在滑道边立了一根铁柱子，上面是一块圆形灰色牌子，比赛时刻一到，发令员就站在方形垫子上，举起发令枪，先喊一身“预备”，紧跟着就是枪响，随着“砰”的一声枪响，就见圆形灰色发令牌上冒起一股蓝色烟雾，于是一个个运动员弓着腰，低着头，眼睛却牢牢盯着前方目标，仿佛一颗颗子弹飞过那样，一个接着一个，还没看清楚都长什么模样，就已经急匆匆从眼前一闪而过，留给人们的都是红的、黄的或者蓝的背影，算是让人大开眼界。

先前人们记住了新疆的刘粪飞，到了全国比赛，观众的注意力则在那些全国速滑赛冠军的身上，特别是叶乔波的教练来了之后，所到之处都成了大家追捧的对象，包括我们组委会这些成员，都抢着要和陈教练照一张合影，陈教练也欣然允诺，来者不拒，满足“追星族”们的愿望，成为茶余饭后的话题。

每一项比赛结束之后，都要进行颁奖仪式，所以必须事先确定好颁奖嘉宾，然后按照比赛名次依次颁奖。主席台虽说简易，但巨大的会标却很醒目，比赛的间隙，就有不少人在此留下纪念照，这算是我人生的一个重要经历。在新疆维吾尔自治区体委和乌鲁木齐市体委的有力支持下，乌鲁木齐县委和县政府高度重视，水西沟乡及各相关部门的紧密配合，一次次赛事都顺利画上句号，取得了圆满成功。现在我还经常找出那些20多年前的老照片，看到那些熟悉的面孔，当年的那些赛场和赛场之外的往事依旧历历在目，记忆犹新。

远处看山，近处看“海”

乌鲁木齐离海洋最远，却离山很近，这个山就是闻名遐迩的天山。天山是新疆南、北疆的分界线，山体浩大，绵延千里，一座座高耸神奇的皑皑雪峰，蕴含着丰富的天然水资源，滋润了广袤大地，养育了芸芸众生，在人们心目中，占有着不可替代的崇高地位。过了达坂城后沟，就是号称“火洲”的吐鲁番，一方面像馕坑一样，黄沙滚滚，热浪滔天；一方面实实在在又是一片郁郁葱葱的绿洲，尤其一串串晶莹剔透的葡萄，不知迷醉了天下多少人的心。饮水思源，这就是天山源源不断的一条条溪流，通过珍珠一样星罗棋布的地下坎儿井，给吐鲁番带来了福音，从此生机勃发。而巴音郭楞，则有一个名曰博斯腾湖的浩渺水域，鹰击长空，鱼翔浅底，一片一片芦苇荡，欸乃归舟，波光潋滟，不是江南，胜似江南。要问湖水哪里来，依旧是博大的天山，造就开都河、孔雀河、乌什塔拉河，像一条条绿色的血脉，充盈博斯腾湖丰美的肌体。沿着天山再一路向西，则是富饶多彩的伊犁河谷，牛羊成群，五谷丰登，不但盛产著名的伊犁苹果，也有颗粒饱满的察布查尔稻米、梦幻般迷醉人心的薰衣草。不过令人最引以为豪的，还是奔腾蜿蜒的伊犁河，因为有了她，才有“不到伊犁不知道新疆有多美”的传世佳话，而追本溯源，还是离不开绮丽多彩的天山。

乌鲁木齐这座城市开门就见天山。而那座本身就像一个巨大的“山”字的博格达雪峰，置身于任何一个区域，都能抬头望见他那顶天立地的高贵身影。正是因为海拔的高度，才决定了山体的赫然和醒目。不过我们却也非常清楚，耸立在眼前的山脉，看似很近，实则很远，所以才有了“望山跑死马”这样一种说法。新疆人对距离的表述独具特色，如果路上碰到一个骑着毛驴的维吾尔族长者，问他前面那座山有多远，长者如果随便抬一下下巴颏，头一偏说“阿耶代”，或许不会太远。要是他头一抬，手一指，声调一拉长说“阿—耶代”，那路途肯定就很遥远了。正是由于这样的缘故，我们通常去一个地方，并没有完全走到最后1公里，最远一家人，特别是进入一个山谷，也就是新疆人习惯性叫作“××沟”的时候，往往也就在半山沟驻足，一圈看一看，四周瞧一瞧，吃一点手抓肉，喝一点马奶子，掏出手机再拍个照，留个影，就算完成了一天的行程。如此循环往复，始终到不了大山深处。不求甚解，半途而废，到头来总也说不清楚，那些个汽车到不了跟前，徒步则需要费一番周折，也就是土话所讲的“山垴垴子”，究竟有什么不同寻常。说得更直接一点，这些所谓的“山垴垴子”，到底还有啥值得再费心巴力去看的好风景。

就以达坂城为例，过去属乌鲁木齐县管辖，因为当时我在县政府工作，几乎跑遍了达坂城的山山水水。包括最近的柴窝堡乡白杨沟村，最远的阿克苏乡大河沿村。柴窝堡白杨沟地处天山深处，乘车走312国道，到柴窝堡再往东，一条柏油路一直修到山坳里的石灰石矿，沿路都是拉运矿石的重型卡车，呈现出一派繁忙兴旺的景象。站在白杨沟沟口向西望，西山边山脚下一片水域泛着银光，那就是柴窝堡湖，一个乌鲁木齐人休闲度假的好去处。路过柴窝堡朝东看，先是一片戈壁，植被不算多，也长不高，可是牲畜却不少。最常见的是一群一群白云一样游动的绒山羊，遇到市场行情看涨，山羊绒可以卖上好价钱，因此这里的牧民都喜欢养绒山羊。还有就是骆驼，有时候七八峰一群，有时候大大小小几十峰，或拥在一起四处张望，或分散开低头专心吃草。我最喜欢秋天的骆驼，膘肥体壮，高大漂亮，尤其背脊上肉墩墩的两座驼峰，呼扇呼扇的，储存了整个一个冬季的能量。继而再向上面望一望，就是一个山口，道路像一条锥线，先窄而细，后宽而广，扇面似的从山坳伸出来。之所以叫作白杨沟，最突出的就是沟口一棵棵粗大的白杨树了，春夏树叶葱绿，深秋一片金黄。继续通过树梢朝远处看，山体呈现出一片一片白色的断面，那就是一个个石灰石矿了，白杨沟村民的生活来源，除了绒山羊就是开矿。

山沟比较深，道路两边散落着牧民的一排排住房，有的是土木结构，有的是砖混结构，墙上都刷了白石灰，看上去整齐、清爽。村委会、学校和卫生室都集中在一起，一圈都是挺拔的白杨，和南山边河道上一片一片白杨树形成对比。一个直溜溜往上蹿，修长、单薄，尽显人工痕迹；一个根深叶茂，树冠若伞，昭示着自然生长的历程。再往前是一个杏树园子，到了开花时节，白花花一片，仿佛下了一场雪。风一吹，又是一场梨花雨，纷纷扬扬的梨花，散落在绿草茵茵的草皮上，好像毯子似的，让人不忍心踩上一脚。梨花飘香，蜂来蝶去，叽叽喳喳鸣唱的，则是飞进飞出的鸟儿，虽叫不上名字，声音都一样悦耳。近旁，除了潺潺流水，没有一点喧嚣、嘈杂，不识白杨沟真面目，只缘身在诗情画意中。

20 世纪 90 年代初期，我曾作为一名工作队员，在柴窝堡白杨沟住了三个多月。走得最远的地方，也就是矿山那一带，沟沟都有矿，半山腰采，山脚下烧，不但艰苦，也很危险。原先山体都是青黛色，继而变成黄褐色，最后完全变成了白色。学校有浴室，路边盖了公共厕所。当时柏油路只到矿区为止，往上路就很难走，里面的风景到底如何，就不得而知。如今再到白杨沟，情况又有了新的变化，一是，新增了度假村，比较出名的是“八亩山庄”，有别墅，也有毡房，餐厅很宽敞，饭菜很可口。一条小溪顺着山根从山庄经过，清清爽爽，心旷神怡。一圈高大的白杨，将山庄笼罩其中，园子里有苹果、李子和玉米，还有时令鲜菜和鸡呀兔子呀鸽子呀什么的，环境好，条件不错，游客到来先顺着背后的河道徒步，回来后饭菜就已上桌，舒适得很。二是，道路比以前更平整，质量更好，车在路上跑，一点都不颠簸。不仅如此，道路还继续向前做了延伸，有一截还是盘山路，而且路边设有路标、护栏，这就为我们饱览白杨沟更深层次的自然美景，提供了坚实安全的保障。

果真一深入就具体，先是山体由先前的铁青色，逐渐变为满目的绚丽多彩，路两边绿草花卉，高高矮矮，错落有致，相互陪衬；路往下是河床，除了白杨树，还有榆树、梧桐和松树，透过树林，河水呈蓝绿色，翻滚着白色的浪花，侧耳倾听，哗啦啦的流水像弹奏的琴声，荡人心魄。这个时候抬头望山，两边山峦起伏，绵延向前，像是两条巨硕的臂膀，从身后伸过来，在天尽头再合拢，把一条沟谷整个搂抱在怀中。实际上所谓的天尽头，就是牧民的冬窝子，向阳、窝风，水草丰盛，最适宜牲畜过冬。那一条溪流太漂亮了，沿着河道生长的各色林木太诱人了，头顶那一片天空，时而碧蓝深邃，一望无垠，时而云若白絮，随风飘游，那种静时就像止水风平浪静的泰然处之，动时则如画师挥毫泼墨的妙笔生花，不是亲历其境，不是把自己融会贯通在山的巍峨、水的灵秀、树的繁茂、草的清香中，哪怕是一座毡房袅袅升起的炊烟，一群群牧归的牛羊慢腾腾，晃悠悠从马路上安然穿过，一个怯生生的孩子用好奇的目光打量着一群陌生的访客，那种感觉别人再也体会不到。即便我自己，在此之前也是熟视无睹，麻木不仁，说到底还是对身边的景物，不够深入，缺少探究，自然没有感情投入，套用一位外国名人的话说，对于我们的眼睛，不是缺少美，而是缺少发现。

同样还是达坂城，不过相对而言距离有点远了，一听名字就知道一时半会到不了。我说的是达坂城区阿克苏乡大河沿村，不错，这里是乌鲁木齐和吐鲁番的交界处，有两条路可以走。一是，从达坂城镇出发到后沟沟口，然后向东过铁路到红山嘴子，沿着山根子再往前，到东沟乡的东湖和月牙湾子，然后经过戈壁草场，最后到达大河沿村。另一条路，还是从达坂城镇出发，经过东沟乡再向东，有一个明显的交叉路口，向北是阿克苏乡，向东是高崖子牧场，到达大河沿村，要经过高崖子，然后再向东南方向走，穿过大戈壁再向东去，前方就是目的地。如果从乌鲁木齐算起，大概 120 公里左右。

早些年我在乌鲁木齐县政府工作的时候，曾经到过大河沿村，不过那是春季羊产羊羔的时候，房子不算多，羊圈也很简陋，里面阴冷潮湿，母羊和羊羔子都受不了。冰雪消融之际，最怕天气变化，遇到刮风下雪，很容易造成灾害，所以当时经常动员农区支援牧区，最急需的自然是饲草。一晃二十多年过去，大河沿到底发生了什么变化，不到现场实地考察，真不知道所以然。一年夏天，我受达坂城朋友之邀，故地重游，才切身感受到冬夏两重天，旧貌换新颜。我们去时走的是南线，也就是红山嘴子、月牙湾这条线，一直顺着山根走，沿途先经过农区，到了戈壁草场就是牧区。和先前相比，道路发生了巨大的变化，尤其到了戈壁草场那一带，柏油路就像一条油亮的河流，长远耀眼，也很平坦，坐在车上一点也不难受，却总觉得眼睛不够用。先是一片油菜花，黄莹莹、脆嫩嫩，车上人都嚷着快停车，这么好的景致不能错过，拍几张照片，微信朋友圈上晒一晒，别人肯定羡慕嫉妒恨呢。于是大家纷纷跳下车，一口气跑到油菜地边，先美美地饱览一番，感叹一阵，然后意犹未尽，鼻子凑上去嗅一嗅，伸手再抚摸一会，这才选择最佳拍摄点，摆出各种姿势，手机一张又一张拍个没完。问题是刚走出去不远，又是一片玉米地，长得比人高，结了好多玉米棒子，尤其几个农村出来的朋友，看到这么漂亮的庄稼，仿佛重又回到过去，触景生情，激动不已，甚至放声叫了出来。最稀奇的是一片荞麦花，高高细细的红色茎秆，菊花一样白白的花蕊，窄而长的绿叶，即便是农村孩子，或许吃过荞麦面，也不一定看到过荞麦花，高兴得不得了。到了月牙湾那一带，大片的羊角葱、胡萝卜，甚至爬上墙的南瓜秧和篮球大小的南瓜，都成了我们捕捉的目标，留下了深刻印象。

到了牧区，一望无际的大草原，一路都是美不胜收的景色。包括远处牧人的家园，散落在旷野的牛羊，一簇簇蒺藜墩子，红的紫的白的果实，野的郁金香金黄色的花，绿的沙葱粉白色的花，还有一棵棵零星生长在戈壁深处孤独的榆树，就像一个个卫兵，看守着大草原，看守着牧民赖以生存的牲畜。道路到了这里，逐渐变成一个慢上坡，雨水好，草也长得旺，放眼望去，四周都是绿色，山势平缓，风吹草动，天高地远，视野开阔，可谓不虚此行。真正到了大河沿村，才发现面貌焕然一新。过去低矮的土房子和棚圈不见了，取而代之的是整齐的牧民新居，一面鲜艳的五星红旗高高升起，在蓝天白云和青山的辉映下，格外耀眼，令人肃然起敬。往前走不远处是一个河谷，以东属吐鲁番地界，往西是乌鲁木齐管辖，也就是在这个地方，看到围栏内一个土坡上，立着一座黑色方形石碑，原来这就是潘家地城堡遗址。潘家地城堡为唐代遗址，后经修补一直沿用至清代。此城堡平面呈梯形，三面筑墙，南以河岸为险，是以一层砾石加一层黄土夯筑而成，采集的文物主要为陶片。潘家地城堡遗址现已被列为乌鲁木齐市级文物保护单位，实际上达坂城还有很多古城遗址，譬如峡口古城遗址，当地人俗称“疙瘩城”，也属唐至清代遗址。还有苇子街遗址和嘉德城遗址，一个在东沟乡东沟河西岸，一个地处达坂城镇。

美景往往和学问联系在一起，知识总是和积累密不可分。在我们新疆，天山就是一部不可多得的百科全书，就是一座取之不尽、用之不竭的万物宝库。只有低下身段，永存敬畏，虚心求教与拜谒天山，视同生我养我的父亲母亲，真正把自己投身于天山的怀抱，她就会馈赠于你一直想得到，却又一直得不到的最为珍贵的“宝物”。所以说，当我们一行人准备打道回府，不经意间路过一座土坯房的时候，突然发现满院子铺了一层打好的土坯，就像一册一册书籍，展现在我们眼前。靠墙的地方，整整齐齐码摞了一排排高高的土坯垛，又如同直立的书架，储藏着诸多丰富的知识。打土坯曾经是新疆农村最普遍的重体力活，大凡男人，甚至很多女性，都曾有过难忘的打土坯经历。包括挖土、和泥、掺麦草、滚泥团、倒模子，工序多，费体力，少则一天打二三百，多则五六百，从早到晚，浑身像是散了架，简直累瘫了。看到刨锄、耙子、泥巴，还有放在一个水盆里的土坯模子，我真是动了感情，急忙掏出手机，一下子拍了好多张，第二天发到微信朋友圈里，还写了这样一个标题：这个活，过去谁干过？不承想，一下子被人刷爆了屏，有老同学、老乡邻，也有老知青、老干部，一个个情不自禁回忆起当年的难忘岁月，竟有人自豪地炫耀说：当年最高纪录一天打了一千个土坯，简直令我难以想象。

过去村队都有旱地粮，我们村上的旱地粮靠近甘沟，上山拾麦穗的时候，偶尔到甘沟米泉林场一带掐“地皮”，也就是野草莓。就知道向上有潜水坝和月亮台子，朝下是虎狼峡和铁厂沟。除了上高中到虎狼峡拉过羊粪，对峡门子和哈熊沟，只是听说，从没有切身感受过有什么不一样的地方。后来生活逐渐好了，人们休闲养生的意识提高了，徒步和度假旅游成为时尚，沟沟壑壑的农家乐、牧家乐、度假村如雨后春笋，不断涌现。我这才有机会去峡门子，一条深深的沟谷，绿树成荫，清凉宜人，加之不断推出的新鲜菜品、吸引眼球的大幅广告，人们趋之若鹜，游兴大增。

我们先是在峡门子转悠，后来向纵深发展，一直往里走，通向哈熊沟。就像东北人把狗熊叫作“熊瞎子”一样，新疆人普遍称熊为“哈熊”，哈熊沟之名由此而来。早些年这些山林人迹罕至，经常有狗熊出没，就是由石人沟进去的天山骆驼脖子一带，也曾发现过狗熊，而且我们还亲眼见到邻居李大伯，就曾用老“79”步枪，打死过一头狗熊呢。狗熊像牛娃子一样，个头不小，褐黄色，肥嘟嘟的，尤其四只爪子，铁钩子似的，看着就让人害怕。哈熊沟的道路顺着河道开，有的地方开阔，有的地方逼窄，曲里拐弯，曲径通幽。最早清一色榆树、杨树，再朝前各色树木混杂，到了最深处，就是密不透风的松林。尤其到了有松树的地方，天再热，树底下却很凉快，铺一块毯子躺在那里，耳边又是歌一般清脆的流水声，确实惬意。这里有一个叫努尔兰的哈萨克族牧人，汉语说得不错，人也很幽默，开了一个农家乐，毡房扎在路边，一棵高大的白杨树直入云天，特招人爱。毡房不算小，四周都是民族特色装饰，包括服装、帽子和冬不拉琴，有一种宾至如归的感觉。

到了努尔兰的农家乐，我们先在毡房一边欣赏哈萨克族与众不同的风俗文化，一边品尝地地道道的风味小吃。包括香气四溢的奶茶、筋道暄软的烤饼、酸酸绵绵的奶豆腐、越嚼越香的奶皮子和最著名的包尔萨克，还有就是炒麦粒。金黄色酥油是我的最爱，滚烫的奶茶上来，放点奶皮子，再放点酥油，或者直接把酥油抹在烤饼上，掰一块，奶茶里蘸一蘸，吃进嘴里，有一种回味无穷的感觉。当然出于好奇心，我还是想把话题引到哈熊沟的名字上，就用哈萨克语问努尔兰：“这里有没有狗熊。”努尔兰回答说：“现在附近一带已经看不到了，不知道再往山里走有没有哈熊，不过野猪倒是经常可以遇到。这里已经属于山林地带了。”努尔兰所说的“山里头”，就是我们所看到的，靠近雪线的那一片原始森林和深沟大壑，远远望去神秘莫测，寂寥无声，深藏着不知多少鲜为人知的奥秘和诱惑，我等之辈极想深入再探究一番，但凡事毕竟有个度才行。也就是说，凭借自身能力和条件，在确保安全不出事的情况下，应该达到的地方能去则去，反之即便再有吸引力，也不能以征服自然的名义，用生命去挑战极限。大自然是需要我们去深深热爱和融入的，不是用来降服的，人虽很伟大，但在大自然面前又太渺小，只有去敬畏，才能和谐相处。因而，此时我们也只能适可而止、满含深情地望一望远山，想想而已，不敢贸然行进。

毡房里坐了一会儿，和努尔兰商定好吃饭的时间，我们就出门欣赏风景了。喜欢徒步的，沿着道路一直往山里走，到了两边的山越靠越近时，就没有车道了。穿过一片松林，踏着满地的石头吃力地再前行，这就开始考验人的毅力了。因为是向着天山迈进，海拔不断升高，人一直都在爬坡，不是久经锻炼的老驴友，往往走半截，歇一会儿，甚至到后来休息的时间比走路的时间都长。那一天我就问努尔兰，附近有没有好地方，他就说跟着他走，我们一行人上车来到一个房背后的山坡上，一下子感觉好风景原来就在自己的身后。

那是一个平缓的山坡，虽说到了秋季，漫山遍野的花花草草迷醉双眼。抬头往上看，一沟一沟的松树，黑森森、齐刷刷，一阵风吹过，呼呼的林涛声扑面而至。再往远瞧，蓝天、雪山，还有不时从头顶掠过的苍鹰，都让人感到新奇、兴奋。这里最多的是高过人头的一大丛、一大丛的刺梅墩子，仿佛生长在山包上的山包，抱成一团，严严实实，浓密的枝条和叶子让山羊都钻不进去。而那刺梅墩子上一粒粒鲜红的果实，简直把整个刺梅丛都染红了，漂亮极了。因为太多又太密，我就将这个山坡起名叫“红果坡”，微友们看了，一头雾水，纷纷留言说，我们咋不知道有这么个地方。除了草木，“红果坡”还有一“多”，那就是牛了，红的白的黑的花的、大的小的、低着头忘情吃草的、相互追逐闹着玩的、卧在那里一动不动反刍回味的，成了一个牛的世界。

下了“红果坡”，还有一个不得不去的地方，那就是白桦林。截至目前，我们发现有两处白桦林，一处在路边，汽车经过时有个高高隆起的土坎子，一排排白桦树，就生长在高坎子上，抬头仰望，高耸入天。银白色的枝干，金黄色的树叶，一棵棵紧挨着，枝叶相互牵连着，挺立在蓝天下，有一种风姿绰约的迷人的华彩。绕过土坎走上去一瞧，原来是一个篮球场大小的草坪，有几个游客正在打雪仗，色彩鲜艳的服饰，叽叽喳喳的叫声，传至身后密实的松墙，产生着回荡。而另一处白桦林，则深藏在河道边一个很不起眼的山坡后面。首先映入眼帘的是一簇一簇刺墩子，仿佛一道绿色屏障，乍看上去，挡住人们的去路，走近再看，留有不少空隙。遮天蔽日的松树林，黑压压从刺墩子后面蹿上来，一股股冷风直直扑来。钻进松林不远处，猛然发现一片片白亮的光芒，原来这里也有生长的白桦树，南北走向，直溜溜一长排，如同人工有意栽培，整齐划一。这一处白桦树和杨树、松树混生在一起，呈现出青黑、淡绿、银白和金黄四种色彩，给我们带来了新的惊喜。平常白杨树和松树见得多，而白桦林附近很少有，特别是距离乌鲁木齐这么近的地方，竟有这般可遇不可求的美好天地，不能不说是独辟蹊径所带来的意外收获。由于行走的冲动让我们逃离城市的喧嚣，因为稀缺的白桦树，才如此吸引我们的眼球。那天刚下过第一场雪，白桦树叶子泛黄，枝干一块一块黑斑，着实像人睁大的眼睛，而树下又是白雪，雪上落满了树叶。很有层次，对比也非常强烈，一个静谧安然的特别场景，不知不觉给人留下了一个充满诗情画意的美好印象。我就来了诗兴，随手写下这样的句子：

仿佛少男少女忧郁深情的眸子，
凝望着金黄色翩然而落的蝴蝶，
像一片一片盛开的花朵，
沉眠于白色纯粹的世界。

说到去看海，首先想到的是地处博尔塔拉的赛里木湖，新疆人习惯上叫作“三台海子”。这里是通往果子沟和伊犁的必经之地。那一片湛蓝深邃的水域，被一圈青山所环抱，四周都是草场，到了春季绿草茵茵，山花烂漫，牛羊成群，骏马嘶鸣，你想不停下来都不行。因为湖水太漂亮了，水域太辽阔了，东西长 30 千米，南北宽 25 千米，面积达 453 平方千米，蓄水量达 210 亿立方米。因为地处浩大的北天山山脉中，湖面海拔 2071 米，不但结束了原本不产鱼的历史，经过近十年的发展，已成为新疆重要的冷水鱼生产基地，其中高白鲑和凹目白鲑是老百姓餐桌上难得的美味。“三台海子”除了鱼类，还有许多珍稀鸟类，最让人流连忘返的还是白天鹅，成双成对，引颈高歌，优雅华贵的身姿，游弋在清澈透明的湖面上，那么圣洁纯美，那么富有爱的诗意，让人产生不尽的联想。赛里木湖古称“净海”，大概就是因为其清洁、浩渺。沿袭到现在，新疆人之所以要把一些湖泊以海相称，更多的是因为我们地处内陆省份，距离海洋太遥远，对大海充满向往和憧憬，加之幅员广博而水资源又相对稀缺，有那么一片水（包括有些水库），就视若珍宝，博爱有加，称之为“海”，是一种感情寄托，也是一种美好的期望。

在阿勒泰地区，也有两座湖泊被称作海，一个是清河县的“三道海子”，一个是福海的乌伦古湖。三道海子实际就是由三个高山湖泊组成，从东南向西北分别是花海子、中海子和边海子。1996 年我去富蕴县开会，借道去了三道海子，印象中三道海子相互衔接，互为衬托，仿佛翠绿的高山牧场献上的三杯美酒，尚未喝先醉了。凡是慕名造访此地的游人，不是奔着海子而来，就是冲着石墓堆而去。这个石墓堆就是神奇的三道海子石墓堆。石墓堆位于花海子与中海子之间，东望阿尔泰山脉分水岭与蒙古相邻。墓堆由人工用石块堆积而成，周长大约 290 米，高 15 米，直径 60 多米，呈锥体。石墓堆分别由墓体、天道、墓碑、图腾和墓外石圈组成，规模宏大、结构独特，实为罕见，堪称新疆草原文化中一种奇特的墓葬形式。又因当地历史上曾有蒙古族长期活动过，有人认为，三道海子石堆墓具有极高的研究价值。乌伦古湖则由一大一小两个“海子”构成，大海子又名布伦托海，海底坡降平缓，湖水清澈见底。尤其绵延二十里沙滩，银子一样纯净、地毯一样松软，是水上娱乐的最佳胜地。小海子也叫吉力湖，芦苇茂密，鸥鸟成群，其中就有白天鹅和斑鹤的身影，真正的“鸟类天堂”。沿着风生水起的湖岸走一圈，一边是“风吹草低见牛羊”的草原奇观，一边是“晚上回来鱼满舱”的湖光胜景。泛舟于湖面上，一边是芦苇深处“惊飞一行白鹭”，一边是牧人策马岸上过，一片烟尘携一曲“黑走马”的动人欢歌。

乌鲁木齐也有海子，这就是被人们津津乐道的东道海子。那一天，我们从乌鲁木齐出发，通过东绕城高速公路到达甘泉堡，然后经梧桐窝子继续向北，沿路都是沙包、红柳和梭梭。因为很少有明显的参照物，道路又十分难走，先是时不时车胎陷进沙土里，需要有车牵引和靠人力推搡，后又因不断出现的岔路口，多次迷失方向。几十年前去南疆乡村，我第一次看到弥漫的黄土，水帘一样从车窗流下来。这一次去往东道海子，再一次遇到了这样的场景，前面一辆车跑过去，尘土飞扬，遮天蔽日，后面跟随的车需要不断地停下来，才能看清前面的方向。出发的时候，我们准备了暖水瓶、馕、西红柿和黄瓜等，想着路上耽误行程时垫吧垫吧肚子。还果真如此，过了梧桐窝子，车速就明显慢了下来，等赶到东道海子，几乎用了大半天时间。

2008 年为了写岳母家的回忆录，我曾到羊毛工、长山子和梧桐窝子做过实地考察，当时也想再往北走，看看准噶尔盆地南缘北沙窝的景致。但考虑到只有一辆车，而且还是卧车，转了一圈就打道回府了。实际上东道海子并不远，直线距离到乌鲁木齐也就百十来公里，而且风光确实独特，值得一游。如果从地图上看，东道海子往北和阿勒泰交接，东西与昌吉州为邻，中间还有兵团五家渠和几个团场。最为奇特的是这里又是离乌鲁木齐最近的沙漠，也就是古尔班通古特沙漠，所到之处，一座座沙丘，绵延起伏。其间，我们跑上一座沙丘，就好像双脚踩在松软的地毯上，满眼一片金黄，风一吹过，就像水中细微的涟漪，一波一波向外延伸，干净得没有一点混杂物。有人干脆四仰八叉地把自己撂倒在沙包上，就像在冬天的雪地上，留下一个“大”字形的痕迹，孩童般天真地放声大笑起来。

沿途很多地方都处于荒漠和半荒漠地带，除了顽强生长的骆驼蓬之类的耐旱草本植物，就是引人入胜的红柳、梭梭和胡杨了。红柳是一丛一丛的，抱团生长，远远望去，一团团粉红，仿佛少女红色的纱巾，飘动在荒漠深处，是一种天然的媚丽点缀。梭梭属藜科，树皮灰白色，叶呈鳞片状，宽三角形，特别抗旱，是最好的固沙植物。一路上到处都是梭梭，有的枝叶繁茂，长势旺盛，有的枝条正在衰败，看上去行将就木，让人心存惋惜。梭梭可是一宝，因为被誉为“沙漠人参”的珍贵药材苁蓉，就寄生在梭梭的根部，因而这些年各地都加大了保护力度。胡杨则是没进入沙漠时见得多，一排排生长在路两边，树干苍劲，叶子泛黄，到了荒漠区域则是稀稀拉拉，日渐趋少，有些孤寂，不过那种“生而不死，死而不倒，倒而不朽”的精神则一直令人敬畏。好在此地已被列入保护范围，高高的瞭望塔就是最好的见证，不但担负着守护保护区的神圣职责，同时又是一个极好的坐标，在人们心中竖起一道别致的风景。

我们先是看到一群骆驼，高高矮矮，大大小小，却一律康健有力，旁若无人在一片围栏里悠闲地食草。好几棵胡杨树参差不齐，形状各异，仿佛几个暮年老人弓着腰，凑在一起回忆着苍茫的岁月。透过围栏则是一片湿地，甚至生长着一些芦苇，就觉得是一个意外，莫非这就是老人们所说的那个骆驼窝子。突然从头顶掠过几只飞鸟，仔细一瞧竟然是大雁，也就在这时，一阵风吹来，带来一股水腥味，原来东道海子就在咫尺之遥。车子再次启动，顷刻间就看到一片水域，四周都是沙丘，围着一片湖水，我们兴高采烈地跑到湖边，一波一波的白色浪花，仿佛迎接我们这群不速之客似的，哗啦啦发出一片浪拍沙岸的响声。从海子四周一圈一圈水印来看，湖水丰盈时，面积比眼下大得多。我们站在南岸，相对狭窄，向北望，水面不断扩大，泛着银白色的光芒。低头再一瞧，湿漉漉的海子边上，三五条死去的小鱼，树叶一样镶嵌在泥地里，熠熠生辉，原来东道海子有鱼，而且数量还不少。不然哪里来的这么多水鸟，有我们最熟悉的野鸭子，也有俗称为“长脖雁”的大雁，还有更为稀奇的天鹅。一阵从头顶飞过几只，一会儿又从身边飞过一群，“嘎嘎”叫着，呼扇着翅膀，飞出去不久又返回来了。有些一直浮在水面上，风一般游弋，忽地一个猛子扎进水里，两只爪子在水面上扑腾着，等一浮出水面，嘴上叼着一条鱼，让我们看呆了。

这里不仅有各种鱼类、飞鸟，还有苍鹰和猎隼在盘旋，地处荒漠地带，鼠类成灾，而鹰隼是鼠类的天敌。难怪很多的沙包上栽有木架子，就是给苍鹰和猎隼们栖落的。而且只要低头仔细观察，就能发现海子边还有许多动物的蹄印，有的清晰可见，有的模模糊糊，大的如骆驼的，小的如羊的，而且这里和卡拉麦里自然野生动物保护区毗邻，不排除还有鹅喉羚和黄羊到此饮水的可能。沙漠深处一片海，蓝天碧水相辉映，更有游鱼跳跃、飞鸟起舞，野生动物来去自如，如此景观哪里有，东道海子是最好的选择。正是由于北沙窝地理结构形成一片沙漠洼地，才自然形成了乌鲁木齐河下游的尾闾湖，也就是说，东道海子的水是由天山雪水流入猛进水库、青格达水库、八一水库，加之天然降雨以及上游农牧业灌溉的剩余水，最后进入北沙窝汇集而形成，并与西侧的白家海子、郑家海子等 5 座小湖连成一片，形成了一道沙海景观。

我们来的时候走东线，因为盲从而迷路，实际上去往东道海子有一条简易的道路，虽有些颠簸，但也不至于操心费力。所以回来的时候吸取教训，走正路，不走旁门左道，因此返程非常顺利，那就是从东道海子起步，经一〇二团部，到西庄子，再过米东区雷家塘、陕西工、羊毛工和长山子，最终回到乌鲁木齐。这一路印象最深的要属雷家塘，真正体现了米东区鱼米之乡的鲜亮特色。一片一片稻谷，仿佛翻滚的金黄色波浪，沉甸甸的稻穗弯下了腰，期待着收获。看惯了收割麦子的我们，对丰收的稻田充满了好奇。尤其是我，冒雨冲到地里，掏出手机一个劲儿地拍照。生长茂盛的水稻，稻田密密麻麻的稻捆，一根根草绳（老百姓叫草腰子），整整齐齐一拃多长的稻茬子以及铺摊在黑油油马路上一长溜黄灿灿的稻粒，都成了第二天微信的最好素材，一经晒出，立刻赢得一片喝彩。

在花城，感受季节两重天

我是2018年2月21日乘飞机抵达广州的，由北一路向南，即便在万米高空，也同样感受到不同地域季节的极大差别。从新疆到甘肃、青海这一带，天空一片晴朗，几乎看不到一片云彩，通过舷窗俯瞰大地，先是天山皑皑白雪，银子一样泛着耀眼的白光，继而往下再瞧，群山起伏，沟壑纵横，仿佛一条条黑色的疤痕，由高山向谷地辐射延伸，就像夏日洪水奔泻，在沟谷形成一个个冲击面，像渔民收拢的渔网，窟窿眼睛，斑斑点点，白色的是积雪，阴影则是山体的皱褶。而且越向南飞，大地上的积雪由白茫茫一片，逐渐变得白黄相间，甚至裸露的土地，多于飘落的白雪，直到飞至延绵不断的祁连山，一座座山峰兀然陡立，堆攒已久的白雪像一床床棉被，覆盖在山体上，很快就再一次进入一个白色世界。

我说的不是白雪，而是天空的云彩。先是像一堆堆滚动的棉絮，白亮白亮的，随后云层越积越厚，颜色也开始暗淡，在机翼下形成一片波澜壮阔的云海，目力所及之处，再也看不见一片蓝天，皆为像烟似雾的云层，遮天蔽日，无边无际，我就猜测飞机已经过了甘南，再往南就进入巴蜀，很快便过长江，越岭南，中国季节南北分界线就是这样明显，从天上看是这样，在地上瞧也是如此。此时，一边春寒料峭，大地还在封冻，一边却是花团锦簇，春意盎然。说实话，刚开始我还不太习惯，早晨穿着厚厚的外衣还嫌冷，不到半天时间就换上一件短袖 T 恤，却感到身上很舒服。打开客厅凉台推拉门，习习凉风吹进来，有一种春风拂面的感觉，从早上乌鲁木齐零下 10 多摄氏度，到下午广州零上 10 多摄氏度，短短 5 个多小时，经历将近二十五六度温差的体验，简直是冰火两重天，仿佛梦中游呢。

广州不愧为一座花城，第二天一大早我围着越秀区麓湖公园走一圈，满眼都是新绿和绽放的花朵，五颜六色，色彩斑斓，一路走一路花，高的在头顶的树叶间一团一团盛开，矮的在两边的草丛里一簇一簇争奇斗艳。空气像刚喷洒了水似的（实际上每天都看到洒水车洒水喷雾），清爽、湿润，雾气缭绕，氤氲弥漫。难怪呢，身边就是一座湖，像一个棒槌，东西走向，宽处看过去对岸景致影影绰绰，最窄的地方则两个人可以隔着湖水聊天。一片湖水被几座廊桥隔开，形成几个不同风格的浏览区，木栈道连接，绿树环抱，湖水荡漾，水鸟掠过，偶尔一条小船从林木间穿过，倒影在碧绿的湖水中，像一幅印象派油画，刻印在人的脑海中。什么叫鸟语花香，行进在晨曦中的麓湖公园，我不止一次内心里对自己重复说“这就是，这就是啊”。人在路上舒心地走着，最忙活的是双眼，最享受的是双耳，眼睛被一朵朵美不胜收的花儿迷醉了，耳朵被一声声鸟的欢鸣俘虏了。鸟儿大小不一，形态各异，小的比麻雀还小，扑啦啦穿梭于树林和花草之间，红喙红爪，叫声清脆。大的比鸽子还大，色彩艳丽，声音悦耳，有的像云雀鸣啼，有的像铃声，有的则是“咕咕”声不绝于耳。那天正好看到一群鸟在湖边饮水，原来就是我所猜测的斑鸠，银灰、暗红和淡白色相间，像鸽子，却比鸽子稍小，呼啦啦起飞，尾羽就像打开的扇面，淡雅温顺，看着舒心，实实在在是鸟儿的乐园。我尤其喜欢那种状若鹩哥的黑鸟，鸽子般大小，通体乌黑，只有鸟喙是金黄色的，通常两只一起飞，或相互追逐，或在枝头对唱，或一前一后飞落在草坪上，嬉戏、啄食，然而不管怎么样，清脆悦耳的鸣叫始终不停止，像泉水般清亮、悠扬，直抵人的内心深处，产生一种不由自主的共鸣和激动。都说早起的鸟儿有食吃，在这里却似乎根本不必为这样的问题担忧，因为树上、花草间，到处都是大大小小的果实，小到豌豆般的满地颗粒籽，大到一不留神就从高树枝上掉落的野杧果，摔得四分五裂，黄绿色的肉质，鲜美且富有诱惑力，一只鸟吃起来发愁，一群鸟绰绰有余，生活在这里的鸟，简直都是幸福快乐的鸟。

这是 2 月底、3 月初，在北方，特别是在我们天山以北，听到鸟鸣或许不足为奇，看到的花卉，除了室内我们养在花盆中的一些花朵，在室外几乎看不到奇花异草，如果有那也一定是天上飘落的雪花。纷纷扬扬，无声无息，漫天飞舞，六角形，连一体，白色透明，轻盈无比，落在手掌即可化成水，飘落在大地，连绵一片白。还有就是雾凇和冰霜，雾凇也叫冰挂，有个前提条件，就是头一天晚上天气特别寒冷，而且有些雾气，翌日抬头看树梢，完全被一层冰花包裹，一串一串的，晶莹剔透，熠熠生辉，蹬一脚树干，哗啦啦落一身，顷刻成一个雪人，古人所说的“忽如一夜春风来，千树万树梨花开”，就是指这种情景。而霜花是在深秋，农民抢秋就是预防霜降，有些人甚至在地里点一些麦草，或者干树梢，不然地上落霜，就意味着土地封冻，有些晚收的庄稼，比如辣椒、茄子和西红柿等，被霜打随即蔫了。我想说的是，实际上在北疆还有一种花呢，一般不注意的人，就没有那个眼福。这种花就是“冰水花”，这是我杜撰的一个名字，准不准确没有关系，看着舒服，养眼就行。大地一片白雪覆盖，从山里流下来一条山泉水，远远看上去，厚厚的大雪覆盖的村落，山泉水像一条黑色的游蛇，在大地上蜿蜒前行，水上面间或有一些雾气，白纱一样飘动。走近山泉水，蹲下身子再瞧，泉水哗啦哗啦流淌着，有些地方结了一层冰，但薄而脆，伸手掰一块，放进嘴里“咔嚓咔嚓”嚼起来，冰凉解渴，天然无公害。就在这个当儿，不经意低头看一下，镜子一样透明的冰层下面，一圈一圈大大小小的白气泡，变幻莫测，光怪陆离，自然天成，下面是黝黑的泥土，上面是冰清玉洁的结晶体，中间就是不断发生变化的花一样盛开的气泡，虽然只有黑白两种色彩，却因造型别致，状若花朵，随意发生变化而千姿百态，关键是得天独厚伴随着水流的叮咚之声，在冰层下悄然开放，这就有点匪夷所思了。

在一片萧瑟凄冷的境况下，我们在北疆的野外几乎完全看不到花卉。可是在南国就不一样了，尤其是在花城广州，所到之处，都能看到奇花异草，种类多，品相美，草木皆有，目不暇接，仿佛置身于绚丽多彩的花花世界，一路闻香，满面春风，乐不思归，访花、赏花、拍花，手机朋友圈隔三岔五晒花，成了一个名副其实的花仙子，醉花郎。花确实多，还好看，司空见惯的是三角梅，夹竹桃。这两种花，在新疆很多人都在家里养过，有的也很繁茂，红艳艳、紫莹莹，尤其是夹竹桃，秆子高，开花多，甚至和人比肩，有气势，但毕竟比较稀少，形不成规模。可在广州，走在大街上，漫步林木间，或者住宅凉台上，三角梅疯狂生长，恣意繁衍，要么红彤彤一片，要么粉嘟嘟望不到头，特别是在一些高架桥和人行天桥上，三角梅像一万面挥动的鲜艳小彩旗，让人为花感慨的同时，还有一种宾至如归的感觉。有一天，我经过一个住宅小区，远远被一面红墙吸引，到了跟前再看，是一大片攀缘而上的三角梅，叶子鲜绿，花朵红艳，簇拥在一面墙上，仿佛挂了一道飘动的红色大瀑布，灿然夺目，蔚为壮观，真正的空中花园。

夹竹桃长得高，色多彩，红色粉色最多，也有粉白相间和黄色的，花儿开得多，沉甸甸，一团团，花枝支撑不了，难免低下头，躬着腰，即便如此，我这一米七的个头，依然要抬头仰望。像一座小树林一样，夹竹桃高挺，密集，要么一排一排生长在去往机场的大道两旁，像一群群高挑的妙龄少女，手捧鲜花，夹道频频颔首，笑迎来自四面八方的宾客；要么一丛一丛繁衍在珠江两岸，伴随着滚滚江水和舰船“呜呜”的汽笛声，目送一江春水一路向南，最终汇集于辽阔南海。夹竹桃，看似平常，却极不简单，一年四季就这么不知疲倦，一季一季开着花，为城市增绿、添艳、扮美，无怨无悔，花开不败。

还有一种花，我们也常见，但没有这里繁茂，壮硕，叶子翠绿，有明显凸起的淡绿色纹路，成“心”字形，外圈和里圈呈三角，一个突出特点，芭蕉扇一样，叶子硕大，下雨顶在头上，雨水都不会淋湿头发。起先我不知道这叫什么花，后来别人告诉我，说叫滴水观音，又名“滴水莲”。一看花朵还真像里面坐着一个人，绿叶白花，花蕊则是米黄色，遇到下雨，雨水顺着花朵的边沿往下流，故取此名。湖水边，树荫下，到处都是滴水观音，长长的绿色秆子透着亮，一根根头上顶着一个花骨朵，先开花后结果，尤其是这个果实，我忍不住反复晒朋友圈，的确太富有魅力了，就像我在微信里感叹的那样，像一个微缩的玉米棒子，色彩却是红亮红亮的，太阳一照，光彩夺目，尤其在一片翠绿当中，这里一点儿红，那里一点儿红，当几个“玉米棒子”同时石榴一样咧开嘴，挣脱一层外包装，赫然亮相于茎秆头顶，那种强烈的反差和对比，让人大开眼界。

还有许多贴着地皮生长的花，有的像菊花，黄灿灿的，点缀于密不透风的绿叶中，知道属菊花科，但不知是什么名字。有的深紫色，花瓣拧着，花蕊似一根根透明的白色吸管，不时有小蜜蜂出入。有的则如喇叭形状，却不是喇叭花。有的鲜红鲜红的，一瓣一瓣，风车一样，色彩艳丽。辛勤的园林工人，将这些五颜六色的花，培植在小小的胶皮花盆里，集聚在不同的绿色草坪上，摆放成形状各异的图案，在蓝天绿树和碧波的映衬下，分外妖娆、妩媚，冲击着人们的视觉。

麓湖有三处不同的水面，一大两小，其中毗邻白云仙馆的小池塘，四周都是竹林，挺拔、修长，不但有绿翠竹，还有通体金黄的竹子，太阳一照射，泛着一道道金黄色的光芒。池塘的一头，生长着几棵南洋杉，直插碧空，一只小木船就拴在树根，拍一张照片，很有意境。起先水面上飘着几处荷叶，圆圆的、绿绿的，仿佛一个个放大的绿色薄锅盖。不几日，荷花开始由一个个“锅盖”冒出，起初包裹成塔形，继而花瓣打开，像人的两只手，捧着一束高贵的、小小金字塔一样的淡黄色花蕊。池塘水碧绿，荷花色洁白，我才回过神，这就是白莲花，诗情画意一般，打动人心。

紧挨着麓湖，还有一个水塘，一边贴着高尔夫球场，一边紧靠多孔白石桥。第一次看见这个池塘，我就觉得像个烂泥塘，一片死水混沌不堪。然而一个月之后，大片大片的荷叶就不知不觉覆盖了池塘，一株株荷花出淤泥而不染，雨后春笋般头顶一朵含苞待放的荷花，粉红、娇媚、烂漫，让人流连忘返。多孔白石桥高出池塘很多，想拍一张理想的照片，很不容易，一次次举起手机拍照，不是镜头虚了，就是效果不理想，人靠在石桥栏杆上满头大汗，结果都以失败告终。只能进入星海园，向右一拐，再下一个高坡，置身池塘边，把镜头对准一片正在盛开的荷花。这是红色的荷花，一朵朵掩映在一片葱绿之中，因而越发卓尔不群，超凡脱俗。清洁、高雅、光彩、动人，从蓓蕾欲放到绽开，再到凝结成莲子，看上去就是那么一尘不染，干净清爽。

而麓湖最大的那一片水面，因为一圈修了木栈道，曲径通幽，峰回路转，沿途湖光山色，如春风扑面，心旷神怡。我喜欢沿着高高低低的棕色木栈道绕湖一周，早晨太阳升起，天上一个太阳，湖中一个太阳，抬头仰望天上的太阳，仿佛一个大金盘，光芒四射。低头再看湖中的太阳，波光潋滟，一池碎银。如果是晚上，天上挂一轮弯月，水里就仿佛一条红亮的船儿在飘荡，寂静的湖边，除了习习凉风，就是一片蛙声，此起彼伏，乐此不疲，倒也充满情趣。沿湖都能看到荷花，从小荷才露尖尖角，到一团一团火一样盛开，我还是第一次见证一朵荷花生长的全过程。正如古诗中所描绘的那样，当一朵荷花像撑起一把伞一样，在湖面亭亭玉立，就有一对一对的蜻蜓来光顾。在新疆我见过红蜓蜻、蓝蜻蜓，还有其他色彩艳丽的小蜻蜓，但一素黑的大蜻蜓还是头一次见到。蜂鸟一样，围绕着刚露头的荷花飞转的大黑蜻蜓，无头苍蝇一样嗖地一下飞上飞下，嗖地一下忽左忽右，停不下脚，落不下身，速度飞快，飘忽不定，手机瞄了半天，却一张都没有抓拍到，很是扫兴。或许就是怕人打扰，黑蜻蜓这才举棋不定，犹豫徘徊，说不定等湖边游人销声匿迹，这才大摇大摆飞落在荷花之上。走一路，看一路，一路上饱眼福，享口福，我沉浸在水清花香之中，无法自拔。当然了，既然被称作是湖，哪能少了鱼儿。只见湖边石阶上坐着一排排的钓鱼客，而且天天如此，风雨无阻，一个个装备齐全，吃的喝的就放在身边，鱼线一抛，鱼竿一架，一坐就是半天，眼睛直勾勾盯着前方水面上的黄色浮漂，稍有反应，立马抱杆，摇轮，收线，动作急速，一气呵成。我就看见过一个满头银发的老钓客，一下子钓上来一条大草鱼，张着嘴，甩着尾巴，活蹦乱跳，围观了不少人，让老钓客春风得意，合不拢嘴巴。确实鱼儿多，不然翩然而至的白鹳、野鸭子，还有不少叫不上名的水鸟，哪能在湖心岛上安营扎寨，筑巢、孵幼，以此为家不挪窝呢。

北方，尤其是我们大西北，树种相对偏少，尤以抗风沙、耐干旱、抵盐碱的树种为主，像榆树、白杨、沙枣树等，随处可见，普遍生长。到了南方，特别是在降雨多、水资源丰沛的花城广州，一些虽有耳闻，却不曾谋面的热带树木，多而广，繁而杂，好在园林部门给好多树种贴上了二维码，手机一扫，所有资料都在里面了。高耸云霄的南洋杉，树冠若伞的大榕树，像椰子树名字反而叫银海枣的树。枝繁叶茂，果实累累的野杧果树，叶子看似橡皮树，却盛开白瓷碗般大小花朵的广玉兰，凡此种种，神奇稀罕，却不能一一列举，反正都让我这个来自边疆省份，深眼睛，高鼻梁的维吾尔族汉子开了眼界，长了知识，深感祖国疆域辽阔。物华天宝，一天走过四季，一年东西南北景色迥异，走到哪里都是风光无限好，心潮逐浪高啊！

其中有三种树让我好奇、留恋、难忘。先说洋紫荆，麓湖环湖路的主要行道树，它不及其他树种那样高大、壮硕，一树密不透风的紫荆花，粉白相间，芳香扑鼻，远远望去，就像在空中拉起了两道粉红色的幕布，有一种强烈的视觉冲击。有一个风雨后的清晨去麓湖散步，几乎一路都是被风吹落的紫荆花，铺满了木栈道，让人有点不敢放开脚步，随意行进，我急忙习惯性掏出手机，把沿途稠密的落花拍下来，发到朋友圈，其标题就叫：一路“踏”香，心花怒放。想不到立马有人回应说：“黛玉荷锄葬花，哀怨忧伤，老艾耳濡目染，麓湖芬芳。”许多树种都结圆形果实，洋紫荆却另辟蹊径，其果实仿佛扁长的豆角，一串一串垂吊着，倒也别有特色。还有就是桉树，高挺、粗壮、光滑，被我形容为水泥电线杆子树，但远比水泥杆子粗大，只是颜色相近而已。这种树最大的特点，就是粗壮的树干一下蹿出去老高，这才开始分叉，而且树叶稀疏，一棵树再高大，整个树冠却一览无余。那一年我去澳大利亚，从墨尔本到堪培拉，再到悉尼，看到最多的就是桉树，漫山遍野，银白色树干，柳树一样的叶子，因为太过光滑、高耸，一般动物都爬不上去，却是考拉的最爱，胖乎乎、傻愣愣，憨态可掬的考拉招人喜爱。桉树在麓湖混杂在其他树种当中，却因鹤立鸡群的身躯和鲜亮的色彩，特别引人注目。

最后就是木棉，我以前也曾多次到过广州，可能是因为季节不对，不曾留意过木棉。这次来花城，看到满目翠绿中有红花开在树上，这才好奇心促使，看个究竟。大多数树木都是先长叶，再开花，而木棉则不同，光秃秃的枝干上，开满了一朵朵红艳艳的花朵，像一个个红色小喇叭。木棉花硕大、耀眼，远看仿佛挂在树上的一个个小灯笼，近瞧又像人伸出的手掌，五个花瓣，鲜红厚实，花蕊下面呈黄色，往上走一根根金针菇似的，逐渐也变成红色，到了顶头则像火柴头，突又成了赤褐色。木棉长得也比较高大，这个时节只能说是枝繁“花”茂。想想看，一棵高挺壮硕的木棉，枝干上开满了手掌大的红彤彤的花朵，不让人头仰脖子酸才怪呢。前面说过，我是2月21日来到广州的，木棉花已经开得很旺，到了一个月之后，木棉花还在树上一朵一朵怒放着，花期够长了。直到有一天再去麓湖，发现林木间有几朵木棉花掉落在草坪上，拾起来一看，完好无损，捧在手上则很有分量。其间就听“咚”的一声，仿佛一只红蝙蝠落地，其实还是木棉花，舍不得扔掉，带回屋，放在电脑上，一黑一红，预示着写作即将重新开始，很有韵味。木棉树又称红棉和英雄树，关于木棉树还有几个动人的传说，我想另外专门再写一篇，因为那红硕的艳丽之花，毕竟是花城广州的市花，必须认真对待，不能潦草而过。

西藏，世界屋脊之旅

2010年9月23日，我们一行43人，乘火车从乌鲁木齐出发，经兰新线到达兰州，遂改乘大巴赶至西宁。稍事停顿，登上开往拉萨的火车，开始了一次难忘的西藏之行。

因为是乘坐火车，就有充裕的时间浏览沿途旖旎的景致、体味独特的风情，进而从内心感慨祖国山河的辽阔和壮美。兰新铁路是陇海铁路向西的延长线，全长1903千米，而青藏铁路则由青海省西宁市至西藏拉萨市，全长1956千米，加之兰州至西宁230千米，仅一个单程就4089千米，如果再考虑拉萨到雅鲁藏布江大峡谷的距离，这次西藏之行来回近万千米。

西藏，这片从古海崛起的神秘高原，群峰傲立、奇秀连绵，一座座高耸云天的皑皑雪峰，仿佛白发苍苍的历史老人，顶天立地、不动声色，见证着岁月交替、社会变迁。那珍珠一样洒满大地的高原湖泊，或泼了墨一样，绿得似乎空气滴翠，或镜子似的，倒映着天上的云彩、地上的牛羊，一种恬静、幽然和深邃的诗性美，不是身临其境，哪有那种油然而生的怦然心动。西藏之所以称之为雪域高原，水的丰盈和充沛，除了星罗棋布的璀璨湖泊，当属一条条蜿蜒奔腾、激流勇进的大江大河。有幸的是，我们的西藏之行一路与江河相随，真正体验了什么叫江河绕山转、山随江河行的珠联璧合，从而为大自然的奥妙和神奇惊叹、叫绝。

实际上除了蓝天白云、雪山森林、江河湖泊、草原牛羊等自然风貌，西藏最诱人的还是她的人文地理。其中宗教和文化最为独特、也最具神秘色彩，特别像布达拉宫和大昭寺这些标志性建筑，本身就以其博大精深的历史、古老的宗教和深厚的文化底蕴，像一部百科全书，赫然屹立于人们心中。

说到西藏的神秘和文化，自然联想到扎西达娃、马原和马丽华这三个人物。三人都曾是西藏作家，都以描写西藏生活而名扬遐迩。1985 年 8 月，我有幸受邀参加中国作家协会《民族文学》烟台笔会，其间有两本《西藏文艺》杂志，不停在作家、诗人们之间争相传阅，如饥似渴、爱不释手。等我拿到手一看，一个叫扎西达娃的名字就跳入眼帘，其作品给我留下深刻的印象。

马原，1953 年出生于辽宁锦州，1982 年辽宁大学中文系毕业后进藏，任记者、编辑。他因写作《冈底斯的诱惑》声名大振，曾是先锋派写作的开拓者之一，其著名的“叙述圈套”开创了中国小说界“以形式为内容”的风气，影响了一大批年轻作者。

《冈底斯的诱惑》是马原早期代表作品，小说以几个外来年轻探求者进藏后的所见所闻，再现了冈底斯高原神秘的风土和人情，并且借助独具一格的艺术手法，巧妙地传达了西藏神话世界和藏民原始生存状态对现代文明的“诱惑”及其内在含义。如果说当年从中学课本上知道世界最高峰珠穆朗玛峰，那么从马原这里我则懂得西藏还有另一座大山，也就是人们心目中的众山之主——冈底斯山。

马丽华是山东人，曾任西藏文联和作协副主席，西藏大学客座教授，享受政府特殊津贴。我之所以推崇马丽华，不仅在于她远离故乡，长期生活和工作在西藏，更重要的是她以笔为旗，以吃苦为荣，足迹遍布西藏高原，以饱满的热情和激扬的文字，讴歌西藏山川秀美、赞颂人民当家做主，让西藏走向世界，让世界了解西藏做出了自己应有的贡献。就像我这样一介文弱书生，就是通过像女作家《走过西藏》这样的鸿篇巨制，一方面对马丽华肃然起敬，一方面更加坚定了一睹西藏美景的决心。

这一天就这样不期而至，国庆节前夕，当我们 43 位同事满面春风，谈笑风生，意气风发踏上西藏征程，一双双乌黑发亮的眼睛充满期待，一颗颗火红的心饱含对雪域高原的真挚情感。此时此刻，我们的耳边真的不约而同回响一首耳熟能详的歌曲《天路》。而且诸如歌中唱到的“一条条巨龙翻山越岭”和“看到神鹰披着霞光”，转眼变成了眼前的真实场景，特别是列车经过可可西里，我们还是生平第一次看到了近在咫尺的成群成群的藏羚羊、鱼贯而行的藏野驴，仿佛旁若无人，悠闲自在。事实证明，在可可西里，我们的野生动物保护已经取得了重大成效，而这也是对反盗猎英雄索南达杰英灵的最好告慰。

一个突出印象，青藏高原格尔木至那曲当雄，沿途多是一望无际的草原、草甸子和丘陵，数以万计的牦牛，仿佛一粒粒移动的黑色棋子，游弋在硕大无边的绿色棋盘上；一群群白云一样的羊群，则如盛开的一朵朵莲花，和一汪汪清澈透明的水泡子相映成趣，互为陪衬。到了拉萨和林芝一带，一个山坳连着一个山坳，所到之处都是沿河而行，草原渐次被河两岸的草地所取代，因为置身于山坳，抬头见山，一座山比一座山高大、绵长，山上林木茂盛，种类繁多，就像一个天然植物园，满眼都是绿幽幽一片，难怪路上不时遇到一辆辆满载木料的大卡车，原来林芝就是名副其实的林海。

如果总结一下，这次青藏高原之行，可用四个“三”和一个“一”来概括：即“三个山口”“三座湖泊”“三条江河”“三座建筑”和“一点感慨”。

三个山口

青藏高原号称山的王国，喀喇昆仑山、唐古拉山、念青唐古拉山、冈底斯山和喜马拉雅山都诞生在这块区域，因此不乏一些著名的山口，青藏铁路就经过昆仑山口和唐古拉山口。

昆仑山口位于青海西南部，昆仑山中段，格尔木市区南160千米处，是青海、甘肃两省通往西藏的必经之地，也是青藏公路上的一大关隘，海拔4767米，因山谷隘口而得名，亦称“昆仑山垭口”。很久以来，昆仑山就是中华民族的象征，也是中华民族神话传说的摇篮，古人尊为“万山之宗”，藏语称“阿玛尼木占木松”，即祖山之意。伟人毛泽东当年就曾留下“横空出世，莽昆仑，阅尽人间春色。飞起玉龙三百万，搅得周天寒彻”的传世之作，可见其作为中国第一神山的深远影响。

“唐古拉”在藏语中，是“高原上的山”的意思，由于终年风雪交加，气候恶劣，号称“风雪仓库”。唐古拉山口，就是青海和西藏两省（区）的天然分界线，海拔 5231 米，青藏铁路最高点的唐古拉车站，因此也成了世界上海拔最高的火车站。正因为创造了一项世界纪录，唐古拉火车站，自然成了青藏铁路最重要的旅游观光车站，旅客只要站在站台向西远眺，就可以看到唐古拉山 6621 米的最高峰——各拉丹冬雪峰的美丽容颜。

更重要的是，这里孕育出了长江的正源——沱沱河。长江源头，明代以前一般皆沿用了 2000 年前战国时代的一部地理书籍《禹贡》，说“岷山导江”，这所说的岷山，不是四川的岷山，而是指甘肃省天水市境内的一座山，当然这个说法跟实际情况差之千里，因为这个地方只是长江支流嘉陵江的源头而已。明代徐霞客写下“江源考”，指出江源应属金沙江，但按照“河源唯远，水流顺直”的原则，沱沱河才是真正的源头。

长江全长 6397 千米，是亚洲第一长河，仅次于非洲尼罗河与南美洲的亚马孙河，是世界第三长河，水量也是世界第三，流经青海、西藏、四川、云南、重庆、湖北、湖南、江西、安徽、江苏、上海共 11 省、市、自治区，和黄河一起并称为我们的“母亲河”。

而米拉山口，则仿佛西藏米拉山的一个鞍部，位于拉萨墨竹工卡县与林芝工布江达县地界上。米拉山是雅鲁藏布江谷地东西两侧地貌、植被和气候的重要界山。米拉山以西地区气候干燥寒冷，以东地区气候温暖潮湿，植被茂盛。根据当地青石板记录显示，实际海拔应该是 5123.25 米。山口处常年积雪，发育有远古时期冰川活动遗迹，川藏公路南线经此山口。

到达米拉山口的时候，呼呼刮着山风，我们下车后争先恐后涌向照相的最佳位置，也就是一个挂满经幡、堆着玛尼堆的小平台。或许是海拔太高，游客又留影心切，没跑上几步便开始上气不接下气，甚至有几位嘴唇都发紫了。原以为平台有供游客照相的碑石，走近一瞧却不见踪影，好在不知哪个有心人在一块三角青石板上写下“米拉山，5123 米”几个大字，我们这才如获至宝，纷纷怀抱这块青石板照相留念，还别有一番特殊纪念意义。

为了招揽生意，一男性藏族朋友，手牵两条狮子一样的藏獒，微笑着守候于此。以前虽说也曾见到过藏獒，可毕竟不在青藏高原，大抵没有多少吸引力，而今却在西藏海拔 5000 米以上的米拉山口，又有藏族朋友守护在一旁，尽管惴惴不安，却也让好奇心促使着，和藏獒来了一次“亲密接触”，美其名曰“猎人与牧羊犬”，可当几个时尚“MM”也与藏獒合影时，我的脑海随即跃出“美女与野兽”这个名字。

三座湖泊

青海湖、纳木错和巴松措是我介绍的三个湖泊，其中青海湖地处青海省，而纳木错和巴松措，一个隶属那曲当雄和班戈县，一个则在林芝工布江达。

青海湖又名“库库淖尔”，即蒙古语“青色的海”之意。它位于青海省东北部的青海湖盆地内，是中国最大的内陆湖泊，也是中国最大的咸水湖。湖长 106 千米，宽 63 千米，周长 360 千米，面积达 4583 平方千米。

从火车车窗望过去，青海湖真的就像大海，烟波浩渺、一望无际。2004 年的时候，我曾到过一次青海湖，走到湖边时，不仅可以看到翱翔于湖泊上空的鸥鸟，还能领略湖水惊涛拍岸的难得景象。尤其当我听说湖中珍品湟鱼，由繁荣到枯竭再到兴盛的历史，深感与自然和谐相处的重要性和紧迫性。就像我们的一些草场，由于载畜量本来就大，加之过度放牧，草场得不到休养生息，周而复始不但草场退化，甚至连牲畜品种都退化了，亡羊补牢增加巨大成本不说，耗费的时间也很长，得不偿失。

纳木错湖，在历史文献上记载，此湖像蓝天降到地面，故称“天湖”。藏语中，“错”是“湖”的意思。当地藏族牧民叫它“腾格里海”，意思也是“天湖”。

纳木错之所以被称之为圣湖，每到藏历羊年僧俗信徒不惜长途跋涉，前往转湖。除了西藏以外，青海、四川、甘肃、云南的佛教信徒，千里迢迢、跋山涉水，完成艰辛的旅程，来转湖朝圣，以寻求灵魂的超越。世界海拔最高的湖，保持着自然原始生态，是朝圣者心目中的圣地。

巴松措又名措高湖，“措高”在藏语中意为“绿色的水”，湖面海拔 3480 多米。这里给人的第一感觉是安详、宁静，亦如一幅清新秀丽的山水画，将雪山、树木、蓝天、白云和湖水和谐搭配、不紧密也不松散，疏密有度，层次分明，令人心旷神怡。

来到这里，我们多少都有一种“回家”的感觉，因为乍一看，仿佛置身于天山天池，无论那山那水还有那景，活脱脱一个天池的翻版，因而有人调侃说：“不识巴松真面目，只缘身在天池中”。

三条江河

我要说的三条江河分别是拉萨河、尼洋河和雅鲁藏布江。

拉萨河，藏语称吉曲，意为“快乐”和“幸福”之河，发源于念青唐古拉山脉中段北侧的罗布如拉，沿途流经墨竹工卡县、达孜区，最后经过拉萨市。

说实话，一到拉萨我就迷上了拉萨河，因为她的宽阔，更因为她的清澈。一座古老和现代文明结合的城市，流经一条穿城而过的河流，那会给这座城市带来多少滋润和幸福啊。历史上有不少举世瞩目的都市，都是与江河同呼吸共命运的，因为有了江河城市才繁荣、长久，反之总有一天会走向衰败。

那天早晨我们赶往林芝，一路和拉萨河结伴而行。看着天空鱼翻白肚，拉萨河上立时波光粼粼、波涛滚滚，随着一座座大山轮廓清晰，河水像一条蓝色的哈达飘向远方，似乎祝福我们一路吉祥。不一会儿，一缕缕炊烟袅袅升起，早起的人们开始一天辛勤的劳作，而那些亦步亦趋的牦牛，或三五成群，或一两头同行，不约而同从一家家庭院后面走了出来，正打算去一处水草丰美的地方填饱肚子，拉萨河畔的早晨，就是充满生机的安详的早晨。

尼洋河发源于米拉山西侧的错木梁拉，由西向东流，在林芝县的附近汇入雅鲁藏布江，全长 307.5 千米。可以说尼洋河是我所见到的最漂亮的一条河，那个翡翠一样清澈明净的湖蓝色，那个白得灿若乳汁的浪花，就那么一尘不染、那么义无反顾一路向东奔涌而去。

如果说西藏的天空，像水洗过一样透亮、明净，尼洋河则如一位仙女，顾盼生辉、妙不可言。因此尽管路途遥远，车马劳顿，但因有了尼洋河的相伴相随，轰鸣的发动机声，也宛如一曲天籁之音，变得悠扬悦耳，动人心扉。那天上飘动的云彩，就像扬帆启程的航船，给人以希望和遐想。因为尼洋河，山也愈发苍翠、草也愈发丰美、牛羊愈发肥壮，生活才愈发蒸蒸日上。

雅鲁藏布江大峡谷是我们西藏之行的最后一站，因其浑然天成的多样性景致、令人叹为观止的大美大奇之山水，不知陶醉和震撼了多少人，难怪人们从四面八方趋之若鹜、纷至沓来，原来这里的确美得让人仿佛置身于人间仙境，心旌摇荡而乐不思蜀。

很久以前，曾在美国西部片中，领略过科罗拉多大峡谷的非同一般，然而来到雅鲁藏布江大峡谷，忽然就有小巫见大巫，相形见绌的强烈感觉。毕竟是堪称世界第一的大峡谷，全长 504.9 千米，除了壮观、奇特、雄伟、秀美等特色，恐怕其原始、自然、洁净的原生态风貌，让其他地方难以媲美。

俯瞰大地，雅鲁藏布江水波涛汹涌，浩浩荡荡，蜿蜒穿行于崇山峻岭之中；抬头仰望，就是海拔 7782 米的南迦巴瓦雪峰，仿佛直刺天空的一柄长矛，大有“欲与天公试比高”的凌云壮志。那一天真是天公作美，平常云雾缭绕、若隐若现的南迦巴瓦峰，不知不觉间拨云见日、露出真容，一时间人们犹如看到仙女下凡，禁不住发出由衷的赞叹。还真如导游所说，南迦巴瓦峰像是一位仰卧的美女，那清晰的面部轮廓，挺秀的乳峰，甚至连飘逸的长发都活灵活现，看来南迦巴瓦峰又名“羞女峰”，名不虚传。

三座建筑

如果提及西藏的标志性建筑，绝对首推拉萨市的布达拉宫。当我们来到拉萨市的当天晚上，一出火车站就开始四下里张望，直到经过布达拉宫广场，我们才一睹布达拉宫气势雄伟、高山仰止的奇丽壮观景象。当时夜幕降临，华灯初上，依山而建的布达拉宫，一如天上宫殿富丽堂皇，一种莫名的感动和期待，促使我们恨不能即刻就投入她的怀抱。

第二天，我们一大早就来到布达拉宫，在导游的引领和讲解下，一步步拾级而上。这座高达 13 层，集宫殿、灵塔殿、佛殿、经堂、僧舍、庭院一体的非凡建筑，群楼重叠，殿宇嵯峨，气势雄伟，横空出世，是当今世界上海拔最高、规模最大的宫殿式建筑群，也是藏族建筑艺术的杰出代表，中国最著名的古代建筑之一，被誉为世界屋脊的明珠。我为布达拉宫悠久的历史和文化而感慨，为布达拉宫宏伟壮美的建筑而倾倒，更为中华民族的勤劳和智慧而自豪。

在拉萨，我们不止一次听到“先有大昭寺，后有拉萨城”，可见大昭寺在人们心目中的神圣地位。大昭寺始建于公元 647 年，是藏王松赞干布为纪念文成公主入藏而建，后经历代修缮增建，形成庞大的建筑群。大昭寺建筑面积达 25100 余平方米，共有 20 多个殿堂。主殿高 4 层，镏金铜瓦顶，辉煌壮观，具有唐代建筑风格，也吸取了尼泊尔和印度建筑艺术特色。

登上大昭寺楼上平台，回首远眺：布达拉宫，那辉煌的建筑在耀眼的阳光中光芒四射，灿烂无比；再俯视大昭寺广场，人头攒动，熙熙攘攘，可尽览充满藏族生活气息的独特风景。早就听说八廓街是西藏社会从古至今发展的一个缩影，今日亲临八廓街，才觉得是真正意义上的不虚此行。

除去大昭寺古老的宗教建筑群，最为引人瞩目的，就属街道两侧林立的店铺和摊点了。转经筒、酥油灯、经幡旗，藏鞋、藏刀、藏帽以及鼻烟壶、酥油桶、青稞酒等名目繁多，举不胜举，甚至连印度、尼泊尔、缅甸、克什米尔等地的商品都应有尽有，真是不到八廓街，不知世界无奇不有。

在大昭寺，还有一点从一开始就引起了我的特别注意，那就是不断从楼上传来的美妙歌声。有男声、有女声，更多的时候是男女和声，清亮得没有一丝污染，在世界屋脊用天籁之音来比喻，再贴切不过。走上楼台一看，原来是一群藏族青年男女，正在屋顶边唱歌边打夯，木棒夯土的声音是节奏，歌声与步调和谐统一，像是在跳舞，分明又在劳动，载歌载舞、周而复始，把枯燥繁重的体力劳动，通过歌声和舞蹈变得轻松、活泼，简直就是一道亮丽的风景。这种被藏民称作“打阿嘎”的夯土歌，不但极富节奏感和艺术魅力，关键是劳作成果同样极具传奇色彩，也就是确保地面平整、坚硬、光滑，就像整洁光亮的大理石地面，结实耐用而且美观，可谓又一人间奇迹。

从拉萨到灵芝，途经松赞干布的出生地甲玛乡，远远望去，一座高大的门牌楼映入眼帘，如此重要的一个地方，不照一张相，可是一大遗憾。所以当车刚一停稳，我们就蜂拥而至，“咔嚓、咔嚓”一阵猛拍，也不管衣冠整不整，造型美不美，只要把“松赞干布出生地”7 个金光灿灿的大字收入镜头，一切都“OK”了。

“甲玛”一词，在藏语里意为百里挑一的富地，古时为群山环绕、水草丰足的圣地。据说，在松赞干布父亲当政的时候，这里曾建有强巴敏居宫，松赞干布就出生在这座宫殿里。

松赞干布的一生，功绩卓著、影响深远。他不但统一了西藏高原，建立了吐蕃王朝，是西藏历史上最著名的藏王。他迎娶了文成公主，创制了藏文字，促进了吐蕃政治、经济、文化的全面发展，将藏族人 民引入了团结、繁荣、富强的时代。与此同时，松赞干布沟通了与唐朝的友好关系，推动了汉藏民族文化的交流与发展，为后来西藏正式纳入祖国版图奠定了坚实的基础，做出了巨大贡献。

一点感慨

最后我想说的是，这次西藏之行，是一次十分难得和非常难忘的旅行。说难得，西藏地处世界屋脊且路途遥远，很少有机会专程前往，加之令人生畏的高原反应，包括我在内都不敢贸然行事。这次我们却突然有了穿越青藏高原的一次经历，而且一行 43 人，男女老少、浩浩荡荡，几近包揽一节车厢。走戈壁、过草原、翻高山、游江河，来去 9 个时日，行程近 1 万千米，饱享了眼福，增长了才识，丰富了阅历、陶冶了情操、鼓舞了精神，尤其是自始至终践行“一切行动听指挥，步调一致安全行”的临行诺言，如释重负、令人欣慰。

说难忘，一行 43 人来自不同岗位，无论从性别和性格而言，都存有差异。有爱说爱笑的，有勤于思考的，有的多才多艺显“身手”，有的一心一意练“内功”，团结和谐的一个“团队”，情同手足的一个“家庭”。正因为如此，当一个人突然有些胸闷气喘之时，立刻有人嘘寒问暖，送去一袋氧气或一粒药片的同时，也送去一份关爱和帮助。所以，当有人百年一遇，巧逢在拉萨过生日，很快就有很多人开始为之筹划和安排。当我们下火车刚一走进餐厅，象征幸福和快乐的大蛋糕就已摆放在了餐桌上，当那首百唱不厌的歌曲——《祝你生日快乐》在拉萨上空响起的时候，不要说当事人喜不自禁，我们所有人都感到心里美滋滋的。

最精彩、也最令人回味的，就算国庆节前夜那次盛大的车厢文艺晚会了。事先有策划和编导，现场有主持和舞台监督，不但有主打“歌星”，也有半路友情“客串”，甚至连插播广告都想到了。西藏之行看了很多，听了很多，也经历了很多，限于篇幅先就此打住，待到打好腹稿，我将再次诉诸笔端，以飨朋友。